FANTASTIC ORIENTAL HEROES

무림의 여신

무림의 여신 4

아랑 新무협 판타지 소설

초판 1쇄 찍은 날 § 2004년 2월 28일
초판 1쇄 펴낸 날 § 2004년 3월 8일

지은이 § 아랑
펴낸이 § 서경석

편집장 § 문혜영
편집 책임 § 김희정
편집 § 장상수 · 김민정
마케팅 § 정필 · 강양원 · 이선구 · 김규진 · 홍현경

펴낸곳 § 도서출판 청어람
등록번호 § 제1081-1-89호
등록일자 § 1999. 5. 31
어람번호 § 제2-0462호

주소 § 경기도 부천시 원미구 심곡1동 350-1 남성B/D 3F (우) 420-011
전화 § 032-656-4452 팩스 § 032-656-4453
E-mail § eoram99@chollian.net

ⓒ 아랑, 2003

값 8,000원

ISBN 89-5831-016-2 04810
ISBN 89-5505-934-5 (SET)

4

신수지비 神獸之秘

FANTASTIC ORIENTAL HEROES

아랑 신무협 판타지 소설

무림의 여신

도서출판
청어람

목차

24. 해후(邂逅)   7

25. 사막에서 날아든 살의(殺意)   73

26. 바람은 불고 불어…   115

27. 핏줄이라는 것   149

28. 음주 만행 사건   217

29. 잊혀져 있던 것   251

해후(邂逅)

春桂問答 (춘계문답)

봄의 계수나무에게 묻기를.

　　　　　　　　　　　　　　　　一 王維 (왕유)

問春桂 (문춘계)

물어보자 봄날의 계수나무야,

桃李正芳菲 (도리정방비)

복숭아꽃 오얏꽃 향기롭기 그지없어

年光隨處滿 (연광수처만)

햇살 닿는 곳마다 흐드러져 피었는데

何事獨無花 (하사독무화)

어찌 너만 홀로 꽃이 없느냐.

　　　　　　　　　　　　春桂問答 (춘계문답) 中에서

해후(邂逅)

"하나… 싫다면?"

거절의 말을 내뱉는 것과 동시에 섭선의 날이 어깨에 박혀들었다. 잔월비선의 섭선이 움직이는 것을 본 사람은 단상 내에서도 아주 극소수에 불과했다. 거절의 말을 듣고 잠시 멍해 있던 약윤이 어깨에 화끈하는 통증을 알아차린 것은 잠시 뒤였다. 박혀드는 감촉도, 느낌도 없었지만 뜨거운 피가 팔로 뚝뚝 흘러내리는 것으로 알아차렸다.

오른쪽 어깨가 움찔거리며 들고 있던 검이 바닥으로 굴러떨어졌다. 아마도 혈이 마비된 듯 나무 토막처럼 굳어진 팔은 도통 움직일 생각을 하지 않았다. 약윤의 얼굴에는 불신감이 어렸다.

"중지!! 중지하시오!"

단상 밑에서 약윤의 상세를 한눈에 알아본 교언명이 뛰어올라 왔다.

꽤 많은 피가 소맷자락을 붉게 물들이며 단상 위에 점점이 불긋한 핏자국을 남기고 있었다. 이런 비무로 혈이 다치거나 막혀 불구가 되는 자들을 익히 보아왔기에 교언명은 우선 상세를 살폈다.

잔월비선은 교언명이 달려오는 모습을 보더니 혀를 차며 단상 위에서 내려왔다. 약윤은 그의 뒷모습을 노려보며 못내 분한 탓인지 아니면 어깨 탓인지 입술을 악물었다.

"…놓으시오."

"놓으라니! 상세를 봐야 할 게 아니겠소?"

교언명은 약윤을 부축해 일으켜 세웠다.

"놓아주시오. 저자에게 할 말이 있소."

왼쪽 손으로 오른쪽 어깨의 혈을 눌러 대충 지혈을 시킨 채 약윤이 벌써 저만치 걸어가고 있는 잔월비선을 비틀비틀 쫓아갔다. 관중들의 시선이 모이는 것은 고사하고라도 약윤은 반드시 그에게 할 말이 있었다.

'고집 세기는……'

교언명은 혀를 차며 단상 밑에서 대기하고 있던 의원들에게 손짓했다. 단상 위에서 다친 자의 상세는 반드시 보고하도록 되어 있었기 때문이다.

"자자, 모두 좌정해 주시오!!"

한편, 약윤은 잔월비선의 등을 향해 크게 소리쳤다.

"실망하였소!!"

그리 불러도 뒤돌아보지 않던 그가 그제야 뒤로 몸을 돌리며 약윤을 바라보았다. 자신의 좌석으로 가기 위함인 듯 사람들 사이를 헤치고 있던 차라 자연히 주변 사람들의 시선 역시 두 사람에게로 쏠렸다.

"저 몸을 해 갖고 오라버니를 쫓아오다니… 어지간히도 분했나 보군요."

사람들 틈을 헤치고 잔월비선에게로 달려온 것은 그의 여동생이라 알려진 잔혹미영이었다. 아리따운 외양과는 달리 손속은 매섭기 이를 데 없다지만 빼어난 미녀이고 보니 어디를 가나 시선을 받지 않을 수 없는 모양이다.

"상세를 좀 볼까요?"

잔혹미영은 싱긋 웃으며 약윤의 오른쪽 팔을 들어 올렸다. 황급히 붙잡힌 팔을 빼내려 해보지만 마비되어 있는 데다 손목의 완맥을 이미 잡힌 뒤였다. 게다가 붙잡고 있는 힘도 여인치고는 센 편이었다.

"놓으시오……!!"

자신을 조롱했다고 여겼는지 약윤의 표정에 점점 독이 오르고 있었다. 잔혹미영이 깔깔거리며 그제야 팔을 놓아주었다.

―심하진 않네. 그래도 사정 많이 봐준 거겠죠, 오. 라. 버. 니?

―…오라버니라고 하지 말라 했다. 누가 네 오라버니냐?! 형. 님. 이라고 부르라니까!!

―호호, 싫은걸요.

전음으로는 이런 대화가 오가고 있었지만 겉모습으로는 어디까지나 사이좋고 아리따운 남매로 보였다. 잔월비선은 그 특유의 이죽거림으로 약윤을 조롱했다.

"내 동생에게조차 그리 쉽게 완맥을 잡히면서 날 상대하겠다고? 아직 한참은 멀었구려. 적어도 내 동생을 상대할 정도가 되면 날 찾아오시오. 내 동생도 나름대로는 만천화우를 익히고 있으니 매달려 보시오. 혹시 아오? 붙잡고 매달리면 그대들의 비기를 조금이나마 시전해 줄지."

'…내 누님이긴 하지만 저렇게 이죽대는 걸 보면 살인 충동마저 느껴진다니까. 보는 내가 이럴진대 당사자는 오죽할꼬.'

자신의 누이가 이죽거리는 거야 어렸을 적부터 익히 당하고 살아왔지만 처음 겪는 사람이라면 아마 참을 인을 여러 번 그려야 할 터였다. 그것은 약윤이란 청년도 마찬가지인 듯 주먹 쥔 손과 몸이 바르르 떨리고 있었다.

"이… 파렴치한 작자! 그대가 쓰고 있는 무공의 대부분은 당가의 것이거늘… 당가의 직계손을 이리도 홀대할 수 있느냐?! 그대가 당가의 핏줄이 조금이라도 이어……."

약윤의 말은 잔월비선이 날린 지공으로 인해 끝까지 이어지지 못했다. 다친 어깨의 혈을 한 번 더 가격하는 잔인함을 보여준 그는 약윤의 앞까지 다가가 그 멱살을 움켜쥐었다.

"말을 삼가시오. 찾아갈 실력조차 되지 못하면서 비기를 보여달라니… 그대야말로 파렴치하지 않소? 내가 당가의 무공을 익히고 있는 것은 사실이나 대 무공의 전반적인 부분은 아니오. 극소수에 불과할 뿐……."

잔월비선의 눈에서는 살기마저 흘러나오고 있었다. 주변 사람들마저 흠칫하게 만들 정도로 강렬한 살기였다. 그것을 정면으로 마주 본 약윤의 경우는 더했다. 그가 언제 살기다운 살기를 느껴본 적이 있었던가…….

"누… 아니, 오라버니! 그만두세요!"

잔혹미영이 황급히 말리자 그나마 약윤의 멱살을 쥐었던 손이 느슨하게 풀어졌다. 잔혹미영은 뭔가 약윤에게 말해 주고 싶은 눈치였지만 잔월비선도 있고 주변의 이목도 쏠려 있어 차마 그러하지 못했다.

약윤은 그 자리에 주저앉은 채로 잔월비선과 잔혹미영이 자리를 비킨 후에도 내내 그러고 있었다.

*　　　*　　　*

"별말없던걸."

궁금해하는 모두에게 은평은 단 한 마디로 대답을 압축시켰다. 언급하고 싶지 않기도 했지만 밀약(密約)은 어디까지나 밀약이었다.

"그래도 궁금한데……."

포기하지 못한 주작이 중얼거렸지만 은평이 그런 것에 연연해할 리 만무했다.

"배고프다. 밥 먹으러 갈까?"

아직 점심 무렵이 되려면 조금 더 있어야 할 듯싶지만 어차피 은평을 꺾는다는 것은 계란으로 바위치기나 다름없는 일이었다. 청룡과 주작 등은 이내 포기를 하고 나무 위에서 내려왔다.

그때, 삐익— 거리는 날카로운 음색이 은평의 귓가에 잡혔다. 어떤 소리일까… 웬만한 새소리는 다 알아듣게 된 터, 자신이 알아들을 수 없는 새소리라니 왠지 믿어지지 않았다. 물론 최근에 청룡으로부터 그런 소리만을 차단할 수 있는 방법을 배우긴 했지만—자신이 기계가 된 것 같다는 느낌이 들었다. 특정한 소리만을 차단하고 들을 수 있다니 기계 같지 않은가!—말이다.

"저 녀석, 여긴 왜 왔지?"

주작 역시 소리를 듣고 하늘을 향해 손을 뻗었다. 하늘에는 이름 모를 맹금류 하나가 그 주변을 선회하며 빙빙 맴돌고 있어 은평은 그 녀석이 바로 날카로운 음색의 주인공임을 알아차릴 수 있었다. 하나, 매인지 독수리인지는 구분할 수 없었다. 그저 몸집이 큰 것으로 봐선 매는 아닐 듯싶다고만 막연히 생각했을 뿐이다.

새는 이내 주작의 손으로 날아들어 푸드득거렸다. 황금빛 눈과 매끄럽게 빠진 적갈색의 동체가 맹금류 특유의 위엄을 드러냈고, 크기도 공중에서 보기보다 훨씬 큰 편이었다. 어느 정도냐 하면… 어깨에 올려 데리고 다니기엔 무리가 따른다랄까? 그런 큰 녀석을 주작은 용케도 팔에 올리고 있었다.

"네 새야?"

새의 소유주를 묻는 은평의 질문에 주작 대신 청룡이 고개를 저었다. 그리고 은평의 질문에 대한 오류를 수정해 주었다.

"누군가의 소유라니 당치도 않아. 신수는 자신보다 하위에 있는 영수들에게 명령은 내릴 수 있지만 소유할 수는 없어. 게다가 주작은 모든 새들의 수장(首長)이나 다름없으니까."

"정말로 새의 수장이었어? 헤에… 허풍 치는 걸로 알았는데."

언제나 친절한 해설자(?)인 청룡이 옆에서 거들어주었다. 물론 허풍이라는 대목에서 주작의 눈길이 날카로워지긴 했지만 어디까지나 날카로워졌을 뿐 별다른 보복 조치(?)는 없었다. 하긴 보복하려다가 자신이 당할 게 뻔하니 미리 꼬리를 말고 내렸지만 또 다른 이유라면 모처럼 자신의 멋진 모습을 보여주고자 애써 평정을 유지했던 것이다. 나름대로는 위엄있으리라 여겨지는 동작으로 자신의 팔에 내려앉은 맹금류의 동체를 쓰다듬으며 주작은 고개를 끄덕였다. 녀석은 노랗고 날카로운 부리에서 무언가를 뱉어 주작의 손에 건넸다. 벌 같기는 한데 이것도 상당히 큰 크기라 은평은 벌이라 생각지 못했다.

주작에게 무언가를 건넨 녀석은 자신의 임무를 다했다는 듯 다시 하늘을 향해 날아올랐다. 푸드덕거리는 날개 힘이 대단해서 주변의 흙들이 휘날릴 정도였다. 저렇게 큰 녀석이 사람들의 눈에 띄지 않고 날아다닐 수 있다는 게 신기할 정도랄까.

"이건… 남만사독봉이로군."

주작은 자신의 손에 들린 것의 정체가 무엇인지 알고 있었는지 이내 이름을 말했다. 남만사독봉이란 말에 놀랐는지 청룡 역시 주작의 손에서 벌의 시체를 건네받아 이리저리 살폈다. 분명 틀림없는 남만사독봉이었다.

"더운 남만 지방에나 있어야 할 벌이 어째서 이곳까지 나타났을까……?"

"…부리는 자가 있다는 소리겠지."

주작이 지금껏 볼 수 없었던 진지한 기색으로 이마에 손을 짚었다. 현무는 주작의 말에 반론을 제기했다. 인간이 남만사독봉을 부리다니 들은 바 없던 일이 아닌가.

"남만사독봉은 인간이 부릴 수 없다."

"그럼 언제나 남만의 더운 지방에서 살아가는 놈이 이런 곳에 나타날 까닭이 있다고 여겨지냐? 그것도 대량으로?"

청룡은 자신의 손에 들린 남만사독봉의 시체를 다시 한 번 세세히 살폈다. 보통의 벌들과는 달리 딱딱한 동체를 가지고 있었고 몸집은 큰 편이었다. 더듬이가 길어 마치 대하(大蝦)처럼 뒤로 매끄럽게 넘어가 있으며 붉은 눈은 육각형의 형태… 누가 뭐래도 부인할 수 없는 남만사독봉이었다.

"남만사독봉은 온도에 민감해. 남만처럼 덥고 습기 찬 기후가 아니라면 금방 죽어버려. 지금이 아무리 절기상으로는 더운 하절(夏節)이라 해도 남만에 비할 게 못되지. 온도도 습도도 남만사독봉이 살아가기 좋은 게 없다고."

"그러니까 부리는 인간이 있다고 하는 거잖아. 아니면 이놈들이 덥거나 습하지 않더라도 견딜 수 있는 변종이거나."

주작과 현무의 논쟁은 계속되었다. 청룡이 끼어들기 전까지는 말이다.

"이놈의 주둥이를 봐, 피가 말라붙어 있어. 이놈들의 먹이는 사람이나 동물의 체액(體液)이지. 분명 이놈들을 부리는 인간이 있어."

청룡이 주작의 손에 놓여져 있던 벌을 관찰해 본 결과를 말했다. 그리고 증거를 보여주기라도 하듯 현무에게 벌을 들이밀었다. 그것은 현무에게 직접 확인을 구하는 것이었다. 현무는 수기의 신수이고 보니 작은 액체, 특히 그것이 피라면 한 방울로도 어지간한 것은 알아낼 수 있는 능력을 지닌 탓이었다.

현무는 남만사독봉의 대롱 같은 주둥이에 말라붙어 있는 피를 손으로 찍어 자신의 혀로 가져다 댔다. 하나, 맛을 본 현무는 곧 바닥에 퉤 하고 뱉어냈다. 어떤 표정을 짓고 있을지는 알 수 없지만 붉은 입매에 잠시 경멸과 조소가 어렸다는 느낌은 과연 착각일까……?

"…썩은 피다. 피의 주인은 젊은 여인이로군."

썩은 피를 먹었다는 말에 주작이 혀를 찼다. 아무리 체액을 먹고 자란다지만 신선한 피만을 좋아하는 벌들이 그런 것을 입에 댔을 리가 만무하다 여겨졌다.

"말도 안 돼. 썩은 피를 먹고 남만사독봉이 견딜 수 있을 것 같아?"

그 말에 현무의 입가가 완전히 일그러졌다. 말하기 싫다는 태도가 역력하게 비쳐졌다.

"그리고 독에 중독된 피다. 아마 독에 중독된 뒤 피가 썩어들은 것 같다. 그리고 그 피를 이놈들이 먹었고."

"설마……?!"

청룡이 아연한 표정을 했다. 남만사독봉은 그 본바탕이 독물이었다. 독물끼리라면 더 강렬한 독에 끌리는 것이 당연한 법, 아마도 자신보다 더 강렬한 독을 지닌 피에 현혹되어 썩은 줄도 모르고 쉽게 입에 댔을 것이다. 그리고 그 피가 남만사독봉의 돌연변이를 일으킨 것이겠고.

"그래. 변종일 거다, 이건……."

"그랬군. 그래서… 더운 기후가 아님에도 적응할 수 있는 것이고 더더욱 공격적인 성향으로 돌변했던 거야."

동물이나 인간의 체액을 먹긴 하지만 집단으로 떼지어 다니면서 공격하는 것은 아니었다. 그저 모기처럼 한두 마리 달려들어 체액을 취한다면 모를까.

셋이 그렇게 이야기를 나누고 있는 사이 은평은 자신이 따돌려진 것 같아 화가 났는지 영 못마땅한 기색이 얼굴에 역력히 드러나 있었다.

"벌 한 마리 가지고 되게 심각하게 구네. 이런 건 얼른 내다 버리는 거야."

은평이 다짜고짜 주작의 손에 들려 있던 벌의 사체를 빼앗았다. 그리고는 제일 만만한 백호의 입으로 벌의 사체를 들이밀었다.

"자, 먹어."

[제가 이걸 어떻게 먹습니까?!]

백호가 으르렁거렸다. 아침에는 머리 빗질시키고 목욕 수발 들게 하고, 어디로 갈 때마다 행장 꾸리는 것은 자신의 몫이며 매일 잡다한 물건들을 정리해 놓는 것도 자신이요, 침상 위에서는 난로와 푹신한 침구의 역할까지 수행해야 하는 걸로도 모자라 이제는 독물의 사체까지 먹어치우란다. 아무리 직속 상사(?)라 해도 너무 심한 처사가 아닌가?!

"원래 이런 불량 식품(?)도 먹어보고 해야 쑥쑥 크는 거라니까."

[신수는 다른 동물을 먹지도 못할 뿐더러 음식물을 굳이 섭취해야 할 이유도 없고 먹지 않아도 잘만 큽니다!!]

"어쭈, 개길래?!"

[아, 아니 그런 건 아니지만… 은평니이임~ 그걸 먹으라는 건 좀 심하잖습니까아아……]

백호는 아주 애원 조로 나가고 있었다. 옆에서 어이없이 보고 있던 청룡이 처량한 백호를 보다 못해 남만사독봉의 사체를 빼앗았다.

"좀 진지해져 봐. 우린 지금 심각하다구."

"…내가 진지하면 오히려 불안해하는 주제에 나보고 진지해지라는 거야?"

은평의 얼굴이 잠시 굳었다가 본래의 헤실헤실 쪼개는 웃음으로 순식간에 되돌아왔다.

"뭐라고……?"

"아냐, 아무것도."

어쩌면 간간이 보여주는 진지한 면모들이 은평의 참된 모습들 중 하나일지도 모른다는 생각이 청룡의 뇌리를 스치고 지나갔다. 아니, 거의 맞을 것이다. 어쩌면 점점 선인의 능력도 개화(開花)해 자신의 내심마저 어느 정도 꿰뚫고 있을지도 모른다고 생각하니 등골이 서늘해졌다.

'…진지해진다는 건 좋은 일인데 어째서 등골이 싸늘해지는 걸까……'

"그건 그렇고… 이 벌을 어떻게 발견하게 된 거냐?"

현무의 질문에 깜빡 잊고 있던 주작이 그제야 생각난 듯 고개를 끄덕거렸다.

"남만사독봉들이 은평을 찾고 있었다고 하더군. 물론 감히 천한 인계의 미물들 주제에 선인과 신수들을 찾아낼 수 없을 테니… 하여간 이 주위에 좍 퍼져 있던 놈들 중 한 마리를 잡아왔다고 하던데?"

"은평님이라니까!"

은근히 '님'이란 표현에 집착하는 현무는 여차하면 목을 날릴 기세였다.

"청룡이 말 막는 건 뭐라 안 하면서 어째서 나만 잡는 거야!!"

주작은 그것이 못내 억울했던 모양이었다. 청룡이 은평아 은평아 할 땐 시선이나 힐끔 주고 주의 몇 번 주고 말더니만 어째서 자신은 사생결단 낼 태도로 공격 태세부터 나오느냐 말이다. 이거야말로 인권… 아니, 신수권(?) 차별이 아니고 뭐겠는가.

"…그거야 네놈이 가장 만만하니까."

너무도 당연하다는 듯이 흘러나오는 대답에 여기저기서 웃음보가 터졌다. 청룡은 포복절도(抱腹絶倒)를 하며 땅바닥을 뒹굴고 백호는 웃지 않으려고 애쓰다가 입을 샐쭉거려 날카로운 송곳니를 드러내고 있다. 은평은 배를 잡고 웃으며 현무의 말에 맞장구를 쳤다.

"푸하하하하, 세상에나… 현무도 사람을 웃게 할 때가 있구나. 맞아, 참새가 제일 만만하다구."

[주작님, 죄송합니다… 안 웃으려 했지만 차마……]

"현무, 멋져."

"웃지 마!!"

주작이 현무를 노려보며 씩씩댔다. 좌중은 하도 뒹굴어서 옷과 머리가 엉망이 됐지만 그래도 우스운 모양인지 아직도 치밀어 오르는 웃음을 주체하지 못했다.

한참을 웃었음인지 은평이 그제야 입을 열고 꽤나 중요한 사실을 말해 주었다. 물론 은평의 입장으로선 나름대로 신경 써서 기억해 내 말해 줬다라는 입장이었을지 몰라도 청룡이나 주작, 현무에게도 그렇게 받아들여질지는 만무하다.

"막 생각났는데 나 이 벌들을 부리는 사람 봤던 것 같아."

은평이 던진 말 한마디의 파장은 엄청났다. 모두의 시선이 은평에게로 쏠린 것이다.

"그 단화우인지 뭔지 하는 사람이 데리고 다니는 꼬랑지(?) 중 하나인데 언제나 붕대로 몸을 감고 있었어. 그 여자가 이 벌들을 부리는 걸 거야."

변태 남매에게서 탈출해 무산으로 가던 무렵에 보았던 것이다. 이름은 까먹었지만 붕대로 몸을 감고 벌을 부린다는 사실만은 똑똑히 기억하고 있었다.

"그걸 왜 이제야 말해……?!"

"이제 생각났으니까."

'나 잘했지' 라는 표정으로 은평이 싱글거렸다.

"그래, 퍽도 잘했다. 내가 못 산다, 못 살아."

청룡은 뒷골을 붙잡으며 한숨을 내쉬었다. 어쩌면 이리도 대책이 없을까, 걱정이 태산 같았다.

"정말… 못 살겠어……? 죽여줄까?"

은평이 마치 하트를 띄울 듯한 얼굴로 청룡을 바라보았다. 청룡은 순식간에 온몸으로 오한이 번짐을 느꼈다. 뭐랄까… 생명의 위협을 느껴본 기분이었다. 신수가 생명의 위협이라니 물론 말도 안 되겠지만 저 생글거리는 얼굴을 본 순간 그런 느낌이 생생히 전달되어 왔다.

"…아뇨, 살고 싶어요."

청룡은 세차게 고개를 내저었다. 역시 목숨은 소중한 것, 질기고도 질긴 목숨이 신수의 목숨인지라 죽고 싶어도 죽진 않겠지만 은평의 손에 걸리면 쉽게 죽진 못.하.겠.다.는 생각이 마음 한구석에서 스멀스멀 피어올랐다.

"어쨌거나 가봐야지."

"어딜? 밥 먹으러 간다면서?"

"나 찾았다는 사람한테 가봐야지."

막상 가겠다고 돌아선 은평은 수많은 사람들을 헤치고 갈 생각을 하니 앞이 깜깜해져 옴을 느꼈다. 요즘 들어 사람들이 많이 모인 곳이 점점 기분 나빠지기 시작한 탓이 섞였을까… 쉽게 발걸음이 놓아지지 않았다.

"간다더니, 안 가?"

"우리는 갈 수 없어. 인간이 많은 곳은 질색이니까. 백호나 데리고 가."

청룡이 방관적인 태도로 어깨를 으쓱해 보였다. 은평은 그 모습을 잠시 바라보더니 이내 몸을 돌려 뒤도 돌아보지 않고 걸어갔다. 은평의 모습이 사람들 틈으로 완전히 사라졌다고 여겨질 무렵, 청룡이 놀랄 만큼 진지한 태도로 변했다.

"역시… 무언가 숨기고 있어……."

청룡의 중얼거림에 주작이 응수했다. 쓴웃음 짓는 태도가 어쩐지 쓸쓸해 보여서 주작답지 않았다.

"밀약인지 뭔지 하는 것?"

신수의 청력으로 그런 것도 듣지 못한다면 말이 되지 않는다. 더구나 은평이라는 매개체가 버젓이 있는데도 말이다(물론 매개체가 없다면 이야기가 달라지겠지만).

"아니… 그런 간단한 것이 아냐."

수면 아래에 잠겨서 떠오를 듯 말듯 그 모습을 드러내지 않는… 은평의 내면을 청룡은 알아챘다. 점점 깊은 나락으로 빠져들어 그 형체조차 분명치 않은 채 수면 위로 비친 모습이 마치 참된 모습이 되어버린 그것을 말이다.

은평은 기분이 나빠지려는 것을 애써 참아내며 백호의 몸을 더욱 더 꽉 껴안았다. 사람들이 밀집되어 있는 곳을 헤치면서 일일이 '죄송합니다, 비켜주세요'를 연발하는 것도 곤혹스러운 일임은 틀림없었다.

"이만큼이나 왔는데 아직도 저만큼이나 더 가야 돼?"

은평은 지금까지 걸어온 길을 돌아보며 투덜거렸다. 하나, 그녀가 알고 있을까? 짜기라도 한 것처럼 온통 검은색, 적색 등의 어둠침침한 색 일색인 이곳에서 흰 능라의가 얼마나 눈에 잘 띄는지를… 그리고 짝이라도 맞춘 것처럼 희귀한 백호 새끼를 데리고 있다는 점과 자신의 얼굴로 모아지는 시선을……

[정말 어지간히 둔하십니다.]

"나처럼 신경 예민한 사람이 어딨다고 그래?"

[…신경 두 번만 예민했다가는 얼굴 가죽에 구멍나겠습니다.]

"호피(虎皮)에 구멍나면 값 떨어질 텐데."

[…은평님!!]

"발끈하기는. 농담이야."

어째서 다른 사람의 입을 통해 들으면 우스울 농담이 은평의 입을 거치기만 하면 진담처럼 변해 버리는지 도통 모를 노릇이었다. '절대 우스갯소리로는 안 들립니다' 라는 말이 목구멍에서 메아리쳤지만 입 밖에 꺼내 화를 자초할 만큼 백호는 어리석지 않았다.

"저기요, 말씀 좀 물을게요."

은평이 주변에 있던 한 사내에게 말을 걸었다. 그 순간 시끌시끌하던 주변이 일시에 조용해지며 멀리 단상 위에서 무기끼리 부딪쳐 내는 금속성의 소리만이 울렸다.

"여기서 얼마나 더 가……"

은평이 채 말을 끝내기도 전에 사내가 슬금슬금 자리를 피해 도망치기 시작했다. 가뜩이나 불쾌하던 기분이 급속도로 싸늘하게 식어갔다. 자신이 괴물이라도 됐단 말인가. 그저 말을 걸었을 뿐인데 어째서 도망치는 것인지……

"저 말씀 좀 문……"

이번에는 말 붙이기도 전에 애써 시선을 피하며 이리저리 도망치고 있었다. 말을 걸지 않아도 이미 은평 주변에서 사람들은 슬금슬금 피하고 있었다.

'뭐, 뭐야, 이건!'

처음에는 몸에서 악취가 나는가 싶어 킁킁거리며 냄새도 맡아보고 말투가 건방졌나 싶어 좀 더 정중히 걸어봤지만 역시 무시당했다. 도대체 자신이 무엇을 잘못했기에 이런 대접을 받아야 하는지 은평의 머리로는 이해가 가지 않는 부분이었다.

물론 이들이 은평을 피하는 이유는 다름 아닌 '괜히 마교 교주와 염문이 있는 소저와 가까이 했다가 그 뒤에 마교에게 당할 봉변(?)이 두렵다' 였지만 그런 세세한 것을 은평이 헤아릴 리 만무하고 사람들은 알아서 은평을 피해 다니는 수밖에 도리가 없었다.

'도대체 어째서 피하는 거냐고!'

은평이 발을 동동 구르고 있을 무렵… 등 뒤에서 부드러운 목소리가 그녀를 불러 세웠다.

"이게 누군가요… 은평 소저가 아니신지요."

등 뒤에서 자신의 이름을 부른 저 목소리는 분명 기억에 있었다. 아마도… 섭능파라는 이름을 지닌 여인이었을 터였다. 그리고 천천히 고개를 돌리자 면사로 얼굴을 가린 여인이 고운 아미를 그리며 서 있었다.

"역시 맞았군요… 저 기억하시겠습니까?"

"네, 기억하고 있어요."

"꽤 오래된 듯싶은데 용케도 기억하고 계시는군요."

곱게 그려지는 아미와 투명하게 비춰지는 고운 얼굴이 미소를 짓고 있음을 드러내었다. 은평은 머리 위에서 찰랑거리는 장신구와 저런 팔랑팔랑, 치렁치렁, 하늘하늘의 결정체인 몇 겹이나 되는 옷을 입고 참용케도 활보하고 다닐 수 있군이란 생각이 들었다. 아마 자신 더러 저리하고 살라고 하면 바로 찢어버렸을지도 몰랐다. 그리고 매우 아름다운 얼굴임에도 저렇게 망사로 가리고 다니는 이유 역시도 이해되지 않았다.

"그렇게나 아름다운 얼굴을 하고 있으면서 어째서 얼굴을 가리고 다니는지 모르겠네요."

"…제 얼굴이 보이시나요?"

곱게 기울어지는 아미가 여전히 미소를 머금고 있음을 보여주었지만 목소리는 희미하게 떨리고 있었다. 자신의 면사는 천잠사로 짜여진 것으로 아무리 뛰어난 무공을 지녔다 해도 꿰뚫어 보기 힘든 것일진대 어째서 저런 소녀가 그런 소리를 하는지 납득할 수가 없었다.

"희미하지만 보이는데요? 매우… 아름다워요."

면사 안의 얼굴이 딱딱하게 굳어졌지만 겉으로는 전혀 티가 나지 않는 것은 능파의 자기 통제력이 매우 뛰어난 탓이리라.

"이런 곳에는 어쩐 일인가요? 백도의 아가씨가 올 만한 곳이 아닐 터인데……."

능파는 굳은 안색을 지우고 그 위에 그린 듯한 미소를 덮어씌우며 슬그머니 화제를 돌렸다.

"백도면 여기에 못 오나요?"

은평의 질문은 상당히 어이없는 것이지만 능파는 진지한 태도로 설명을 곁들여 주었다.

"보통 백도라면 이곳에는 얼씬도 하지 않겠지요."

"전 백도도 마도도 아니니까 상관없어요."

능파는 물이 흐르듯 자연스럽게 발길을 돌렸다. 굳이 어디로 가는 것이라 목적지는 말하지 않았지만 은평은 느낌상으로 이 여자를 따라가면 화우를 만날 수 있을 거란 생각이 들었다. 그래서 냉큼 그 뒤를 좇았다.

"단을 만나러 오신 거라면… 같이 가시겠습니까?"

"이미 따라가고 있는데요."

"그렇군요… 단은 내내 은평 소저를 걱정했을 겁니다. 잘 찾아오셨어요. 한데……."

"……?"

"팔에 큰 상처를 입은 걸로 알고 있었는데… 의외로 멀쩡하군요……?"

능파는 자신이 기억하기로 뼈가 보일 만큼 큰 상처였건만 은평의 손은 붕대를 감아놓긴 했지만 별로 다친 손 같지는 않아 보였다.

"아… 그러니까 자고 일어나 보니 나아 있던데요."

"…풋……."

은평의 대답에 능파가 실소를 터뜨렸다. 장난이었겠지만 은평의 태도가 너무 진지해서 자신도 모르게 웃음이 터져 나왔다.

"안 믿으시나 보네. 정말이에요."

"네네, 믿겠어요."

믿겠다 대답은 했지만 장난을 받아준다는 투여서 은평은 입을 삐죽거렸다.

능파는 익숙한 태도로 이리저리 좌석들 사이를 빠져나갔다. 사람들도 능파를 익히 알고 있는 듯 마치 물이 갈라지듯 알아서 길을 터주었다.

"저곳이에요. 단이 기다리고 있……."

상단에서 하단으로 내려오고 있는 소년을 발견한 탓일까, 능파는 제일 높은 좌석을 가리키다가 갑자기 말을 멈추었다. 마도에서는 찾아보기 드문 백의를 곱게 차려입은 소년은 바로 단운향이었다.

"이제 오는 겁니까?"

은평의 눈에 비친 단운향은 무척이나 곱상하게 생긴 소년이었다. 몸도 가늘고 호리호리한 데다가 절로 감탄사가 튀어나올 만큼… 여자보다 더 아름다운 소년이라는 표현이 딱 어울리는 사람이었다. 다만… 그것이 단운향의 성격을 몰랐을 때만 가질 수 있었던 생각이란 것을 깨달은 건 잠시 뒤였지만 말이다.

"예, 조금 늦었지만… 단이 반가워할 만한 객을 데리고 왔답니다. 운향도 인사하세요. 은평 소저십니다."

단운향은 그제야 능파의 뒤에 있던 은평을 발견할 수 있었다. 아래부터 훑어보며 점차 얼굴까지 시선을 준 운향은 잠시 표정을 굳혔다. 은평은 뚫어져라 바라보는 시선이 부담스러워 분위기를 바꿔보고자 먼저 말을 걸고 손을 내밀었다.

"안녕하세요."

악수를 청하고자 손을 내밀었는데 상대방은 자신을 빤히 바라보기만 할 뿐 별 반응이 없으니 점점 무안해졌다. 은평이 다시 손을 거두려고 할 즈음 운향은 대뜸 은평의 볼을 꽉 붙잡더니 탄성을 내질렀다.

"이거야, 바로!!"

"……?" X2

은평과 능파가 돌연적인 운향의 행동에 의문스러워했다. 두 사람이 의문스러워하든 말든 운향은 자기 할 말을 계속해 나갔다.

"드디어 찾았어……!! 내가 찾던 가장 이상적인 두개골!!"

"……?!" X2

능파도 황당해하고 은평도 황당해했다. 대뜸 남의 얼굴을 꽉 붙들고 한다는 소리가 저거라니 황당할 만하지 않은가. 그것도 '가장 이상적인 두개골'이라니.

"은평이라고 했던가? 초면에 이런 건 실례지만 날 위해서 좀 죽어줘……!!"

"…뭐?!"

은평은 자신이 잘못 들은 게 아닌가 되물었지만 되돌아오는 운향의 대답은 한결같았다. 자신을 위해 죽어달라는 황당무계한 소리 말이다.

"날 위해서 좀 죽어줘."

"내가 뭣 때문에 널 위해 내 목숨을 희생해야 하는데?!"

"…그거야 네가 완벽한 두개골을 갖고 있으니까지."

운향이 빙그레 웃었다. 백옥같이 흰 피부에 깎은 듯 아름다운 얼굴은 미소를 짓자 미모와는 걸맞지 않게도 살짝 소름이 끼쳐 왔다.

'…누, 눈이 풀려 있어……!'

자신의 얼굴과 운향의 얼굴이 가까이 붙어 있는 통에 은평은 운향의 눈을 똑똑히 볼 수 있었다. 동공이 살짝 풀려 있어서 척 보기에도 맛이 갔음(?)을 확연히 알 수 있을 정도였다. 겨우 정신을 차린 능파가 운향과 은평을 떼어놓으려 하자 운향이 갑자기 소매에서 날카롭게 갈아 날이 바짝 선 소도(小刀)를 꺼내 들었다. 그 소도가 은평의 눈에는 수술할 때나 쓰는 메스처럼 보였다.

"후후후… 드디어 발견했어, 이상적인 두개골……."

"이, 이거 놓고 말해!!"

은평이 벗어나려고 발버둥을 쳤지만 미친놈들은 힘이 세다는 옛말대로 볼을 꽉 잡고 있는 손아귀의 악력이 무척이나 셌다.

"자, 날 위해서 죽어줘."

빙그레 웃는 얼굴은 아름다웠지만 은평의 등 뒤로는 식은땀이 주르륵 흐르고 있었다. 은평에게 소도를 들이대는 모습은 마교에서 다치거나 아파봤던 무사들이라면 모두 한번씩 겪어봤음직한 모습이지만 그런 것을 은평이 알 리 없다.

"운향, 장난은 그만둬요."

운향의 진심임을 알아챈 능파가 황급히 둘 사이를 갈라놓았다. 그리고 여차 하면 자신의 세지연검(細之軟劍)을 날릴 요량으로 요대 쪽으로 오른손을 가져다 댔다. 평소에는 무공도 약한 그가 이런 눈을 하면 돌변해 버린다는 것을 알고 있기 때문이었다.

"아… 행복해. 저 두개골… 박제를 만들어봐도 멋지겠지… 증류액에 담가서 피부 원형 그대로 보존해도 멋질 텐데……."

능파는 그제야 운향의 눈이 살짝 풀려 있음을 눈치 챘다. 이런 눈을 하고 있다는 것은 그 특유의 독특한 취미가 발동했음을 암시하는 것이었다. 해부하기라던가 사람 두개골 수집이 취미인 그에게 필시 은평의 두개골이 맘에 든 것이리라.

"도대체 저놈 뭐예요?!"

"…이해해요. 조금 취미가 독특한 사람이라……."

능파는 사태를 수습해 보려고 애서 그녀를 달랬다. 운향을 어떻게 하면 제정신(?)으로 돌아오게 할 수 있을까 그것도 고민스러운데 은평까지 난리를 피우니 죽을 맛이었다. 운향이 한번 저런 식이 돼버리면 되돌릴 수 있는 것은 냉옥화나 화우밖엔 없질 않는가. 자신의 역량으로는 제정신으로 되돌리기에 불가능했다.

"저게 독특해요……?! 초면부터 죽어달라면서 목에 칼 들이대는 게?!"

저 소년의 취미는 아무리 생각해도 독특함과는 거리가 멀었다. 멀어도 아주 천 리 만 리 정도는 떨어져 있을 정도로 멀었다.

"내가 영원히 보관해 줄게. 어차피 죽으면 땅에 묻혀 썩어버릴 거잖아. 너 같이 완벽한 두개골은 본 적이 없어."

자신의 손을 붙잡으며 눈을 빛내는 그 모습은 마치 장난감을 사달라고 조르는 아이와도 같았다. 웃는 모습 자체는 순진무구하고 천진난만한 어린아이의 그것이지만 요구하는 것은 무시무시하다.

[크와아앙~]

백호가 참다 못해서 으르렁거리며 은평의 손을 붙잡고 있던 운향의 팔뚝을 날카로운 앞발로 확 긁어 내렸다.

"백호의 새끼로군!! 마침 호골(虎骨)이 필요하던 참인데 잘됐군. 완벽한 두개골에 희귀한 백호의 새끼까지!!"

앞발에 할퀴어진 팔뚝에서 피가 뚝뚝 흐르며 백의를 적셔가는데도 아픈 내색 하나 없이 히죽대는 모습에 백호마저 질린 듯 보였다.

[…뭐, 뭡니까, 저놈?!]

"그걸 내가 어떻게 알아!"

"둘 다 그만둬요. 은평 소저도 흥분 가라앉히고. 운향, 그 소도 좀 집어넣으세요!"

능파는 은평의 어깨를 잡아 자기 뒤쪽으로 숨기고 운향을 타일렀다.

하나, 눈이 풀려 있는 운향이 능파의 말을 들을 리 없었다. 오히려 생글생글 웃으며 피 묻은 팔을 들어 피를 핥았다.

"이리 와. 두피와 두개골을 멋지게 발라내 줄 테니까."

능파는 더 이상은 버틸 수 없다는 사실을 자각하고 바로 실행으로 옮겼다.

"꽉 잡아요!"

바로 은평의 손을 잡고 경신술을 운용시켰다. 사람들이 많은 곳에서는 어지간하면 무공 쓰기를 자제하는 터이지만 운향이 저 지경이니 하는 수 없었다. 우선은 자리를 피하는 것이 상책이라 여겨졌다.

능파가 마치 나비처럼 부드럽고도 유연한 움직임을 그리며 운향의 머리 위를 뛰어넘어 순식간에 화우가 앉아 있던 단상 옆까지 당도하는 솜씨는 가히 일품이었다. 마치 제비와도 같아 아연미랑이라는 별호가 붙은, 무림삼미 중 하나인 연다향과 비교해도 손색없을 정도로.

마도의 좌석들 중 제일 상석답게 널찍한 공간이 마련되어 있었다. 그 뒤로는 시비(侍婢)나 측근들이 시립해 있을 만한 공간이 남아 있고 그 앞으로는 옻칠을 한 윤기 도는 좌석이 두어 개 마련되어 있었다.

"어쩐 일입니까, 무공까지 쓰시면서……."

시립해 있던 백발문사와 밀랍아가 제일 먼저 능파를 발견했다. 그리고 능파에게 안겨 있다시피한 은평 역시.

"은평 소저를 데려왔답니다. 단은 어디에 있습니까?"

밀랍아는 붕대 사이로 비치는 흐릿한 눈동자로 은평을 가만히 바라보더니 몸을 다시 돌려세웠다. 그것이 어떤 의미를 나타내고 있는지는 알 수 없지만 호감(好感)을 가지고 있지 않다는 것만은 확실할 듯싶다.

"소저, 이쪽으로……."

백발문사는 은평을 좌석 가까이로 인도했다. 마련된 세 개의 좌석 중 두 번째에 화우가 앉아 있었다. 약간 피곤한 듯 관자놀이에 손을 대고 살짝 잠들어 있었다.

"이것저것 신경 쓰실 일이 많아 신경이 쇠약해지셨나 봅니다. 깨우……."

"아뇨, 괜찮아요."

은평은 고개를 내저었다. 굳이 피곤해서 자는 사람을 깨울 마음도 없었고 어차피 하루 종일 자지는 않을 테니 기다리라면 기다릴 수도 있었다. 원래 잘 때가 가장 무방비하다고들 하지 않던가. 그런 모습을 한 번쯤 봐두는 것도 재미있을 듯싶었다.

'…약을 드시게 하였는데… 언제 깨실지……'

화우가 신경 쓰는 모습이 보기 싫어 일부러 차에 잠을 유도하는 약초를 넣었기 때문에 상당히 오랜 시간이 지나야 깨어날 터인데 이 말을 해야 할지 말아야 할지 백발문사는 잠시 고민에 휩싸였다. 그는 무인이니 보통인들보다는 깨어나는 시간이 빠를 것이라는 데 기대를 거는 수밖에.

은평은 조심조심 화우 근처로 발걸음을 떼어놓았다. 조심스럽게 화우 앞까지 당도한 뒤, 손을 눈앞에서 획획 흔들어 정말로 자는 것인지 확인 작업(?)을 해보았다. 이 정도 되면 예민한 감각으로 인해 벌써 깨어났어야 하지만 차에 들어 있던 약 탓인지 화우는 세상 모르고 자고 있었다.

"정말 자나……?"

귀밑으로 뻗어 내린 머리 몇 가닥을 집어 확 잡아당겨 보았다. 나름 대로 세게 잡아당겼다고 생각했는데 영 깨어날 기미가 없었다.

"…그만두십시오. 곧 깨어나실 것입니다."

"정말 자는 건가 안 자는 건가 시험해 본 거예요. 정말 자나 보네……."

은평이 중얼거릴 무렵, 꽉 감겨 있던 화우의 눈꺼풀이 조금씩 움직이기 시작했다. 이윽고 눈꺼풀이 완전히 열리고 화우의 동공이 드러났다. 화우는 욱신거리는 귀밑머리를 문지르며 잠에서 덜 깨어 흐릿한 시야를 애써 바로잡았다. 그리고 바로 눈앞에 있는 은평의 얼굴과 눈이 마주치는 순간… 굳어버렸다.

"얼레, 깼다."

분명… 은평의 목소리와 은평의 얼굴이었다. 지금 자신이 꿈을 꾸고 있는 건가 하고 자기도 모르게 허벅지 살을 꼬집어보기도 했다. 아픈 감각을 보니 꿈은 아닌데 오전에 그리 찾아 헤매도 보이지 않던 은평이 어째서 자신의 눈앞에 와 있는 것일까.

"깼어요?"

"으, 은평 소저… 여긴 어쩐 일로……?"

"…소저라고 부르지 말라고 했을 텐데!"

은평의 아미가 치켜 올라가며 날카로운 선을 그려냈다. 화가 났다는 증거였다. 아니, 어쩌면 은평 입장에서는 짜증이 날 만도 했다. 소저라 부르지 말라고 몇 번에 걸쳐서 누누이 말했는데 다시 만날 땐 또 소저 소리를 듣고 있으니 말이다.

"건망증 있어요? 도대체 부르지 말라는데 계속 부르는 건 무슨 심보인지 정말……."

"…아, 아니… 그런 게 아니고… 그러니까… 그……."

화우는 차마 말을 잇지 못하고 버벅거렸다. 뒤에서 보고 있던 백발 문사와 능파, 그리고 밀랍아는 '…' 외엔 할 말이 없는 듯했다. 평소에는 과묵하게 행동하고 무공 익히는 것 외에는 별다르게 반응을 보이는 것마저 없던 사람이 갑자기 어버버대질 않나, 얼굴에는 살포시 홍조까지 띠고 있으니 어이가 없을밖에.

"뭐, 됐어요. 다음부터는 절대 부르지 마요. 그걸 듣고 있으면 닭살이 좍좍 돋다 못해서 머리털까지 기립할 지경이라고요."

은평은 화우의 옆자리에 털썩 주저앉았다. 기본적으로 목재인지라 딱딱하긴 했지만 그 위에 깔린 갈색의 비단 방석은 포근했다. 화우는 자신의 옆에 앉은 은평을 딱딱히 굳은 시선으로 보고 있었다.

"음… 표정이 왜 그래요? 저 여기 앉으면 안 되는 거였어요?"

화우는 홍조 띤 얼굴로 고개를 양 옆으로 세차게 흔들었다. 당연히 안 될 리가 없지 않은가. 오히려 앉아주기만을 학수고대(鶴首苦待) 바라왔건만.

"그렇게 고개 흔들면 머리 안 아파요? 아플 것 같은데?"

"아, 아프지 않소."

화우는 애써 고개를 돌려 단상 쪽으로 시선을 줬지만 자꾸 옆으로 눈길이 샜다. 계속 빤히 쳐다보면 무례일 것 같아서 애써 피해보는 것도 허사였다.

은평은 안고 있던 백호의 앞다리를 붙잡고 뒷발만을 딛게 해 일으켜 세웠다. 그러더니 앞발을 붙잡고 마치 박수를 치듯이 탁탁 부딪치게 했다. 외양은 아직 어린 새끼 백호인 관계로 그 모습이 앙증맞게 잘 어울렸지만 신수 체면이 있지, 어찌 이런 짓을 하고 있단 말인가. 백호는 당연히 반발했다.

[지금 뭐 하시는 겁니까?!]

"아기 호랑이 손뼉 치기 놀이~"

[신수 체면이 있지 시킬 걸 좀 시키십쇼!]

"어쭈, 자꾸 까불래?"

은평이 눈을 치켜뜨자 백호는 알아서 꼬리를 말았다. 부딪쳐 봐야 자신만 피곤해지는 일이니 일찌감치 포기를 하는 편이 좋았다.

"제 옆 얼굴에 뭐라도 묻었어요? 어째서 그렇게 뚫어져라 바라보는 거예요?"

"……!!"

화우는 자신도 모르게 계속 은평을 바라보고 있었다는 걸 그제야 깨달았다. 단상 위로 시선을 주었다고 생각했는데 어느새 옮겨왔는지 바라보고 있던 것은 은평의 옆 얼굴이었다. 하지만 은평의 반응은 전혀 뜻밖의 것이었다.

"아아… 화우도 이게 해보고 싶은 거죠?"

"에……?"

"에이~ 하고 싶으면 진작 말하지 그랬어요."

은평은 백호를 번쩍 들어 얼이 빠져 있는 화우의 품 안에 안겼다. 그러더니 각각 왼손과 오른손에 백호의 앞발 하나씩을 쥐어주기까지 했다.

"해봐요. 재밌어요. 아기 호랑이 손뼉 치기 놀이."

화우는 쭈뼛쭈뼛하는 태도로 천천히 백호의 앞발을 부딪쳐 보았다. 은평은 뭐가 그리 좋은지 깔깔거리며 유쾌한 웃음을 터뜨렸다. 화우는 어색한 미소를 띠며 계속 백호의 앞발을 부딪치며 은평이 앞서 실행한 손뼉 치기 놀이를 이어받았다.

[…신수인 내가 어쩌다가 이런 신세가 된 걸까…….]

백호는 한숨을 내쉬며 눈앞의 인간을 물끄러미 응시했다. 알고 보면 이놈도 참 불쌍한 놈이었다. 어쩌다가 눈에 콩깍지가 씌어 은평님 같은 무시무시한 사람에게 빠진 것인지… 앞날이 걱정스럽기까지 했다.

"잘하네요. 계속해 봐요."

은평은 치밀어 오르는 웃음을 간신히 참았다. 생각해 보라, 소년도 아니고 다 큰 남자가―그것도 평소에는 진중하고 과묵하기 이를 데 없는 사람이―앉아서 얼굴에는 불그스름한 홍조를 띤 채 새끼 백호의 앞발을 서로 맞부딪치는 놀이를 하고 있다고. 평소의 그를 알던 사람이라면 실제로 보았다 해도 믿지 않을 광경이었다.

'주, 주군…….'

차마 말릴 생각도 하지 못했다. 그저 속으로 어이없는 듯 중얼거릴 뿐. 못 볼 꼴(?)을 보았다는 느낌이지만 뒤에서 그대로 시립해 있는 것이 자신의 소임이니 별수없었다. 저런 꼴이라도 보고 있어야만 했다.

"왜 다들 여기에 서 있어요?"

백발문사의 등 뒤에서 혈수나찰 냉옥화의 음성이 들렸다. 어딜 다녀온 것인지 팔에 긁힌 상처가 나 있고 맵시 좋게 틀어 올린 머리카락이 약간 헝클어져 있었다. 백발문사는 저 광경에서 눈을 돌릴 호기로 삼고 얼른 냉옥화에게로 몸을 돌렸다.

"어딜 다녀오시는 것입니까?"

냉옥화는 화우와는 사형제지간이요, 태상 교주의 제자였다. 마교 내에서는 장로들을 제치고 다섯 번째 안에 드는 서열이니 백발문사의 존대는 아주 당연한 것이었다.

"운향이 길길이 날뛰기에 수혈 좀 짚어놓고 오는 길이에요. 한데… 무슨 일 있어요? 안색이 평소보다 더 창백해 보이네요."

"…그것이……."

차마 발설하기 곤란하다는 표정을 하고 있으니 냉옥화의 호기심이 발동하는 건 당연한 이치. 냉옥화는 자신의 앞을 떡하니 가로막은 백발문사의 옆을 스쳐 지나 화우에게로 가고자 했다. 하나 채 한 발자국도 못 움직이고 뻣뻣한 나무 토막처럼 굳어버렸다.

"……?!"

눈앞에서 벌어지는 상황을 도저히 믿을 수 없었다. 자신의 사형의 얼굴을 하고 앉아 있는 저 사내는 도대체 누구란 말인가. 저런 게(?) 자신의 사형이자 마교의 교주일 리 없었다. 머리는 눈앞의 현실을 부정하고자 하지만 마음속 한구석에서는 저것이 자신의 사형이 맞다고 외쳐 대고 있다. 어쩐지 백발문사가 껄끄러워했던 것도 이해가 가는 순간이었다.

"…말도 안 돼……."

이제는 소름이 돋을 뿐더러 두렵기까지 했다. 얼굴에 홍조를 띠는 것도 좋고 다 좋은데 품에 안고 있는 새끼 백호는 좀 내려놓아 주었음 했다. 아무리 좋게 봐주려 해도 저건 용납이 되지 않았다.

뒤에서 냉옥화를 비롯한 여러 사람이 한숨을 내쉬든 말든 화우는 마냥 기분이 좋았다. 자신이 백호의 앞발을 붙잡고 손뼉을 치면 은평이 즐거이 웃는 모습을 보여주질 않는가. 항상 저렇게만 웃어주면 평생 이러고 있으라 해도 할 자신이 있었다.

"아… 배 아파서 더는 못 웃겠다. 그만 건네주세요."

이젠 웃기도 지친 은평이 다시 백호를 건네받기로 한 모양인지 화우의 품 안에 있던 백호를 데려왔다.

[은평님, 너무하십니다… 뒷다리가 후들후들거린다구요.]

백호의 칭얼대는 소리가 들렸지만 막강 전제 군주(專制君主)인 은평이 들어줄 리가 절대로 없었다. 오히려 눈을 부라리며 구박을 했으면 몰라도.

"한데, 소… 아니, 은평."

화우는 마음에 걸리는 것이 있었던지 은평을 향해 나지막히 중얼거렸다.

"왜요?"

"이곳은 마도의 본거지로 정도의 사람이 올 만한 곳이 못되오이다. 여기까지 날 찾아와 준 것은 고맙게 여기나……."

그랬다. 이곳은 마도 좌석이었고 상황으로 볼 때 은평은 백도 사람인 것이 분명했다. 그러니 화우의 입장에서는 기쁨과 더불어 걱정이 되는 것도 어쩜 당연한 것이었다.

'똑같은 질문을 오늘따라 참 많이 듣네. 인간들이 다 짰나……?'

은평은 투덜거렸지만 그렇다고 짜증을 낼 수도 없어서 대충 설명하기로 마음먹었다. 정도니 마도니 나눠서 어디다가 써먹겠다는 건지 참으로 궁금했다. 인간이란 건 어느 한편으로도 기울어질 수 없는 존재인 것을, 무작정 편 가르기만 해서 뭘 할 건지… 갑(甲) 아니면 을(乙)이다라는 식의 흑백논리(黑白論理)가 은평은 싫었다.

"전 정도도 아니고 마도도 아니에요. 제가 어딜 가나 아무런 상관이 없다구요."

은평의 대답을 듣는 순간 화우는 귓가로 저 멀리 바다 건너 양이(洋夷)들에게서 수입한다는 값비싼 폭죽(爆竹)이 터지는 듯한 착각에 휩싸였다. 점점 희망(?)의 빛이 비춰지고 있었다. 스스로 자신을 찾아와 주었고, 자신의 앞에서 웃어주었고, 거기다가 정도 사람이 아닌 정사 중간의 입장이라 하질 않는가. 물론… 스스로 자신을 찾아와 준 것에는 이유가 있고 웃은 것 또한 즐거워서가 아닌 우스워 견딜 수 없어서였고, 정도도 백도도 아니라 한 것은 정사 중간의 인물을 뜻하는 것이 아니었지만 착각은 자유라지 않던가. 화우는 망상(妄想)이란 말이 더 어울릴 법한 상상을 떠올리며 마음껏 즐거워했다.

"이곳의 자리가 제일 높네요?"

"…마교의 좌석이니까 당연히 그렇지 않겠소. 마교는 마도의 구심점(求心點)이라 할 수 있으니 말이오."

"마교……? 아, 맞다. 마교의 교주라고 그랬죠?"

"일단은 그렇소."

화우가 교주임을 인지하는 순간 은평의 머리 속으로 괴상한 옷을 걸치고 '믿습니까'를 외치고 있는 화우와 그 아래 꿇어앉은 수많은 광신도들이 '믿습니다'를 외치고 있는 광경이 떠올라 버렸다. 저 얼굴과는 도저히 어울릴 것 같지 않지만 본인이 교주라는 데야 별 할말이 없었다.

"…쯧쯧, 그 나이에 교주 노릇 하려면 힘들겠어요. 힘내요!"

물론 은평은 자신이 떠올린 광경을 염두에 두고 한 말이었지만 화우는 가슴 한구석이 짠해져 옴을 느끼며 '태어나길 잘했어!'라고 외치고 있었다. 분명 자신을 걱정해 주고 있지 않은가… 이른바 동상이몽(同床異夢)의 시작이었다.

"나고 자라온 곳이고 내가 반드시 이끌어가야 할 자들이라고 생각하면 힘들지 않소."

'불쌍하게도… 그런 곳에서 태어나다니… 흰옷 씨―…아마도 헌원가 진을 지칭함인 듯하다―는 겨우 그런 걸 알자고 날더러 알아봐 달라고 했던 거야?'

어쩐지 어이없다는 생각이 들었다. 말만 번드르르 했지 사실은 종교 가입(?)할 목적이었던가 보다라고 치부하고 은평은 조사를 계속해 나갔다.

"피부가 제법 희네요. 뭐, 피부 미용 하는 거라도 있어요?"

"…피부가 흰 것은 강호 출도를 하기 전 폐관 수련에 들어간 탓일 것이오. 이상해 보인다면 다시 태우겠소."

폐관 수련이 뭔지는 알 수 없었지만 뭐 피부 미용에 좋다니 자신도 해볼 마음이 생겼다. 물론 진짜 폐관 수련이 무엇인지 은평이 그 의미를 알았더라면 절대 시도하지 않았을 일이었지만.

―푼수가 따로 없네요.

―사람 하나 망가지는 거 참 쉬운 일이었군요. 처음 알았습니다.

백발문사와 냉옥화는 전음을 주고받아 가며 한숨을 내쉬었다. 능파는 어느새 자리를 떴는지 보이지 않았다. 백발문사는 능파의 기분을 알 것도 같았다. 차마 보기 괴로운 것이리라. 백발문사가 능파의 행방을 쫓기 위해 고개를 돌리던 찰나, 백의의 소년이 이쪽을 향해 오고 있는 것을 발견했다. 분명 단운향이었다.

―…저 망할 녀석. 수혈 짚어서 재워놨는데 어느새 깨어났지?

―소공자(小公子)께선 주군의 무공에 비하면 약할지는 모르나 고수의 반열에 드시는 분이고 의원이십니다. 수혈 하나 풀지 못하실 리가

없지요.

백발문사는 웃으며 운향을 두둔했다. 태상 교주의 아들이긴 하나 그 진전을 이어받은 바 없고 장로인 제갈귀의 무공과 의술만을 이어받았으니 어쩌면 냉옥화와 배분은 거의 같다고 볼 수도 있었다. 약당전주라는 직책을 맡고 있긴 했지만 백발문사에게 있어서 운향은 영원한 소공자였다.

―…저놈이 의원이면 이 세상에 아플 사람 아무도 없을걸요? 마교에서 그렇게 봤으면서도 모르겠어요? 저 녀석이 약당전주가 된 뒤로 약당전에서 쓰이는 약재(藥材)가 삼분지 일로 줄었잖아요. 저 녀석 덕분에 마교의 무사들은 팔이 잘리고 다리가 잘린다 해도 절대 약당전을 들르지 않고 자기가 직접 치료하는 기괴한 풍습까지 생겼다고요. 하긴 나 같아도 가기 싫을 거라구요. 어디가 아파서 찾아왔다고 하면 무조건 배부터 가르고 머리부터 째고 보는 놈한테 어떻게 치료를 받겠다고……

냉옥화의 말에는 한 치의 거짓도 없었으므로 백발문사는 그저 '허허' 하고 어색하게 웃을 수밖에 없었다. 소공자가 특이한 면이 많은 반골(反骨)이란 것은 확실했다. 마교 교주의 차남으로 태어났음에도 무공보단 의술을 더 좋아하고 척 보아도 부계(父系) 쪽 피가 짙은 자신의 주군에 비해 모계(母系)의 피가 짙어 호리호리하다.

"벌써 깼네. 제정신은 좀 들어?"

"그 여자 애 어디 있어?!"

냉옥화를 발견한 운향이 처음 내뱉은 말은 그것이었다. 옥화는 혀를 차며 운향의 뒤통수를 내려쳤다.

"소도 들고 설치면서 발작하는 놈 힘들게 제정신 들게 해놨더니 깨어나서 한다는 소리가 고작 그거야?"

"그 소녀 찾아야 해. 어디 있어?!'

냉옥화는 한숨을 내쉬었다. 언뜻 보기에도 분명 지금껏 본 적 없는 아름다운 소녀임에는 틀림없지만 난데없이 두개골이라니… 도대체 이 녀석이 추구하는 미의 기준은 어디에 처박혀 있는 것인지 이해할 수가 없었다.

"두피를 모은다면 이해를 하겠는데 왜 하필이면 두개골이야?"

물론 그 뒤에 뒤따라올 '괴기스럽게'라는 말은 자연스럽게 생략되어 있었다. 괴기스러우니 어쩌니 토를 달면 '인간의 신체를 다루는 신성한 일'이라고 화를 버럭 내는 운향의 비위를 맞춰주기 위해서였다.

"그런 이상적인 균형을 이루고 있는 두개골은 지금껏 본 적이 없어. 정말 완벽에 가까운 골격이었지… 두개골밖에는 알아낼 수 없지만 두개골이 그 정도라면 뼈 역시 최상의 골격을 하고 있을 거야. 만약 내가 수집할 수 있다면 최고의 수집품이 될지도 몰라……."

꿈을 꾸는 듯한 모습을 한 채로 운향은 중얼거렸다. 하는 말을 듣자 하니 이놈이 아직 정신을 차리지 못한 모양이었다. 옥화는 뒤통수 몇 대를 더 갈기고 싶은 충동에 휩싸였지만 애써 자제했다. 어째 이놈은 생긴 것 따로 하는 짓 따로인지 모르겠다. 지놈 생긴 얼굴에 걸맞게 놀아주면 머리에 쥐라도 나는 걸까?

"그 꿈은 포기하는 게 좋을 거야. 아무리 봐도 순순히 죽어줄 것 같지는 않던데? 더군다나 네가 열렬히 존경에 마지않는 사형이 좋아하는 여자인데 두개골이니 골격이니 뭐니 하면서 설칠 수 있어?"

잘록한 허리에 손을 짚은 채 옥화가 씩 웃었다. 오랜만에 운향의 멍한 얼굴을 보자니 재미가 새록새록했던 것일까.

운향은 믿을 수 없다는 눈을 하고 옥화를 노려보았다. 옥화는 자신의 몸으로 가로막고 있던 운향의 시야를 틔어주었다.

"저기 좀 보라고. 네가 존경에 마지않는 사형이 어떤 꼬락서니를 하고 있는지."

옥화의 예상대로 운향은 눈앞의 광경을 목도하는 순간, 딱딱한 장승처럼 굳어버렸다. 불신의 기색이 눈동자 가득 새겨져 있고 미간에는 주름이 잡혔다.

운향에게 있어 그의 사형이 어떤 존재인지를 옥화는 너무도 잘 알고 있었다. 자식들에게 냉랭했던 어머니에 대한 불만은 자상하게 보살펴 준 형에 대한 애정으로 바뀌고 거친 마교에서 살아온 과정에서 호리호리하고 곱상한 자신의 몸에 대한 열등감과 형 같은 모습이 되고 싶다는 열렬한 소망이 겹쳐져 지금의 상태에 이른 것임을.

*   *   *

허름한 승포 차림에 죽립을 눌러쓴 그의 모습은 영락없는 떠돌이의 모습이었다. 죽립 때문에 푸른 벽안과 금발은 감출 수 있었을지 몰라도 서역인 특유의 목소리는 여전했다.

"이걸 겨우 더위라 말하다니… 중원인들이란 참……."

열사(熱砂)가 휘날리는 땅에서 나고 자라온 그에게 이 정도 더위는 아무것도 아니었지만 그의 주변에는 땀을 뻘뻘 흘리며 연신 손 부채질을 하는 사람들로 가득했다.

어깨까지 닿는 죽립을 조금 들어 올려 주변을 둘러보는 동작은 극히 조심스러웠다. 중원인이 아니라는 표식과도 다름없는 금발 벽안을 지닌 탓이리라.

직접 무림대전이 열리는 맹 내까지는 들어서지 않았지만 맹 앞의 대로변은 온갖 사람들로 북적임이 일었다. 막리가는 맹의 정문 앞에 서서 현판을 잠시 바라보더니 홀연히 마치 연기라도 된 양 사라져 버렸다. 지나가기 바빴던 사람들은 알아차리지 못했으나 그런 막리가를 주시하고 있던 눈이 하나 있었으니…

'드디어…….'

특징 하나 없는 평범한 얼굴이었다. 너무도 평범하고 어디에서나 한 번 봤을 법한… 사내가 지닌 것은 평범한 농기구로 무림인들이 너도나도 지나다니는 이곳에는 어울리지 않았지만 사내에게 신경 쓰는 자는 없었다. 그것은 필시 사내의 분위기 탓일 터.

'성공하리라는 기대는 애초부터 하지 않았다. 그저… 흔들어놓기만 하면 되는 것이 아니던가…….'

사내는 비칠비칠 돌아섰다. 손에 들려 있는 쟁기를 질질 끌며 돌아가는 굽은 등이 어쩐지 위태로워 보였다.

*　　　　*　　　　*

"벌써 이렇게 시간이 흘렀나? 벌써 점심이로구먼."

"그러게나 말일세."

백염광노와 파랑군 두 노인의 배꼽시계는 그 무엇보다 정확했다. 두 노인이 일어서자마자 정오임을 알리는 종이 울려대니 말이다.

둘의 주변에는 술병 여러 개와 이름 모를 동물의 뼈가 수북히 쌓여 있었다. 오전의 비무가 진행되는 내내 먹어치운 것치고는 상당한 양이었다. 그럼에도 불구하고 또다시 무언가를 먹으러 갈 기세인지라 주변 사람들은 모두 질렸다는 표정을 했다. 뱃속에 아귀가 몇십 마리씩 들어찬 것일까, 개방문도들도 저렇게 먹어대진 않을 것이라 생각하니 두 노인이 진정으로 위대(胃大)해 보였다.

'…아귀라도 저 정도는……'

인 역시 혀를 차며 자리에서 일어났다. 오전 비무를 봤으니 오후에는 나무 위에 올라가 오수라도 즐길 심산이었다.

"야, 이놈아!"

인은 걸어가다 말고 파랑군이 자신을 부르는 호칭에 발끈했다. 하나, 차마 티를 낼 순 없어 그냥 순순히 뒤돌아섰다. 외양이 이런 모습이니 누가 나이를 말하면 제대로 믿어줄까.

"왜 그러시오?"

"같이 가자, 이놈아."

"…점심 시간이 됐으면 젊은 놈이 알아서 노인들을 모시고 가야지, 우리가 네놈을 불러 세워야겠느냐?!"

백염광노의 말투는 당당했지만 뭔가 석연치 않은 듯 자꾸 헛기침이 튀어나왔다. 간간이 풍겨내는 분위기만으로도 자신들을 압도시킨다는 것과 동공에 떠올라 있는 허무함을 보아도 외양 그대로의 나이라고는 믿기 힘들었다.

"…같이 옆에서 비무를 관전하기는 했소만 노인장들과 나는 아무런 연관성이 없지 않소."

"옷깃만 스쳐도 인연이라는데 관전까지 했으니 우리는 보통 연이 아닌 게다."

"맞다. 자, 젊은 놈이 어서 우리 좀 안내해 봐라."

누가 젊은 놈인가. 정작 젊은 놈이라 불러야 하는 것들은 자신일진데 한참이나 연배 높은 자신에게 버릇없이 구는 것이 영 보기 싫었다. 젊은 놈, 젊은 놈이라고 언급할 때마다 인은 '이놈들을 죽여, 살려'라는 고민에 휩싸여야 했다. 그래도 이런 분위기를 풍기면 알아차려 주겠지 싶었는데 눈치도 없는지 조심하는 기색이 보이지 않았다.

"이놈이 노인네 말이라고 무시를 하는구먼."

뒤에서 두 노인이 투덜거리든 말든 인은 발길을 재촉했다. 애초에 가까이 다가가 앉았던 자신의 잘못이 크니 어쩌겠는가.

인은 뒤에서 뭐라 부르던 무시하고 발걸음을 빨리했다. 경신법을 쓸까도 했지만 이렇게 사람들로 북적거리는 곳에서 무공을 쓰긴 영 내키지 않았다. 자신이 무시하고 발걸음을 재촉하니 뒤에서 두 노인이 뒤따라오는 소리가 들렸다.

"어째서 따라오시는 게요?"

"누가 네놈 뒤를 따라간다 했느냐?! 우린 우리 갈 길 갈 테니 네놈도 가거라!"

나지막이 깔린 인의 목소리에 주눅은 들었지만 백염광노의 목소리만은 여전히 당당했다. 인은 코웃음을 치고는 다시 발걸음을 재촉했다.

─저놈이 어디로 가는 것이냐?

─낸들 아느냐?

서로 전음을 주고받으며 뒤를 밟았다. 한편, 인은 어느 정도 가면 뒤따라오지 않겠지라고 생각했건만 두 노인이 포기할 생각을 하지 않자 약간 낭패한 기분이었다. 하긴 따라와도 별 상관 없긴 했다.

기억을 더듬어 은평이 있을 장소를 찾아냈지만 정작 은평은 없고 현무와 주작, 그리고 청룡만이 남아 있었다. 현무는 여전히 음침한 태도로 나무에 기대어 먼 곳을 바라보고 있고 주작은 어깨 가득 이름 모를 작은 새들이 앉아 그들과 놀기에 바빴다. 그리고 청룡은 나무줄기 위에 비스듬히 누워 나뭇잎 사이로 간간이 비춰지는 햇살을 받으며 낮잠을 청하는 듯 보였다. 세 신수가 모인 광경치고는 지나치게 소박하다랄까.

"…셋만 남아서 여기서 뭐 하고 있는 거냐?"

나무 위에 올라앉은 청룡을 향해 인이 외쳤다. 청룡은 인의 기척은 진작부터 알아차리고 있었지만 인이 말을 걸고 난 후에야 느릿느릿 감았던 눈을 뜨며 일어났다.

"은평은 놀러갔고… 난 낮잠 자고, 주작은 보는 바와 같이 새들과 놀고 있고… 현무는 변함없이 구석에 찌그러져 있지."

"…누가 몰라?"

뻔히 보이는 광경임에도 다시 한 번 읊어주는 청룡의 친절함에 인이 으르렁댔다. 자신이 알고 싶은 것은 은평의 구체적인 행방이었다. 청룡은 그런 인의 태도에 어깨를 으쓱해 보였다. 그러더니 이내 나무 아래로 가볍게 몸을 착지시켰다.

"물어봤잖아, 여기서 뭐 하고 있는 거냐고."

청룡의 대답에 인은 한숨을 내쉬었다. 어째 점점 이놈도 은평을 닮아간다는 기분이 드는 참이었다.

"…네놈… 꼬리를 달고 왔군."

현무가 고개를 약간 들어 올려 인을 올려다보았다. 꼬리라는 말에 인은 얼른 고개를 돌렸다. 분명 꼬리라고 한다면 그 두 노인일 터였다. 하나, 기척을 숨겼는지 모습이나 숨소리는 없었다. 어느 순간부터 뒤따라오는 내색이 없어 포기하고 돌아갔겠거니 여겼건만 자신의 이목을 속일 수 있다니 보통은 넘는 듯싶었다.

'이래서 늙은 생강이 맵… 아니지…….'

인은 나이로 따지자면 자신이 더 늙었음을 자각하곤 쓴웃음을 지었다. 겉모습이 젊어진 탓인지 가끔 자신의 나이를 자신 역시 망각할 때가 종종 있었다.

현무는 웅크리고 있던 몸을 조용히 일으켰다. 그러더니 인과 청룡 사이를 지나 몇 발자국 더 앞으로 나섰다.

"좋은 말로 할 때 나와라… 그렇지 않으면 내 쪽에서 끌고 나오겠다……."

현무가 뇌까렸지만 달리 나타나는 자는 없었다. 현무는 조용히 앞으로 오른손을 뻗더니 그 이후로는 아무런 동작도 취하지 않고 가만히 멈춰 버렸다. 인은 도대체 무엇을 하려고 그러는지 궁금했지만 현무에게 직접적으로 물어보긴 껄끄러웠다.

그때, 뒤에서 새들과 노닥(?)거리고 있던 주작이 당황한 모습으로 달려나왔다. 청룡 역시도 무언가를 느꼈는지 당황한 표정이었다. 다만 인만이 영문을 몰라 양미간을 찌푸리고 있을 뿐이었다.

"너, 지금 무슨 짓을 하는 거야?!" X2

청룡과 주작이 동시에 외쳤다. 그만큼 현무가 하려는 짓은 위험한 것이었다. 물론 현무에게 직접적인 피해가 가진 않겠지만 인간들의 이목을 집중시키기에는 아주 훌륭한 요소였다.

"나오면 하지 않는다. 나오지 않으니 수기를 끌어올린 것뿐이다."

청룡도 주작도 지면 밑에서 요동치고 있는 수기를 느낄 수 있었다. 지하로 흐르는 지하수(地下水)를 건드린다는 것은 현무만이 할 수 있는 일이었다. 아무리 수기의 음신인 현무였지만 이런 곳에서 지하수를 지상으로 역류시키려고 하다니 청룡은 뒷골이 당기려고 했다. 역시 상식이란 게 존재치 않는 녀석하고는 지내기 힘들다(그 대표적인 예가 바로 은평인 것을…).

"물을 지면 위로 역류시키면 도대체 뭘 어쩌겠다는 거냐고?!"

"…지면 밑에 숨어 있는 두더지들을 파내기에는 이 방법이 더없이 좋다."

"제발 내게 맡겨."

현무는 지하수를 끌어 올려 지면 위로 솟아나게 할 생각이었던 듯싶다. 청룡은 깊은 한숨을 내쉬었다. 뭐든지 무관심한 듯 보여도 현무는 의외로 다혈질일지도 몰랐다. 이 주변의 대지가 황폐화되는 것은 바라지 않았다. 하는 수 없이 자신이 나설밖에.

'도대체가 이놈이든 저놈이든 일만 치고 해결하거나 뒤처리는 왜! 어째서! 항상 나인 거냐!! 내가 사고 대책반(?)인 줄 알아!! 명색의 신수인 내 입장은 도대체 뭐가 되는 거냐고!!'

이럴 줄 알았으면 백호의 응답에 절대 응하지 않았을 것이다. 이제 와서 '속았다'라고 외쳐 봐도 별로 소용없는 짓이었다.

인간들의 은둔술(隱遁術)이니 은신술(隱身術)이니 하는 것들은 아주 형편없었다. 저렇게 숨겨서 뭘 어쩌겠다는 것인지 청룡은 혀를 찼다. 어떻게 끄집어낼까 잠시 고민하다가 손을 지면에 대었다.

"켁!" X2

찰나지간, 억눌린 신음 소리가 동시에 울렸다. 청룡은 그제야 지면에 대었던 손을 떼었다. 자신의 몸에 언제나 흐르고 있는 뇌전을 땅 밑으로 살짝 전달시켜 본 것인데 의외로 효과가 있었다.

"에구, 허리야."

땅 밑에서 솟아오르듯이 땅딸보 노인이 모습을 드러냈다. 머리카락이 쭈뼛거리며 곤두서 있는 것으로 보아 청룡의 뇌전이 톡톡히 제 역할을 한 듯 보였다. 그리고 땅딸보 노인과 더불어 거구의 노인 역시 스륵— 그 모습을 드러냈다.

"에잉… 어르신네들이 나오지 않으면 아아~ 부끄럼을 타시는구나 하고 넘어갈 일이지, 이렇게 험한 방법을 동원해야겠느냐?!"

백염광노는 혀를 차며 성을 냈다. 파랑군은 뒷짐을 지며 요즘 젊은 것들은 '네가지가 없어'라며 혼잣말로 투덜거렸다.

"…저 체구 반비례된 놈들은 도대체 뭐냐?"

청룡은 백염광노가 거구인 것에 반해 파랑군은 땅딸보라는 것을 비꼬았다. 인은 고개를 설레설레 흔들며 어깨를 으쓱해 보였다.

"모르지, 나도."

"네놈 뒤를 따라왔잖아. 모른다는 게 말이 된다고 생각해?"

"…내가 알고 있다……."

잠자코 서 있던 현무가 중얼거렸다.

"…저 큰 체구 쪽이 백염광노 막지마, 그리고 땅딸보가 파랑군 광팔이란 놈이다……."

인과 청룡이 모두 자신을 모른다고 하는 통에 감히 자신들을 모를 수 있느냐고 비분강개(悲憤慷慨)하던 두 노인은 뜻밖에도 현무가 자신들의 별호와 이름을 알자 기분이 좋은지 껄껄 웃어댔다.

"어린 아해가 우리 이름을 알다니, 참 귀엽기도 하구나."

백염광노는 흰수염을 쓰다듬으며 거드름을 피웠다. 파랑군은 못내 귀엽다는 듯 현무의 머리를 툭툭 쓰다듬었다.

"컥……?!"

현무의 머리를 쓰다듬는 순간, 파랑군은 신음 소리와 함께 자신의 손을 부여잡고 뒤로 몇 발자국이나 물러났다.

"아니, 이놈아, 왜 그러느냐?!"

단지 머리를 쓰다듬은 것뿐인데 자기 손을 부여잡고 뒤로 물러나는 파랑군의 행동이 기이했다. 파랑군은 당황한 표정으로 자신의 손을 내밀어 보았다. 통통한 손바닥은 원래대로라면 혈색 좋은 붉은빛이 돌아야 하지만 푸르딩딩했다. 흡사 얼어 있는 어육(魚肉)들처럼 말이다.

"저 아해의 머리에 손을 댄 순간… 손에 화끈한 느낌이 와 떼보니 이런 꼴이로군."

당사자인 파랑군 역시도 이해가 안 가는지 멍한 표정이었다. 현무는 그 모습을 흘낏 보다가 신형을 돌렸다. 언제나 냉기가 흐르는 현무의 몸에 손을 댄 순간, 얼어버리는 것은 당연했다. 그나마 파랑군의 동작이 빨랐던지라 그 피해가 덜했던 것이다.

'간이 붓다 못해 아주 배 밖으로 튀어나왔구먼… 쟤 머리에 함부로 손을 얹을 생각을 하다니… 아마 제 명에 못 죽을 텐데.'

물론 신수이니 인간을 해할 순 없겠지만 마땅한 응징(?)이 처해질 터였다.

"소란은 다 피웠느냐……?"

손을 붙잡고 난리법석을 떠는 두 노인 뒤로 현무가 성큼성큼 다가섰다. 두 노인은 어리디어린 것이 감히 자신들에게 하대를 했다는 이유로 격분했다.

"어르신들을 알아보는 것 같아 기특히 여겼더니 뭐가 어째?! 공경하지는 못할망정 하대를 일삼……."

파랑군은 손을 다친 원망까지 합해 훈계(?)를 내리던 와중… 채 느끼지도 못할 만한 빠르기로 자신의 완맥을 붙잡는 현무의 솜씨에 말문이 막혔다. 그리고 자신의 완맥이 잡힘과 동시에 팔이 어는 듯한 감각이 엄습해 왔다.

"크으으윽!!"

팔을 빼려 애를 쓰지만 아직 가느다랗고 얇은 손목으로 무슨 힘이 그리 센지 꿈쩍하지 않았다.

"내 몸에 함부로 손을 대게 될 시엔… 이런 고통이 뒤따른다는 것을 명심해라… 두 번 충고하진 않겠다."

느릿느릿 말을 마치고 나서야 쥐었던 완맥을 풀어주었다. 완맥이 풀리고 나서도 파랑군은 도저히 믿을 수 없다는 경악 서린 눈으로 현무를 바라보았다. 저 어린아이가 어떤 조화를 썼기에 자신이 이런 고통을 느끼는 것인지… 그리고 어찌 자신의 완맥을 그리도 쉽게 붙잡을 수 있었는지 의문스러웠고 또한 놀라웠다.

"광가야, 이제야 기억이 났다! 저 소녀는 어제 우리 주군과 비무를 치른 그 아해니라!"

백염광노가 그제야 현무가 누구인지를 기억해 냈다. 또한 뒤에 서 있는 저 푸른 장포의 청년과 붉은 화복의 청년들은 각각 자신들의 주군과 저 소녀를 데려간 놈들이었다.

"오오… 그래. 그러고 보니 틀림없구먼."

파랑군도 백염광노의 말을 듣고 보니 기억이 난 듯 고개를 끄덕거렸다. 저런 특징—이를테면 검은 장포, 발에 달린 쇠고랑, 치렁치렁 아래로 풀어

내린 머리―을 지닌 사람은 흔치 않았다.

"왜 안 보이나 눈을 씻고 찾아봐도 보이질 않더니 여기 전부 몰려 있었구먼."

"그러게 말일세. 이놈들, 우리 주군을 어디다가 감췄느냐?!"

청룡은 두 노인의 말에 코웃음을 쳤다. 분명 현무와 비무를 치른 것은 은평이었고 저들이 말하는 게 은평인 것은 능히 짐작이 가나 어째서 주군이라 부르는지는 알 바 아니었다. 다만 코웃음을 치는 이유는 저들의 말이 너무 웃겨서였다.

"…걔가 숨긴다고 숨겨지고 감춘다고 감춰질 애냐……?"

저들은 은평에 대해 어떠한 환상을 갖고 있는 모양이었다. 물론 청룡 이하 모두는 혀를 차며 비웃을 일이지만.

청룡은 비웃기 바빴지만 인은 두 노인을 향해 질문을 던졌다. 그는 경위를 알고 싶었다. 어째서 저들이 은평을 주군이라 부르는 것인지 말이다. 은평과 조금이라도 엮여봤다면 절대 주군이라 부르는 오류(?)는 범하지 않았을 터였다.

"그전에 당신들이 어째서 은평을 주군이라 부르는지 말해 주시오."

두 노인은 서로를 한 번 마주 보더니 이야기를 시작했다. 사실 은평을 주군으로 삼게 된 계기에는 자신들의 부끄러운 치부가 들어가 있어 발설키를 꺼려했으나 인의 얼굴을 보니 어쩐지 거역할 수가 없었다. 이렇게 젊디젊은 놈에게서 이런 기도를 느끼기도 처음이었다.

"그러니까 우리가 그분을 주군으로 모시기로 한 계기는 이러하네."

백염광노는 자신들이 누군가의 꾀임에 빠져 대결을 벌이게 되었고 자존심 때문에라도 서로 멈추지 못하는 상태에서 은평이 이 싸움을 말려주었고 이것 때문에 은평을 찾아다니고 있다는 것을 아주 장황하게 끝마쳤다.

"걔가 싸움을 말렸다고? 놀랄 노 자로구만."

주작이 놀라움을 금치 못하는 표정으로 혀를 찼다. 아무리 봐도 싸움을 말리고 다닐 재목은 아니었다. 오히려 그 옆에서 손뼉 치며 구경했다면 믿겠지만 어쩐지 너무 현실성이 없어 괴리감마저 들었다.

"무슨 소리! 공중에서 낙하하시며……."

"…왠지 더 더욱 현실성이 떨어지는군." X3

주작과 청룡, 그리고 인은 그렇게 단정 지었다. 낙하라니, 은평은 경공술 하나도 제대로 못 쓰질 않던가. 차라리 아기 호랑이가 사람 등을 밀어준다는 이야기를 믿지 은평이 낙하했다는 이야기는 도저히 믿기 힘들었다.

"그래서 은평을 주군으로 모시기로 했다는 거요?"

"그렇다."

두 노인은 등을 꼿꼿이 폈다. 기이하게도 저놈 앞에 서면 자꾸 위축되는 기분을 지울 수 없었다.

인과 청룡, 그리고 주작은 두 노인의 말에 하나같이 혀를 끌끌거렸다. 저 두 노인의 앞날에 불행의 먹구름이 잔뜩 끼어 있는 게 눈에 선했다. 어쩐지 다가가서 어깨라도 한번 두들겨 주고 '힘내' 혹은 '지금이라도 늦지 않았어' 등의 말을 해주고 싶어졌다.

"나도 궁금했던 건데… 은평은 도대체 어디에 있는 거야?"

인의 질문에 청룡은 말없이 손을 뻗었다. 그의 손이 가리키는 방향을 따라 인이 고개를 돌렸다.

                    *   *   *

　“두개골을 취할 이유가 하나 늘었군…….”

　운향이 생글생글 웃음 지었다. 옥화는 뭔가 점점 더 잘못되어 가고 있다는 생각이 드는 참이었다. 저런 모습까지 봤으면 ‘할 수 없지’ 하고 체념을 해야 하는데 두개골을 취할 이유가 하나 더 늘었다니… 도대체 저놈은 알다가도 모를 놈이었다.

　“사형이 저렇게까지 행동할 정도로 빠져 있는데도 두개골을 취하겠다고?”

　“당연하지. 내가 두개골을 취하면 두 가지의 이득이 생긴다. 첫째, 나는 내가 원하는 가장 아름다운 두개골 표본을 얻을 수 있고 둘째, 능파와 형님이 맺어질 수 있을 거야.”

　옥화는 대뜸 운향의 얼굴을 붙잡고 동공을 들여다보았다. 눈이 풀려 있지 않은 걸 보니 제정신임은 틀림없는데 저런 소리를 지껄인단 말인가.

　“네가 지금 제정신이니?”

　옥화는 자신이 물어본 질문에 심각한 오류가 있음을 입 밖에 내고 나서야 깨달았다. 이놈은 평소에도 미쳐 있는 놈인데 그런 놈에게 ‘제정신이냐’라고 물은 것 자체가 제대로 된 질문이 아니었다.

　“난 지극히 제정신인데.”

　운향의 대답은 그러했지만 절대 옥화는 믿음이 가질 않았다. 흰옷을 입는 것이 일종의 불문율(?)처럼 여겨지는 마교에서 운향이 굳이 흰옷을 챙겨 입는 이유는 ‘해부할 때 희디흰 옷감에 피가 튀는 것이 좋아서’이니 그런 놈을 어찌 믿을 수 있겠는가.

옥화와 운향이 실랑이를 벌이고 있을 무렵, 은평은 어떻게든 화우의 말을 이끌어내기 위해 애를 쓰고 있었다.

"듣기로는 마교가 오랫동안 봉문인지 복문인지를 하고 있었다던데 이유가 대체 뭐예요?"

"이유랄 게 있겠소? 그저 배교의 세력을 물리치는 데 소모가 컸던지라……."

"배교는 또 뭐 하는 단체죠?"

은평의 질문은 꼬리에 꼬리를 물고 계속해서 이어졌다. 화우는 그저 은평이 자신에게 말을 걸고 있다는 사실 하나만으로도 행복에 겨워 있는 대로 설명해 주고 있었다. 뒤에서 지켜보는 백발문사가 안타까울 정도로.

"배교는 우리 마교에서 떨어져 나간 하부 세력 같은 단체라오."

"왜 떨어져 나갔죠? 이유가 뭐예요?"

그 질문에 화우는 말문이 막혔다. 그러고 보니 그것에 관해서는 깊게 논해본 적도, 생각해 본 적도, 물어본 적도 없었다. 어째서 배교가 마교에서 떨어져 나갔는지를. 세간에 도는 소문은 이것저것 분분했지만 정작 마교 내에서는 그런 류의 의문을 갖는 자는 아무도 없다라… 머릿속에 단단한 매듭 하나가 잡힌 기분이었다.

"워낙 오래된 일이라… 의견이 분분해 정확한 결론을 내리기 어렵소."

화우는 대답은 하면서도 석연치 않은 기분에 후에 백발문사를 불러 알아보도록 조치를 취해야겠다는 결심을 굳혔다.

"…에?"

은평은 화우의 왼쪽 손등에 아주 희미하게 남아 있는 흉터를 발견했다. 아주 가까에서 관찰해야 겨우 알아챌 수 있을 정도로 얇고 가느다란 줄 같은 흉터였다. 어찌 보면 핏줄 같기도 했다. 은평은 별 생각 없이 화우의 왼쪽 손을 잡아 자신의 눈 가까이에 가져다 댔다.

"이건 뭐예요? 무지 연한 색이네."

"…아… 저, 저, 소, 아니, 은평."

화우는 당황함이 역력한 표정이었다. 자신도 모르게 말을 더듬더듬거렸지만 은평은 화우의 손등의 상처를 보기에 여념이 없어 보였다.

"흉터예요? 핏줄 같기도 하고……."

"그, 그것은 어렸을 적부터 있던 흉터라오. 기억나진 않지만 어렸을 적부터 오른손으로 검을 쓰는 일에 집중하지 못하고 자꾸 왼손으로 검을 잡는 일이 빈번해 날 가르쳤던 아버지께서 내 손등을 회초리로 때리신 자국이라 들었소."

말을 마치기는 했으되 화우는 손을 빼지도 못하고 그렇다고 계속 붙잡혀 있자니 가슴이 쿵쾅거리고 안절부절못했다. 은평은 화우가 그러든 말든 흉터 보기에 바빴다.

"그렇구나."

은평의 손에서 힘이 조금 풀리자마자 화우는 얼른 손을 뺐다. 그 동작이 어쩐지 싫어하고 있다는 느낌이어서 은평은 고개를 갸웃거렸다.

"손 마음대로 건드려서 화났어요? 혹시 남에게는 보여주고 싶지 않았던 흉터라던가… 그런 거였다면 미안해요. 다음부터는 손 안 건드릴게요."

"아… 그, 그게 아니라……."

'싫지 않았소, 계속 건드려(?) 주시오' 라고 말하지도 못하고 그렇다고 '싫었소, 다시는 건드리지 말아주시오' 라고 말하기도 안 될 노릇이라 화우는 말만 더듬더듬거리며 이러지도 저러지도 못했다. 불쌍하다고 해야 할지 교주 체면을 다 구기고 있다고 해야 할지…….

"얼레? 저기 단상 위에…….”

다행히도 은평은 단상 위로 시선을 돌리고 그 위에 올라가 있던 사람을 가리켰다. 화우 역시 은평의 말에 단상 위로 시선을 주니 항상 곱게 차려입고 있던 궁장 대신 간편한 경장을 걸친 가벼운 차림을 한 능파가 서 있었다. 비무에 참가하겠다는 말은 듣지 못했지만 능파가 치르는 비무이니 어떤 상대자가 걸리게 될지 궁금함이 앞섰다.

"능파의 비무는 정말 오랜만에 보는군…….”

평소에도 어지간해서는 무공을 쓰는 일이 없던 그녀가 비무를 한다니 자연스레 흥미가 일었다. 은평 역시 아까 그녀가 쓰던 낭창낭창한 검이 무엇일까 궁금해하던 차에 잘하면 그 검을 다시 볼 수도 있겠다 싶은 마음에 단상 위로 시선을 주었다.

능파의 얼굴은 여전히 면사로 가려져 있었지만 그녀가 풍겨내는 분위기는 좌중들을 압도시키고도 남음이 있었다. 우아하면서도 고결하달까?

능파에 대한 좌중들의 반응은 두 가지로… 그녀가 천안의 주인인 것을 알고 있던 자들의 반응과 전혀 모르는 자들에 대한 반응이었다.

"소저는… 음…….”

교언명은 얼굴을 가린 면사와 분위기만으로 그녀가 누군지 짐작해냈다. 환몽 루접이라 스스로의 별호를 밝혔고 면사를 가렸음에도 아리따운 미인이라 여겨지는 그녀의 자태(姿態)는 맹 내의 인물들 사이에서 떠들썩하게 회자되는 터라 그 역시 익히 들어왔던 탓이다.

"섭 소저, 지명하실 상대가 있으시오?”

"없습니다."

지목할 상대가 없다는 말에 교언명은 목소리를 높여 그녀와 비무할 상대자를 찾았다.

"천안의 주인이신 섭 소저와 비무할 상대자를 받겠소!"

능파가 그리 말들이 많았던 천안의 주인이란 말에 좌중들이 수군대기 시작했다. 그녀의 실력을 평가하는 것과 과연 어떤 자가 덤빌까 하는 것이었다.

"부족하기 이를 데 없는 실력이기는 하오만 본인이 한 수 가르침을 청해도 되겠소?"

제일 먼저 나선 것은 신진삼군 중 하나라 일컬어지는 만학신귀(萬學神鬼) 제갈묘진이었다. 그의 복장이나 풍모는 옆에 찬 검이 아니었더라면 무사라기보다 문사나 학사에 더 가까웠겠지만 제갈세가의 사람이 신진삼군의 하나로 일컬어질 정도라면 그의 무공 역시 얕볼 수준이 아님을 주지시켰다.

"저야말로 제갈 공자께 한 수 가르침을."

능파의 고운 아미가 그려졌다. 면사로 가려져 얼굴은 보이지 않는다 할지라도 그녀가 풍겨내는 분위기만으로도 면사 속의 얼굴은 충분히 상상이 가능했다.

"기수식을 취하시오."

교언명의 말에 제갈묘진과 섭능파는 서로 대치하고 마주 보았다. 기수식을 취하며 제갈묘진이 능파에게 한 가지 질문을 던졌다.

"어찌 본인이 제갈세가의 사람인 것을 알아채셨소? 옷에 가문의 문장도 새겨져 있지 않건만……."

"제갈 공자 같으신 중요 인사들조차 몰라서야 강호 제일 가는 정보

통이라는 천안의 주인이란 자리가 우습지 않습니까?'

제갈묘진은 옆에 차고 있던 검이 있었지만 능파는 아무런 것도 갖고 있지 않은 맨손이었다. 설마 아무런 무기를 쓰지 않고 맨손으로 비무하려는 생각인 것인가. 대부분의 좌중들이 그리 여기고 수군거렸지만 제갈묘진은 그녀의 숨겨진 무기를 알아보았다.

"요대 속에 숨겨진 무기를 드시지요."

"역시 제갈 공자의 안목은 뛰어나시군요."

능파는 요대에 공력을 주입해 옆으로 끌어당겼다. 챙— 소리와 함께 낭창낭창한 검신을 지닌 연검이 그 모습을 드러냈다. 평소에는 푸른 요대처럼 보이지만 공력을 주입하면 그 본모습을 드러내는 그녀만의 연검이었다.

능파는 낭창거리는 검신 탓에 검날의 끝을 손가락 사이에 끼워 잠시 고정시켰다.

"먼저 출수하시오."

제갈묘진의 양보에 능파는 고개를 끄덕였다. 양보를 해오는 데 망설일 까닭이 없었다. 참으로 오랜만에 출수다운 출수를 해보는 기분이었다.

"창파회오(彰擺會晤)!"

능파의 연검이 큰 원처럼 휘둘려 제갈묘진의 검을 휘감아 돌았다. 제갈묘진은 자신 쪽으로 검을 잡아당겨 연검이 휘둘러지는 중심 세력권 밖으로 검을 빼내고 반격에 나섰다. 연검의 최대 장점이 유(柔)와 빠른 변화에 있다면 검의 최대 장점은 강(强)과 파괴력에 있길 않은가. 연검은 검과 절대로 맞부딪치진 못한다. 그저 측면과 후위를 노리며 옆에서 치고 들어올 뿐.

"차불망척(遮弗網斥)!"

연검이 휘둘려지는 중심 세력권 안으로 들어간다면 위험하겠지만 자신 역시 측면을 노리면 전혀 문제될 것이 없었다. 연검의 측면을 쳐 들어가자 연검의 날은 이내 일정한 방향성을 잃고 주춤거렸다.

하나, 주춤거리던 것도 잠시 연검은 제갈묘진의 검날을 살짝 비키어 그의 얼굴 쪽으로 검의 끝이 침입해 들어왔다. 제갈묘진은 옆으로 상체를 치우쳐 연검의 날카로운 끝을 피했다. 연검뿐만이 아니라 능파의 동작은 흡사 체술을 하는 듯 유연하기 그지없었다.

뒤로 공중제비를 돌아 잠시 물러나는가 싶더니 금세 간격을 좁혀 들어왔다. 제갈묘진은 보법에 따라 잠시 왼쪽으로 몸을 돌렸다가 연검의 유약함을 이용, 검과 검끼리 검신을 맞부딪치도록 정공(正攻)해 들어갔다. 연검과 검신이 맞부딪치니 연검은 위아래로 낭창거리며 흰 백사마냥 몸을 꼬아댔다.

'빈틈……!!'

그는 호기를 놓치지 않고 연검과 맞닿은 채로 검신을 아래로 틀었다.

"세류맹하(細柳萌遐)!"

낭창거리느라 맥을 못 추는 줄 알았던 능파의 연검 끝이 위로 튀어 올랐다. 튀어오름과 동시에 그 끝이 묘진의 얼굴을 파고들었다.

"헛!"

제갈묘진은 황급히 검을 거두고 몇 보를 뒤로 물러났다. 하지만 다시 기세 좋게 덤벼들어 다시 검신을 맞대어왔다.

"규월이환(赳越夷奐)!"

내려쳐지는 검을 막기 위해 능파는 검끝과 검의 손잡을 각각 붙잡고 교차시켜 제갈묘진의 검을 막아냈다. 탄력 넘치는 연검은 흡사 말발굽마냥 휘어졌다.

"반청령부(班菁濟復)!"

능파는 연검이 다시 반대 편으로 휘어지는 반동을 이용해 검을 휘둘렀다. 제갈묘진은 불신의 기색을 잠시 얼굴에 띠더니 약간 물러나 능파를 바라보았다.

"……"

"……"

서로 대치한 채 그렇게 얼마간 있더니 제갈묘진이 뜻밖에도 자신이 졌음을 선언했다.

"본인이 졌소."

얼마 겨루지도 않았는데 검을 검집에 넣고 단상 위를 내려오는 그 모습에 사람들이 일제히 수군거렸다.

"저, 정말로 졌음을 시인하시는 게요?"

교언명조차도 놀라서 되물었다. 제갈묘진은 고개를 끄덕이며 홀가분한 표정을 했다. 그리고 다시 단상 위를 올려다보며 능파에게 포권지례를 취했다. 능파는 제갈묘진의 포권에 잠시 흠칫하는 눈치더니 그 자신도 가볍게 목례를 하는 것으로 답했다. 하지만 능파는 읽어낼 수 있었다. 제갈묘진의 눈매에 띠어진 의미심장한 빛을…….

'…저자… 설마……'

능파는 마음속에 뭔가 짚히는 바가 있었다. 자신에게 더 이상 덤비지 않은 이유… 그리고 순순히 물러나 준 이유…….

'…역시 벗어나긴 힘든 굴레였던가.'

능파는 자신의 연검을 내려다보았다. 햇빛에 비춰진 연검의 검신은 자신의 면사로 가려진 얼굴을 그대로 비춰내고 있었다.

비무를 보고 있던 다향은 길길이 날뛰었다. 제갈세가는 정사 중간을 표방하고 나서긴 했지만 오랜 시간 동안 백의맹 휘하에 머무르게 되면서 거의 정파나 다름없어진 가문이었다. 그런 가문의 장자인 제갈묘진이 어째서 천안의 주인 따위와 겨뤄 저리 쉽게 물러나는지 다향으로선 이해할 수 없었다. 대쪽 같은 아버지의 영향을 받아 정과 마의 구분이 머리 속에 잡혀 있는 그녀는 정도가 반드시 승리해야 한다라고 굳게 믿고 있었다. 그렇기에 더 더욱 용납할 수가 없었다. 저리 쉽게 물러난 제갈묘진과 저 천안의 주인 역시……

"…이번에야말로 말리시지 않으시겠죠, 아버지?"

어제는 아버지의 만류로 나가지 못했지만 오늘만은 누가 뭐라 하든 비무에 참가하고 말겠다는 결의를 굳혔다. 시일이 더 지나면 개인 대 개인이 아니라 문파 대 문파가 자존심을 건 비무를 치를 터, 여기서 더 지체할 순 없었다.

"그래그래, 알았다."

연검천 역시도 다향의 조름에 못 이겨 비무에 나가도 좋다고 허락하고야 말았다. 비록 이기지는 못할지언정 어제 그 괴녀보다야 나았으니. 그리고 저 콧대 높은 아이도 한 번쯤은 져보는 경험을 하는 편이 좋을지도 몰랐다.

부친의 허락도 떨어졌겠다 다향은 내밀고 있던 입가에 겨우 웃음을 띠었다. 웃음을 띠자 과연 무림삼미에 드는 미녀답게 주변이 온통 화사하게 빛났다. 그리고 그녀는 자신만만하게 단상 위로 나아갔다.

"아연미랑 연다향이 비무를 청합니다."

사람들은 이제야 겨우 무림삼미 중 일인인 그녀가 나섰다고 수군댔다. 대회가 진행되도록 무림삼미들이나 신진삼군이나 모두 소식들이 뜸해 어쩐 일인가 하던 차에 오늘에 이르러서야 겨우 조금씩 그 모습들을 드러낸 것이 아닌가. 더군다나 용모도 무공도 후기지수들 중 최고라 일컬어지니 관심의 대상이 되는 것 역시 당연했다.

"무림삼미 중 하나인 연 소저시군요. 그 명성은 익히 전해듣고 있답니다."

능파는 생긋 웃으며 단상 위로 올라온 다향에게 예의를 갖추었다. 다향은 능파가 자신을 알아본다는 사실에 기분이 약간 우쭐해졌다.

"그렇습니까?"

다향은 입가에 득의에 찬 미소를 지었다. 자신은 경공술에 자신이 있었다. 후기지수들 중 그 누구보다도 몸을 움직이는 데 날렵하다는 확신도 갖고 있었다. 연검의 최대 강점인 빠른 변환은 자신에게 큰 타격을 주지 못할 것이리라.

"먼저 출수하시지요."

기수식이 끝난 뒤 능파는 출수를 다향에게 양보했다. 다향은 사양하지 않고 양보를 받아들여 자신의 검을 꺼냈다. 일반적인 검보단 약간 그 폭이 형태를 띠고 있었다.

"자화양천(紫和兩泉)!"

자화검린 연검천을 대표하는 무공인 자환검결(紫幻劍訣)의 초식 중 하나였다. 다만 자화검린이 펼칠 때보다는 자줏빛이 덜하고 파괴력이 떨어진다는 것이 흠이라면 흠이나 검을 놀리는 속도나 몸의 움직임은 그녀가 더 빨랐다.

자줏빛 섬광이 허공을 가르고 능파는 뒤로 몸을 날렸다. 그녀의 연검이 휘말렸다가 다시 퍼지는 반동으로 다향의 검과 연검이 챙그랑 소리와 함께 맞부딪쳤다. 자줏빛 섬광이 잠시 흔들리는 듯하더니 이내 조금씩 흩어져 갔다.

치잇!!

다향은 아래에서 위로 쳐올리며 잠시 물러나는 듯하다가 다시 덤벼들었다. 그녀의 발이 바닥에 닿아서 움직이는 경우는 거의 없었다. 뛰어난 경공술을 자랑이라도 하는 양 몸은 언제나 부유하듯 떠 있었고 발이 바닥에 닿는 경우는 보법을 따라 걷는 경우뿐이었다.

"오악선지(咋鍔蟬凪)!"

능파가 연검을 크게 휘둘렀다. 탄성이 강한 연검의 날이 바람의 저항을 받아 둥글게 휘어지며 다향을 향해 다가왔다. 다향은 자신만만하게 능파의 연검을 받아냈지만 검과 검이 맞부딪친 순간 자신의 몸이 크게 밀려나는 느낌을 받았다.

'…어, 어째서……?!'

분명 연검은 다른 검들과는 달리 그 힘이 약해 이렇게 맞부딪치면 자신이 아니라 능파 쪽이 밀려나야 하건만 어째서 자신이 밀려나는지 이해할 수 없었다. 능파는 붉은 입술을 깨물며 검을 쥔 손아귀에 힘을 주었다. 이대로 물러나기엔 그녀의 자존심이 허락지 않는 것이다.

"자륜검벽(紫淪劍闢)!"

다시금 검의 끝에서 자줏빛이 피어올랐다. 검을 옆으로 꺾어 돌렸다. 낭창거리는 연검은 검을 따라 검신을 꼬아댔다. 다향은 이 틈에 검을 살짝 거두고 신형을 옆으로 돌려 이번에는 가로로 깊게 베어들었다. 능파는 상체를 옆으로 기울여 아슬아슬하게 검날을 피했다.

유연한 몸을 이용해 공중으로 날아오르자 다향 역시 뒤를 따라 몸을 떠웠다.

'경공이라면 내가 한 수 위라구!'

분명 능파는 몸이 유연했다. 마치 체술이라도 익힌 듯한 몸놀림…
아무리 무공을 익혔다 해도 제대로 훈련받지 않으면 저런 몸놀림을 구
사하는 것은 힘들 것이리라. 하지만 경공술을 쓴 채의 비무라면 자신
을 따라갈 자는 별로 없을 것이라 확신할 수 있었다.

능파가 정공법으로 덤벼오는 듯하더니 몸을 물구나무 세우듯 회전
시켜 그대로 다향의 뒤편을 향해 넘어갔다. 그리고 가볍게 단상 위를
향해 착지시켰다.

'무슨 수작이야……?!'

다향 역시 재빨리 신형을 돌렸지만 등 부위에 서늘함이 감돌았다.
몇 겹으로 된 옷들 중 제일 겉의가 찢어진 것이었다. 굳이 손으로 더듬
어보지 않아도 감촉만으로도 비단이 스르륵 떨어져 나가는 게 느껴졌
다.

'…어느 틈에……?'

옷이 전부 찢어진 것은 아니지만 분했다. 분명 다 베어낼 수 있었는
데도 일부러 제일 겉의 한 겹만을 베어낸 것 같은 느낌에 뜨거운 것이
치밀어 올랐지만 다향은 자존심만으로 참아냈다.

'이 사람… 애초부터 날 봐주고 있었는지도…….'

연검을 변형적인 움직임을 따라가기 위해 체술까지 익힌 듯한 능파
였다. 자신이 아무리 경공술을 잘한다 하더라도 그녀처럼 유연히 몸을
놀릴 순 없었다. 그녀가 자신을 봐주고 있었다는 것은 다향의 자존심
을 완전히 구겨놓는 일이었지만 여기서 주저앉을 순 없었다. 자신의
이름과 검린궁에 맹세코, 지더라도 절대 도중에 비무를 포기하진 않을

것이다.

"자화태무(紫龢兌舞)!!"

다향의 신형이 춤을 추듯이 부드럽게 화하고 검끝에는 자줏빛이 서렸다. 능파는 담담히 검세를 막을 준비를 했다.

"세천심요(洗繡芯窈)!"

연검이 구불구불한 곡선형으로 변화하며 다향의 자줏빛 검끝을 맞아들였다. 춤을 추듯 다향은 눈을 지그시 감고 오직 감각으로만 연검을 대했다. 연검 끝은 마치 살아 있는 것처럼 움직였다. 자줏빛 사이를 뚫고 다향의 목 언저리께를 노려왔다. 바람을 가르는 소리에 다향은 고개를 뒤로 젖히고 그제야 눈을 떴다. 바로 눈 위로 연검 끝이 보였다 싶더니 다시금 물러갔다.

팔과 다리를 휘두르며 몸을 회전시켜 보법을 쓰려는 다향을 놓치지 않고 연검의 끝이 다리를 향해 쏟아져 들어왔다. 다리를 보조하기 위해 주춤거리는 사이 균형을 잃고 뒤로 등을 부대고야 말았다. 그리고 이내 목에 대어지는 서늘한 검날이 자신의 패배를 알리고 있었다.

"와아아아!!"

마도 쪽에서도… 그리고 정사 중간 쪽에서도 함성이 터져 나왔다. 누가 보아도 완벽한 능파의 승리였다. 더구나 패배자나 승리자 모두 내상이나 외상 하나 없이 깨끗한 채로.

"…져, 졌습니다……."

허망한 듯 조용히 눈을 감은 채 다향이 자신의 패배를 선언했다. 한 번도 져본 적이 없고 자신의 뜻대로 이루어지지 않은 것이 없기에 이 패배는 그녀에게 있어서 최대의 치욕이 될 것이다.

"섭능파 승!"

교언명이 단상 위에서 섭능파의 승리를 알릴 무렵, 은평은 눈을 동그랗게 뜨고 감탄 어린 눈으로 능파를 내려다보고 있었다.

"우와! 대단해. 무슨 리듬 체조 경기 같다."

능파가 했던 것 마냥 움직이라면 은평은 아마 '차라리 내 사지를 조각조각 내버려!' 라고 외칠지도 몰랐다. 운동 신경이 뛰어난 것도 아니지만 그렇다고 운동치도 아닌 딱 그럭저럭의 수준에 머물러 있는 은평은 저런 사람들이 무척이나 신기하게 다가왔다.

"따뜸췌……? 그게 뭐요?"

'…발음 진짜 못하네.'

은평은 일일이 설명해 봤자 알아듣지도 못할 거란 생각에 그저 아무것도 아니라는 의미로 고개를 저어주었다. 하여간 이놈들의 발음은 알다가도 모를 것들이었다. 하긴 자신도 어떻게 이들의 말을 알아듣고 자신 역시도 이런 말을 하고 사는지 신기할 지경이었으니 오죽할까만은…….

"…배고파……."

은평이 무의식 중에 중얼거린 소리를 들은 화우가 자리에서 벌떡 일어났다.

"배가 고프면 진작 말하지 그랬소?!"

화우의 반응에 은평이 씨익 웃었다. 화우도 배가 어지간히 고팠던가 보다라고 참 맘 편히 생각해 버린 은평이었다.

"청룡이나 인도 아직 식사 전일 텐데 같이 먹으러 갈래요?"

잔뜩 부풀어 있던 화우의 기대가 우르르르 무너져 내렸다. 하나, 저렇게 생글생글 웃는 얼굴에 대고 차마 싫다고 할 수 없어 화우는 고개를 끄덕거렸다.

"그럼 갈까나."

은평이 자리에서 일어나자마자 기다리기라도 했던 듯 식사 시간을 알리는 북이 둥둥둥거리며 웅장하게 울려 퍼졌다. 은평은 북소리에 좋아라 앞장서기 시작했다.

—…주군, 어디로 가실 것인지…….

—되었다. 너희들은 따라나오지 마라.

백발문사의 전음에 화우는 절대 따라나오지 말라 명했다. 자신을 그림자처럼 뒤따르는 삼마영만으로도 충분하다 못해 차고 넘쳤다. 굳이 방해꾼을 더하고 싶지 않았던 것이다.

*   *   *

인의 기분은 최저를 달리고 있었다. 물론 표정으로 내색하진 않았지만 은연중에 풍기는 기도만으로도 주위 공기를 얼려 버리고도 남음이 있었으나 현무나 주작, 청룡에게 인의 기도가 통할 리는 없고 괜히 백염광노와 파랑군만 피를 보는 형국이었다.

"은평이 오는데?"

청룡의 중얼거림에 백염광노와 파랑군이 벌떡 일어섰다. 드디어 반년여를 찾아다닌 끝에 직접적으로 첫 대면을 하는 것이다.

"…쟤네들은 왜 끌고 오는 거야?"

청룡은 거무튀튀한 옷을 뒤집어쓰고 있는 사내를 발견하자마자 귀찮은 마음에 혀를 찼다. 괜히 인간들이 많아지면 신수에게 좋을 게 없었다. 인이야 이미 신선의 경지에 이른 듯 보이나 본인이 싫다고 내팽

개친 놈이니 상관없지만… 저 두 노인네에 인이 끌고 오는 놈 네 명(!)에 골치가 아파왔다.

"멀리서도 보이냐? 장하다."

"명색의 신수를 뭐로 보는 거야. 신수가 달리 신수인 줄 알아?"

인과 청룡의 사소한 말이 오가는 사이 은평이 모두가 있는 곳까지 당도했다. 품에는 백호를 안고 뒤에는 화우가 졸졸(?) 따라오고 있었다. 인은 화우의 얼굴을 보자마자 발끈했는지 이번에는 얼굴에까지 기분이 나쁘다는 표시를 하고 있었다.

"모두 밥 먹으러 가… 엑?!"

은평은 식사를 하러 가자고 말하려던 참에 백염광노와 파랑군을 발견하고는 괴성을 내질렀다. 분명… 저 얼굴은… 자신이 깔아뭉갰던 그 피투성이 노인들이 아닌가. 정말 질긴 노인들이 아닐 수 없었다. 웬만하면 좀 잊고 살지 쪼잔하게시리 좀 깔아뭉갰다고 여기까지 쫓아온단 말인가.

"아아… 드디어 만났습니다!!"

"…찾아다닌 지 어언 반 년이 넘어서는 때… 겨우… 이제야 겨우……."

자기들끼리 감격에 겨워 차마 말을 잇지 못하고 더듬더듬거리는 노인들이 은평에겐 의문스럽게 다가왔다. 어째서 눈물이 그렁그렁한 얼굴을 하고 자신을 쳐다보는 것인가… 복수(?)를 하게 된다는 게 그렇게 좋은 것일지도 모른다.

"왜들 우세요……?"

"…주군……!!"

"주군……!!"

은평의 말이 떨어지기가 무섭게 그들은 주군을 외쳐 댔다. 은평은 그저 어리둥절해서 어쩔 줄을 몰랐고 청룡과 인은 두 노인들이 스스로 무덤을 파고 있는 걸 보고 '복도 지지리 없는 노인네들이다' 혹은 '말년 인생 말아먹었다' 등등의 생각으로 그저 가엾어서 혀를 차줄 따름이었다.

25

사막에서 날아든 살의(殺意)

사막에서 날아든 살의(殺意)

"허허허허, 여전하시오이다."

너털웃음을 터뜨리는 노인은 고아한 노학사의 풍모를 그대로 풍겨내고 있었다. 입고 있는 학창의 역시 은은한 노란빛을 띠고 있어 흡사 황룡포를 연상시켰다.

노인이 서 있는 곳은 온통 푸릇한 대나무들로 가득해 노인과 잘 어울렸다. 하나, 노인의 슬쩍 감긴 눈매에 감도는 빛은 학사라기엔 너무 야심에 차 있었다. 숨길래야 숨길 수 없는 그런 야망이랄까.

"…잘 오셨소. 림주께서 힘든 발걸음을 하셨구려."

조용히 바람이 불고 한 방향으로 흔들리는 대나무 사이에서 푸른 청의의 사내가 그 모습을 드러냈다. 대나무의 빛과 청의의 빛이 너무도 비슷해 있는 듯 없는 듯한 느낌을 주었다.

"무에 힘들 것이 있겠소?"

노인은 뒷짐을 지고 선 채 대나무들을 쓱 둘러보았다. 푸른 물이 금방이라도 죽죽 묻어날 듯한 대나무 사이에서 마치 시라도 한 수 외울 듯이…….

만약 유림(儒林)의 누군가가 노인의 얼굴을 보았다면 놀라움을 금치 못했을 것이다. 노인은 바로 전 한림학사를 지내 젊은 문사들의 존경과 선망의 대상인 황보영이었으니……. 한데 어찌 그가 이런 곳에 와 있는지 참으로 궁금할 따름이었다.

황보영은 자신의 눈앞에 서 있는 청의청년을 바라보았다. 여전히 그 속을 알 수 없는 눈을 한 청년이었다. 무공은 예전에 보았을 때보다 더욱 고강해졌는지 기도가 완벽히 감춰져 있었다.

"…준비는 되셨소?"

"되다마다요. 몇 년을 갈아온 칼입니까?"

"마교와 배교를 일통(一統)하고 교주께서도 진정한 교주의 위에 오르셔야지요."

"그대는… 백도 무림을 차지하고 말입니까?"

"당연한 것 아니겠소?"

황보영은 웃음을 터뜨렸다. 서로가 서로에게 본심을 숨긴 채 속으로는 비수를 갈고 있으면서도 겉으로는 이렇듯 화기애애한 분위기를 만들고 있다니 어쩐지 우스워졌다.

"어찌 웃으시오?"

"아니, 아무것도 아니오. 그나저나 자당께서는 잘 계시오?"

모친의 안부를 묻는 말에 청년의 눈에서 움찔거리는 빛이 스쳐 지나갔으나 이내 흔적도 없이 사라지고 본래의 침침한 빛으로 되돌아왔다.

"잘 계시다오."

간단한 안부 인사가 뭐가 그리 심각할까만은 청년의 입가에 걸린 고소가 어쩐지 쓸쓸해 보였다.

"그래, 계획대로 잘 되어가고 있소?"

"그렇소. 과연 연학림주께오서 세우셨던 대로 모든 계획이 착착 진행되어 가고 있소이다."

"자… 슬슬 가보겠소. 어리석은 무림인들이 몰려 있는 암투(暗鬪)의 현장으로……."

황보영은 뒤돌아섰다. 무인으로서 상대방에게 뒤를 보이는 것은 허점을 보이는 것과 다름이 없었지만 청년이 자신을 공격하지 않으리란 확신이 있었는지 별 망설임도, 주저함도 없었다.

청년은 걸어가는 황보영의 등을 바라보았다. 저자야말로 진정 무서운 자였다. 학식(學識)과 덕망(德望) 높은 한림학사의 얼굴로 수십 년을 지냈고, 고강한 무공을 지닌 연학림주로서의 얼굴을 지난 이십여 년에 걸쳐 만들어냈다. 강호 깊숙이 뿌리 내려 있는 연학림이란 단체를 스스로 만든 자 역시 황보영이었다. 또 다른 어떤 가면을 쓰고 나타날지 모르는 자… 하나, 저자는 알 수 없을 것이리라, 자신의 최대 비밀을……

청년은 그렇게 잠시 무언가를 생각하던 눈치더니 이내 주저없이 몸을 돌렸다.

스슥.

청년의 그림자가 사라지자 멀리 걸어가고 있던 황보영은 뒤로 돌아섰다. 이미 청년의 모습은 사라져 있었다.

'…심기가 깊은 자, 저 나이에 저리 되려면… 꽤나 힘들지……'

칭찬일가, 비꼼일까. 황보영은 오랫동안 만나왔지만 아직까지 속을 파악하지 못한 청년에 대한 감탄사를 뱉어냈다. 그리고 청년의 무서움에 대해서도 절감했다. 자신의 안부 인사에 얼굴색 하나 변하지 않고 잘 계시냐는 말을 늘어놓을 수 있다니 말이다.

'…차차 파악하게 되겠지.'

황보영의 신형이 점점 더 멀어지고 대나무 밭에는 고요한 정적과 바람에 휘날리는 대나무 잎의 소리만이 남아 울리고 있었다.

*　　　　*　　　　*

"…간단명료하게 정리해서 설명해 줘."

자기를 붙잡고 엉엉 울어대는 노인 둘을 상대하기 영 버거웠던 은평은 청룡과 인에게 도움을 청했다. '왜 절 보고 우세요?' 라고 아무리 질문해 봤자 웅웅거리는 말뿐, 답을 얻기는 어려웠다.

"뭘?"

청룡이 아까의 복수라도 하듯 능글능글거리며 되물었다. 은평의 이마에 순간 힘줄이 도드라진 듯한 착각이 느껴졌지만 그동안 신수 체면 구긴 것에 대한 보상을 받아내고 말겠다는 생각이었다.

"어째서 저 사람들이 날 보고 우냐고!"

"너 보고 주군이래잖냐."

은평의 표정이 묘하게 변했다. 꿍꿍이속이 있는 듯한 자신만만한 표정이었다.

"내 발에 한번 걷어차여 보고도 그렇게 나오나 어디 두고보자구."

은평이 오른쪽 발을 들어 올리고서야 사태의 심각성(?)을 알아챈 인은 청룡을 말리고픈 마음이 간절해졌다. 저런 장면은 같은 남자로서 차마 보고 있기 가슴 아픈(?) 것이었다.

"쯧, 하여간 농담을 못한다니까."

청룡은 머리를 긁적이며 노인들에게서 알아낸 대략의 사정을 은평의 귀에 속닥거려 주었다. 다 듣고 난 은평의 반응은 무덤덤이었다. 팔짝팔짝 뛰며 '무슨 얼어죽을 주군?!' 이라고 소리치리라 예상했던 기대가 와르르 무너지는 순간이었다.

"야야, 아파. 잡아당기지 마."

은평이 자신의 귀를 잡아당기는 통에 청룡은 비명을 내질렀다. 은평은 청룡이 비명을 내지르거나 말거나 귀에다 대고 뭐라 속삭였다.

"…청룡… 내가 신호하면… 무조건 튀어. 현무나 주작이나 인한테도 그렇게 전해주고."

"…뭐?!"

청룡이 되물어오지만 은평은 힘내라는 의미로 등을 톡톡 두들겨 주고 더 이상의 말은 없었다. 대신 생글생글 웃으며 두 노인에게로 다가갔을 뿐이었다. 옆에서 잠자코 보고 있던 화우도 은평의 행동이 이상했던지 고개를 갸웃거리고 있었다.

'내가 무슨 잡무반이냐, 툭하면 날 걸고넘어지게?!'

청룡은 속으로 투덜투덜거리면서도 은평의 말을 따르고 있었다. 물론 후에 닥칠 보복이 두려워서라던가 하는 것은 절대 아니라고 스스로에게 다짐하고 있었지만… 설득력은 없어 보였다.

―미리미리 나를 준비해라.

청룡의 목소리가 인과 주작, 그리고 현무에게 동시에 날아들었다. 인간들의 전음과는 조금 다른 신수들만의 의사 전달 방식을 이용한 것이기에 한 번에 몇 명에게라도 전음을 보낼 수 있었다.

　—갑자기 뭔 일이래?

　주작에게서 물음이 날아들었다. 청룡은 '낸들 아냐?' 라는 의미로 고개를 설레설레 저어 보였다. 현무는 알아들었는지 어쨌는지 별말이 없었지만 자리에서 몸을 일으키는 것을 보니 따르기는 할 모양이었다. 주작은 어깨 위에 날아와 있던 새들을 하늘로 날려보내며 화복 위에 묻은 새의 깃털들을 털어내었다. 인은 화우를 노려보기 바쁜 와중에도 청룡을 향해 알았다는 손짓을 보내는 것을 잊지 않았다.

　'…저놈을 챙겨, 말어?'

　꿔다 놓은 보릿자루마냥 멀뚱멀뚱 서 있는 화우를 어찌 처결할지 청룡은 고민스러웠다. 하나, 은평이 저놈에게 귀띔을 해줬을 리는 없을 듯싶었다.

　—미리 나를 준비나 하시오.

　화우는 귓가로 날아드는 음성에 고개를 돌려 청룡을 바라보았다. 청룡은 알아들었거나 못 알아들었거나 어쨌든 자신은 놈에게 귀띔을 해주었으니 후에 은평이 '어째서 저놈은 안 챙겼어?!' 라고 따지면 당당하게 말할 명분이 생긴 것이다.

　한편, 은평은 노인들에게 다가가 괜히 생글생글 웃으며 말을 걸었다. 은평과 오래 지낸 자라면 저렇게 생글거릴 땐 으레 무슨 꿍꿍이속이 있음을 직감적으로 알아차렸겠지만—대표적인 예로 은평의 품에 있던 백호는 자신도 모르게 부르르 몸을 떨었다 한다—백염광노와 파랑군이 그것을 알 리 만무했다.

　"대략적인 설명은 저놈한테 들었어요. 절 주군인지 뭔지로 모시려고 하신다구요?"

"말씀 낮추십쇼." X2

말을 낮추라는 노인들의 말에 은평은 새삼 격세지감(隔世之感)이란 걸 느꼈다. 죽기 전에 노인들에게 말을 놨다면 '에라, 이 버르장머리없는…' 이란 소리를 들었을 게 뻔했지만 여기서는 '낮추십쇼' 라고 하니… 그렇게 느낄 만하지 않은가.

"…그것보다도 저 부탁이 하나 있어요. 들어주시면 부하(?) 삼아드릴게요. 단, 못 잡아오시면 주군이니 뭐니 하기 없기예요."

"뭡니까?!"

순간 은평의 얼굴에 짓궂은 미소가 떠올랐다.

"이렇게, 요렇게, 조렇게 생긴 놈이 있는데 좀 잡아와 주세요."

은평은 손가락으로 흙바닥에 사람의 얼굴을 하나 그려냈다. 척 보고 누군지 알아볼 수 있을 정도의 얼굴은 절대 아니었고 청룡의 평가에 의거하자면 '개발새발한 그림' 이라는 평가가 적절했다.

"…자, 잘 알아볼 수가 없습니다만……?"

"전 이 사람이 꼭 보고 싶어요. 그러니까 꼭 좀 잡아와 주세요. 설마… 못.하.시.겠.다. 는 건 아니겠죠?"

도발이었다. 두 노인의 자존심에 불을 붙이는 은평의 도발에 두 노인은 홀라당 넘어가 버렸다. 가슴을 탕탕 내려치며 자신들만 믿으라는 듯한 표정을 하는 두 사람을 보며 은평은 속으로 혀를 낼름거렸다.

"기간은 삼 일. 그 시간 내에 찾아오세요. 저기 모여 있는 사람들 중에 있을지도 몰라요."

은평의 말이 채 끝나기도 전에 두 노인이 모래바람을 일으키며 저 멀리 사라져 가고 있었다. 두 노인의 모습이 완전히 사라지자 은평은 손가락에 묻은 흙을 털며 몸을 일으켰다. 그리고 모두를 향해 소리쳤다.

"…뭐 하고 있어?! 이때야! 얼른 튀어!!"

백의맹의 거대한 정문 앞, 그곳에는 주변의 시선을 한 몸에 받는 은평 일행이 모여 있었다.

"헥헥… 안 쫓아오겠지?"

은평은 주변을 두리번거리며 혹시라도 두 노인이 보이지 않을까 염려했다. 겨우 따돌려 놓았는데 마주치면 곤란하지 않은가.

"도대체 찾아오라며 그린 그림의 주인공이 있기나 한 거냐?"

'도무지 형체를 알아볼 수 없던데'란 말은 자연스레 생략한 채 청룡이 물었다. 은평은 고개를 끄덕였다.

"당연히 있지. 내 오빠인걸. 물론 이곳엔 없지만."

'그게 오빠의 그림이냐? 사람인지도 알아볼 수 없었다만'이란 대꾸는 목구멍 안에서만 빙빙 맴돌았다.

"…방금 전에는 '이곳에 있을지도 몰라요'라면서!"

그 질문에 은평은 깔깔거리는 웃음을 터뜨렸다. 청룡은 언어의 '아' 다르고 '어' 다름이란 개념을 이해하지 못하는 경향이 있었다.

"있을지도 몰라요라고 했지, 반드시 있어요라고 장담하진 않았다구."

'저, 저런 사악한…….' X3

청룡과 인, 그리고 주작의 머리 속으로 동시에 같은 생각이 스쳐 지나갔다. 은평은 날이 가면 갈수록 사악함이 더해가고 있는 것 같다. 장난치기도 좀 더 능수능란해지고 제멋대로 구는 것 역시…….

"이제야 맘 편히 식사할 수 있겠다."

"그 식사… 우리도 끼워주지 그래?"

즐거워하는 목소리 사이로 낯선 음색 하나가 끼어들었다. 은평은 자신의 말에 화답한 목소리에 불길한 느낌이 들었다. 어쩐지 낯익으면서도 절대 기억하고 싶지 않은 목소리가 들려오질 않는가. 설마 하는 마음으로 고개를 돌리자 아니나 다를까, 그곳에는 낯익지만 절대 다시 보고 싶지 않은 두 악연들이 씨익 웃으며 서 있었다.

"우연의 일치군, 이런 곳에서 마주치다니……."

"호호호, 식사를 하러 가는 거라면 우리도 끼워주지 않겠어요?"

그랬다. 자신의 기억 속에서 파낼 수만 있다면 깡그리 파내서 없애 버리고픈 변태 남매들이었다. 원수는 외나무다리에서 만난다더니, 하필이면 두 노인을 피해 도망온 자리에서 이 둘을 만날 줄이야. 정말 지지리도 질긴 인연이었다.

"싫어요. 누가 끼워주기나 한대?!"

"하하하, 이런이런. 그렇다면 저 역시 끼일 수 없겠군요."

둘의 뒤에 서 있어서 보이지 않았던 백의의 청년이 슬며시 그 모습을 드러냈다. 고아한 분위기와 탈속한 듯한 기품이 자연스럽게 흘러나오고 있었고 무사라기보단 문사의 분위기를 물씬 풍기는 미청년이었다.

'…아는 체를 해, 말어?'

입고 있는 옷은 변했지만 분명 아까 만난 헌원가진임에는 틀림없었다. 하지만 만난 이유가 모종의 밀약 때문이고 보니 아는 체를 해야 할지 말아야 할지 심각한 고민이 생겼다. 하지만 은평의 그런 고민은 헌원가진이 직접 나서서 해결해 주었다.

"은평 소저, 또 뵙는군요……?"

"그렇네요."

화우가 어째서 이 둘이 아는 사이일까 살며시 물어보려는 참에 그를 알아본 헌원가진이 인사를 건넸다.

"이런… 단 교주께서도 계셨소이까? 정검수호단주와 식사를 할까 해서 잠시 나왔는데 이런 곳에서 마주치다니……."

사실 사적인 자리에, 사적인 이유로는 그다지 만나본 적이 없질 않던가. 화우 역시 가벼운 답례로 고개를 끄덕였다.

"이런 곳에서 보다니 반갑구려."

인간들이 인사를 하거나 말거나 신수들은 자기네들끼리 대화 나누기에 여념이 없었다.

—이야… 대단해. 생긴 거만으로 신수를 누를 만한 인간이 있었다니!

청룡의 비꿈은 신수들 전부의 귀에 흘러 들어갔다. 사실 신수들만이 들도록 일부러 낸 소리였다.

——…그건 날 빗대서 하는 소리냐?

자존심이 상한 주작이 으르렁거렸다. 명색이 신수고, 신수들 중에서는 나름대로 반반한 얼굴이라 여겼지만 그걸 아우를 인간이 있을 줄은 꿈에도 상상치 못했다. 하지만 주작과 청룡이 관심을 갖는 점과는 조금 다른 관점으로 현무는 헌원가진에게 관심을 표했다.

'저 인간… 강하군… 겨뤄보고 싶다.'

그는 신수들이 자신에게 나름대로의 평가를 내리고 있다는 사실은 까맣게 모른 채 마교 교주와의 친목 다지기(?)에 열을 올리고 있었다.

한편으로 인은 주변에 몰리는 과도한 시선 탓에 심적 부담(?)을 느끼고 있었다.

'이거 어째… 시선들이 전부 이쪽으로 모인다냐……'

인은 자신의 주변 인물을 쭉 둘러보았다. 그리고 어째서 시선이 모일까라는 의문 하에 몇 가지 가정을 도출시켰다.

첫째, 우선 자신과 화우, 현무를 빼고는 은평을 선두로 해서 능히 얼굴로 한몫(?) 단단히 잡을 만한 외모다.

둘째, 사람들의 수군거림에 따르자면 저 백색 장포가 백의맹의 맹주인 것 같고 화우는 마교의 교주인 듯 보인다.

셋째, 흰 빛을 띤 백호, 더군다나 그 새끼는 희귀하건만 은평은 그 백호 새끼를 안고 있다.

넷째, 현무가 하고 있는 몰골은 너무 특이하다.

다섯째, 저 성별이 뒤바뀐 모습을 하고 있는 두 남매 역시 유명 인사다.

결론을 뽑아놓고 보니 전부 시선을 끌 만한 이유밖엔 없었다. 이런 상태로 시선을 안 끄는 게 오히려 더 이상할지도 몰랐다.

"은평, 오랜만에 보네요."

"…별로 오랜만은 아닌 것 같은데요."

잔혹미영의 인사를 은평이 고이 받아줄 리 없었다.

"다쳤던 걸로 기억하는데 손은 괜찮은 건가?"

"괜찮으니까 이러고 다니겠죠."

은평에게 있어서 이 두 남매가 특별히 못마땅한 것은 아니었다. 여장을 하든 남장을 하든 자기네들의 개성이니 자신이 뭐라 할 바도 아니지만 군이 이유를 찾으라면 자신을 쫓아다닌다는 것과 태도가 너무 오만하다는 것, 그것이 거슬릴 뿐이랄까.

"…자자, 인사는 이쯤해 두고 이동하자."

으르렁대는 은평을 뒤에서 청룡이 얼렀다. 언제까지 이곳으로 시선이 집중되는 것은 바라지 않았다. 그리고 인파가 점점 더 늘어나기 전에 얼른 자리를 뜨고 싶은 마음이었다. 은평 역시 주변으로 쏠리는 시선들을 알아채고 있었기에 더 이상 뭐라 하진 못하고 천천히 걸음을 옮겼다.

"이야~"

"저분은 분명… 백의맹의 맹주이신…….."

"과연 선남선녀들이로세."

"…저, 저자는 처음으로 모습을 드러냈다는 마교의 교주가 아닌가!"

"발에 족쇄를 달고 다니다니."

"영물이라는 백호의 새끼로구면."

사람들의 수군거림이 사방에서 울렸다. 신분을 알아보고 경악하는 자, 아리따운 외모에 감탄하는 자 등등… 수군대는 이유는 달랐으되 시선을 잡아끄는 일행이라는 점만은 공통적이었다.

"제가 잘 아는 곳이 있습니다만… 소개해도 되겠습니까?"

막상 나오기는 나왔지만 어디로 갈지 몰라 갈팡질팡하는 일행 사이에서 헌원가진이 조용히 나섰다.

"어딘데요?"

"여기서 가깝습니다. 진회하 근방에 자리 잡은 곳이라서……."

일행이 결성된 이유이자 일행의 실질적 우두머리(?)라 할 수 있는 은평이 군말없이 헌원가진의 뒤를 따르자 자연스레 분위기는 헌원가진을 따라가는 것으로 마무리되었다.

수많은 인파들을 헤치고 가는 와중에도 헌원가진을 알아보고 인사해 오는 무리들이 있어 이동 속도는 다소 느렸다.

"얼마나 더 가야 되는 거예요?"

은평의 투덜거림에 헌원가진이 빙그레 웃으며 걸음을 멈추었다. 그리고 걸음을 멈춘 곳에 자리한 삼 층의 주루를 가리켰다. 누각을 화려하게 장식하는 나무 기둥들과 화려한 갓을 씌운 비단 등만을 보아도 상당히 비싼 곳임을 알게 해주는 곳이었다.

"여깁니다. 진항루(珍恒樓)라는 곳으로 제가 종종 찾곤 하는 곳이지요."

진회하에 있는 모든 주루가 사람으로 북적거리는 데 반해서 진항루는 평온하기 이를 데 없었다. 주루 안에 있는 손님들도 드문드문 앉아 있고 그 흔한 점소이들조차 보이지 않았다.

"…우선 들어가시지요."

무려 아홉이나 되는 인파가 진항루 안으로 우르르 들어서니 소란스러울 법도 하건만 안에 앉아 있는 손님들은 눈길 한 번 주지 않았다.

"이런, 헌원 공자가 아니십니까."

갈색 장삼을 걸친 사내가 어디선가 쪼르르 달려나왔다. 장부로 추정되는 무언가를 손에 들고 있어 이 주루의 주인이거나 총책임자가 아닐까 하는 생각을 들게 했다. 하나, 이 갈색 장삼의 사내 말고도 같은 옷을 걸치고 장부를 든 채 가게 안을 오가는 사람은 몇이나 더 있었다.

"어서 오십시오. 삼 층으로 안내하겠습니다."

비교적 한산했던 일 층과는 달리 이 층은 꽤 많은 수의 무림인들이 들어앉아 있었다. 이 층을 거치는 과정에서 은평 일행을 보고 다소 수군대긴 했으나 금방 삼 층으로 올라가는 통에 뭐라 수군대는지는 알길이 없었다.

삼 층은 그야말로 고요했다. 일 층처럼 드문드문 있는 손님들도 손님들이었지만 바로 옆에 대로변이 펼쳐진 일 층과는 달리 분위기 자체가 사뭇 조용했다.

"앉으십시오. 금방 준비시키겠습니다."

사내는 창가의 자리를 안내해 준 뒤 주문받을 생각조차 하지 않은 채 아래로 후닥닥 내려가 버렸다.

"조용해서 좋구만."

"사람도 없고."

청룡과 주작은 이곳이 꽤 마음에 든 듯했다. 무엇보다도 북적거리는 인파가 없다는 점이 좋은 모양이었다.

"여긴 점소이가 없는 것처럼 보이는데… 원래부터 없는 게요?"

인은 그것이 못내 궁금했던 모양이었다. 주루나 객잔이라면 언제나 손님을 맞는 점소이가 있기 마련이 아닌가.

"아까 그 갈색 장삼을 입은 자들이 점소이라오. 이곳은 다른 주루들과는 조금 달라서 손님을 맞는 방식에도 차이가 있소. 일 층에는 관(官)이나 무공을 모르는 자들만을 들이고 이 층에는 무림인들만을 들인다오."

헌원가진이 말을 마칠 즈음, 아래로 내려갔던 사내가 김이 모락모락 피어오르는 차를 가지고 올라왔다. 인원이 워낙 많다 보니 차만 세 주전자였고 찻잔은 무려 아홉 개에 이르렀다. 그리고 모두의 앞에 찻잔을 하나씩 놓은 사내는 주문받을 생각도 하지 않고 다시 물러가 버렸다.

"여긴 주문도 안 받아요?"

"이곳 삼 층은 따로 주문받는 것이 없습니다. 알아서 가지고 나오지요."

헌원가진은 이곳에 자주 와본 듯 아주 익숙하게 행동하고 있었다. 은평은 찻주전자를 들어 주변 사람들의 찻잔에 찻물을 부어주었다. 청룡을 필두로 신수파(?)들에게, 그리고 인과 화우에게도 각각 차를 따라 주었지만 잔월비선과 잔혹미영의 순서에 와서는 찻주전자를 그 앞에 내려놓고 퉁명스럽게 내뱉었다.

"직접 따라 마셔요."

"…너무해요, 좀 따라주면 어때서."

잔혹미영이 애교있게 우는 소리를 내보지만 은평은 콧방귀와 함께 고개를 돌려 버렸다.

"도대체 어째서 우리가 싫은 거냐?"

잔혹미영이야 그냥 잠자코 넘어갔지만 잔월비선은 그럴 수 없었던 모양이다. 양미간에 내천(川) 자를 그린 채 은평을 노려보았다. 어째서 자신들을 이렇게나 기피하고 싫어하는지 이해할 수 없다는 태도가 역력했다. 은평은 속으로 '싫어하진 않는데' 라고 중얼거렸지만 입 밖으로 내보내 줄 친절은 갖고 있지 않았다.

"난 이해할 수 없다. 저런 작자들이 우리보다 더 나은 게 뭐지?"

잔월비선이 삿대질해 가리킨 것은 찻주전자를 가지고 빙글빙글 돌리며 놀고 있던 청룡과 주작, 그리고 현무, 인, 화우 등이었다.

어쩌면 더 잘됐는지도 몰랐다. 이번 기회에 똑바로 못을 박아놓아야 다음부터 이 둘에게 시달릴 일이 없어질 게 아닌가.

"…소유물로 취급하지 않으니까."

"…뭐?"

"적어도 저들은 날 소유물로 취급하지 않아요. 당신들과의 제일 큰 차이점이죠."

　은평의 냉랭한 목소리가 울려 퍼졌다. 은평과 남매의 대결 구도 속에 좌중 사이에선 싸늘한 침묵만이 감돌았다. 청룡과 주작도 찻주전자에 치던 장난을 멈추었고 헌원가진과 화우 역시도 아무 말도 꺼내지 않는다.

　"소유물로 취급하지도 않고, 댁들처럼 오만하지도 않죠. 뭐든지 자기 발 아래 꿇리고야 말겠다는 그런 심보 전 싫어요. 전 대등한 관계를 원하는 거예요. 당신들의 가슴속에서 내가 진정 얼마만큼의 가치로 존재하나요? 얼마 되지 않을걸요? 그저 내가 순순히 굴지 않으니까 굴복시켜 보겠다는 마음과 어린애 같은 소유욕이 겹쳐져서 나에게 집.착.하고 있는 것뿐이라구요. 내 말이 틀렸나요?"

　은평의 독설은 가차없었다. 오랫동안 가슴속에 담아두고 있던 말인 만큼 속사포처럼 쉴 새 없이 쏟아냈다.

　"친구라면 얼마든지 환영이에요. 하지만 소유물 취급은 사양이라구요."

　은평은 그 말을 끝으로 더 이상 입을 열지 않았다. 그리곤 평소 볼 수 없었던 화내는 표정이었다는 점과 은평답지 않게 진지했던 태도는 금세 헤벌쭉 웃는 표정과 장난기 가득한 짓궂은 태도로 돌아가 버렸다.

　"…웃기지 마라. 네가 우리의 마음을 얼마만큼이나 안다고!"

　"은평, 그건 오해예요."

　두 사람이 다시 반론을 제기해 오지만 은평의 진지한 태도는 다시 돌아올 줄을 몰랐다.

　"배고파… 도대체 식사는 언제 나오는 거죠?"

　"아, 곧 나올… 저기 가져오는군요."

남색 계통의 단정한 차림새를 한 몇몇의 여인들이 식사를 들고 삼층 계단을 올라오고 있었다. 흰 김을 무럭무럭 피워 올리는 접시들이 가득했다.

　　"…저게 뭐래?"

　　한 번도 본 적 없던 음식들이기에 신수들과 은평을 제외한 사람들의 눈이 휘둥그레졌다. 날라오는 것은 전채(前菜)와 탕(湯) 종류 등을 비롯해 꽤 많은 것 같은데 음식들의 이름은 하나도 알 수가 없었다. 음식의 빛깔이나 냄새 역시 화려하게만 느껴졌다.

　　"저건 단선압장(檀扇鴨掌:박달나무부채 모양의 삶은 오리발), 그 옆에 있는 것은 용정죽순(龍井竹筍:닭고기 가루를 넣은 죽순탕), 그리고 저 허여멀건한 것은 호피토육(虎皮兎肉:토끼고기를 달걀 피로 싸서 구운 것), 그 위의 것이 동안자계(東安子鷄:닭을 잘게 썰어 양념을 넣고 볶은 것), 맨 끝의 저것은 밀전계원(蜜餞桂圓:꿀전병)이라는 겁니다."

　　헌원가진이 하나하나 가리키며 설명했다.

　　"…순채탕(蓴菜湯:순채를 넣고 끓여 푸른빛이 도는 탕)이나 먹을래요."

　　은평은 맑은 푸른빛 액체가 담긴 둥근 그릇을 집어 들었다. 분명 다른 것들도 맛이 있어 보이기는 하지만 영 끌리질 않았다. 그것은 은평뿐만 아니라 주작이나 현무도 마찬가지였고 유독 청룡만이 이것저것 골라 들고 있을 뿐이었다. 헌원가진은 용정죽순을 집어 들고 화우는 동안자계를, 그리고 인은 연자선죽(蓮子膳粥:찹쌀과 연밥으로 쑨 죽) 하나를 집어 들었다.

　　"어라, 아무것도 안 드십니까?"

　　헌원가진은 멍하니 있는 잔월비선과 잔혹미영이 걱정됐던 듯 이것저것 골라서 그 앞에 놓아주는 배려를 보였다.

"고맙소."

잔월비선은 젓가락을 집어 들긴 했지만 통 식욕이 없었다. 그것은 잔혹미영 역시 마찬가지인 듯 의욕없이 축 늘어진 모습이었다.

'내가 너무 심했나……?'

좀 완곡히 돌려서 말할 걸이란 생각이 은평의 뇌리를 스쳤지만 이내 그런 생각을 머리 속에서 지워냈다. 충격을 줘야 할 땐 좀 줘야 제정신을 차리는 법이었다. 아무리 돌려서 이야기해 봤자 깨닫는 바가 없으면 무슨 소용이란 말인가.

"봉황전시(鳳凰展翅:봉황처럼 장식해 내놓는 오리구이), 육말소병(肉末燒餅:밀가루 반죽을 발효해 고기 가루를 얹고 구운 것)도 없고, 비룡탕(飛龍湯:송계라는 꿩을 넣고 끓인 탕)도 없잖아. 그런 것도 없으면서 어떻게 먹으라는 거야."

잔월비선과 잔혹미영이 들어본 적도 없는 요리 이름을 대며 투덜거렸다. 은평이 한 말 때문에 고민했던 것은 절대 아닌 모양이었다.

"…좋은 요리를 먹게 해준다면서 이게 좋은 요리요?"

잔월비선이 헌원가진을 흘겨보며 투덜댔다. 황궁에서 자란 몸이다 보니 까다로운 입맛을 가지게 되는 것은 당연할 터, 그런 입맛에 이런 요리가 입에 맞을 리 없었다. 나름대로는 진귀한 요리라 하여 기대를 한 모양이지만 그것이 무너져 단순히 실망하고 있었던 것인가 보다.

'…뭐야, 괜히 걱정(?)했잖아?'

절대 자신이 한 말 따위는 신경 쓰고 있지 않은 태도에 짜증이 나면서도 한편으로는 안심이 되었다. 자신이 한 말을 갖고 끙끙거리며 고민하는 태도는 왠지 두 남매답지 않았기 때문이다.

       *   *   *

"그동안 격조하였습니다. 용서하십시오."

사람이 없어 한적한 백향루의 이 층에 한 청년과 황보영이 마주 앉아 있었다. 해를 등지고 앉아 있던 탓에 얼굴에 검은 음영이 드리워져 생김새가 보이질 않았다. 청년은 각자의 앞에 놓인 찻잔을 내려다보았다.

"음… 차 맛이 아주 구수하구먼."

황보영은 차를 한 모금 들이키고는 차 맛을 음미하듯 눈을 감았다. 청년 역시 노인을 따라 찻잔을 집어 들고 한 모금 들이켰다.

"…그나저나 본인을 보자 한 이유는 뭔가?"

"연학림의 일원인 제가 림주를 보자고 한 것이 큰 흉이 되는 것입니까?"

"말장난은 관두고 본론을 말해 보게나."

황보영은 들었던 찻잔을 내려놓았다.

"…유희신… 그자가 나타났습니다."

청년의 음성은 침통하기까지 했다. 배신자로 낙인찍혀 연학림을 떠난 그가 마교 교주 곁에서 백발문사란 이름으로 살고 있었다.

"그자라면 몇 년 전 축출된 자가 아닌가. 한때나마 연학림 최고의 기재로 손꼽힌 인물이니만큼… 안타까웠지."

황보영의 눈이 그때 당시를 회상하는 듯 아련해져 갔다. 황보영이 태연한 데 반해 청년은 약간 격앙되어 있음이 역력했다. 황보영은 개의치 말라는 의미로 청년의 어깨를 두들겨 주었다.

"개의치 마시게나. 그는 이미 연학림 사람이 아닐세. 연학림의 최고

기재는 자네라네."

황보영은 속으로 조소를 지었다. 모르는 척 굴고 있지만 유희신이 축출된 배경에는 이 청년이 개입되어 있음을 알고 있었다. 그렇게 되도록 암중에 계획한 것이 황보영 자신이니 모를 까닭이 없었다. 이 청년의 야망을 부채질하고 경쟁시켜 질투와 시기에 미친 청년이 유희신을 축출하려 음모를 꾸미는 과정을 아주 즐겁게 지켜보았지 않은가. 그리고 모르는 척 청년의 장단에 맞춰 유희신을 축출하였고 축출된 유희신을 죽이려는 청년의 음모를 슬며시 바꿔 유희신을 구사일생으로 살아나게 한 것 역시 자신이었다. 일련의 모든 과정을 알고 있던 황보영은 청년이 안달복달하는 것이 재미있기만 했다.

"…여쭐 것이 있습니다."

"뭔가?"

청년은 조심스럽게 입을 열었다.

"…수제자를 키우신 일이 있으십니까?"

"수제자라… 내 수제자라면 연학림 전부라네. 특별한 누군가를 둔 일이 없다는 것을 누구보다 자네가 더 잘 알지 않던가?"

황보영의 반문에 청년은 고개를 끄덕이긴 했지만 납득하진 못한 태도였다. 황보영이 수제자를 두지 않았다는 것은 자신 역시 익히 알고 있던 사실이었다. 그런 사실을 굳이 물었던 것은…….

"어찌하여 그러시는가?"

"아, 아무것도 아닙니다."

아무것도 아니라는 대답을 하긴 했으되 떨칠 수 없는 의문이 남았다. 어째서 황보영의 무공 흔적이 이곳에서 나타났을까 하는 그런 의문이 말이다.

"먹기 싫으면 놓고 나가요!!"

한두 번의 투덜거림은 참아줄 수 있었다. 하나, 계속되는 두 남매의 투덜거림에 참지 못한 은평은 젓가락을 놓고 자리에서 일어서서 소리를 지를 수밖에 없었다.

두 남매는 은평의 고함에 움찔거렸다. 사실, 두 남매가 황궁을 나와 음식 타박을 하는 것은 이번이 처음 있는 일이지만 그런 것을 은평이 알 리 없었다. 그리고 이유 모를 두 남매의 음식 타박이 아까 은평이 한 소리에 얽매이고 있다는 증거와도 다름없다는 것 역시.

그저 자신들은 은평의 생각에 절대 동의할 수 없었기에, 또한 그런 생각이 머리 속에서 떠나질 않는 것 역시 마음에 들지 않아 애꿎은 음식 타박을 하고 있는 것을 입 밖으로 내서 말할 순 없었다. 무엇보다도 잔월비선과 잔혹미영의 자존심이 용납하지 않는 일인 것이다.

"…그만 가보겠다."

젓가락을 놓고 일어선 잔월비선의 신형이 마치 연기처럼 홀연히 그 자취를 감추어 버렸다. 잔혹미영 역시 은평을 물끄러미 바라보더니 이내 연기처럼 신형이 사라져 버렸다.

"…이제야 조용하네. 편하게 밥 좀 먹으려 했더니 불청객들만 껴가지고 말야."

헌원가진은 두 남매가 사라진 자리를 묵묵히 바라보고 있었다. 무슨 생각이 그리 깊은 것인지는 알 수 없지만 눈매에 측은한 빛을 띠고 있다는 것만은 분명했다.

"너무 심한 거 아닐까?"

두 남매가 어쩐지 불쌍해 보였던 청룡은 은평을 살살 건드려 보았다. 하나, 은평의 태도는 완고했다.

"충격을 좀 먹어봐야 한다구."

은평의 말을 끝으로 분위기는 냉랭함으로 휩싸였다. 그 분위기를 모면해 보자는 의도인지 혹은 은평의 관심을 끌자는 의도인지는 몰라도 화우가 말을 꺼냈다.

"이 진회하는 세 가지 모습이 있다는 걸 아시오?"

"세 가지?"

"낮의 진회하와 밤의 진회하, 그리고 이른 새벽의 진회하는 모두 각각 그 모습이 다르다오. 본인은 새벽의 진회하가 가장 마음이 드오만은……."

은평은 진회하가 정확히 무얼 가리키는 것인지 몰랐기에 뒤에 있던 청룡과 주작에게 조그맣게 속삭였다.

"진회하가 뭐야?"

질문은 하나건만 나오는 대답은 두 가지였다.

"저기 보이는 강."

"진회하라고 아주 물(?) 좋은 동네지. 기녀들 애교도 죽여주고 그 손끝은 얼마나 나긋나긋한지. 게다가 동녀들도 많고, 속살도 야들야들하고, 거의 맛보려던 참에 현무가 난입하는 바람에 실패했……."

자신이 필요 이상으로 너무 많은 말을 했다는 사실을 깨달았을 땐 이미 늦어 있었다. 자신이 한 말을 모두가 들어버리고 만 뒤였던 것이다.

"…물 좋은 동네?!" (은평)

"…동녀?!" (화우)

"기녀……?!" (헌원가진)

"무덤을 파다 못해서 아주 자리를 깔고 눕는구나." (청룡)

"쯧쯧… 곧 은평에게 죽겠구만." (인)

[나날이 타락 일로(?)를 걷고 계시는군요.] (백호)

"참새대가리." (현무)

모두의 사이로 스산한 바람만이 감도는 가운데 어떻게든 분위기를 모면해 보고자 주작은 억지웃음을 흘려냈다.

"농담도 못하나. 겨우 그 정도에 눈에 휘둥그레지기는… 아하하하……."

하지만 이미 엎어진 물은 다시 담을 수 없듯 모두의 눈에는 불신의 빛이 감돌았다. 그리고 주작을 향해 서릿발 같은 은평의 말 한마디가 흘러나왔다.

"나가 죽엇!!"

은평의 말에 모두 공감한다는 듯 고개를 끄덕끄덕거렸다. 현무는 은평의 말이 떨어지기가 무섭게 주작에게로 성큼성큼 다가오더니 주작의 목덜미와 손목을 움켜쥐었다.

"뭐 하는 거야?!"

"은평님이 네게 명령하셨다… 나.가. 죽.으.라.고."

현무는 매서운 손길로 주작을 끌어냈다. 왜소한 체구의 현무에 비해 그래도 체격이 있는 주작이 끌려가는 모습은 어쩐지 웃음을 자아냈다.

주작이 끌려가지 않으려고 발버둥을 치자 현무는 주작의 사타구니에 발을 가져다 댔다. 그리고 주작을 내려다보며 비웃음 섞인 일갈을 날렸다.

"…까불면 밟는다."

현무의 차가운 말이 떨어지기가 무섭게 좌중들 사이에선 몇 개의 기묘한 소리가 흘러나왔다.

"푸흡……." (화우)

"쿨럭……." (인)

"컥……." (헌원가진)

"…쟤도 점점 누구누구를 닮아가는구만." (청룡)

청룡과 인, 화우, 헌원가진 등의 남성 동지(?)들은 푸흡 하는 소리라던가 사레들린 소리를 내며 먹던 음식물들을 다시 입 밖으로 내놓는다던지 입에서 물을 뿜는 자태를 연출했다. 그들에게는 주작의 저런 모습이 아마도 남의 일 같지 않게 와 닿는 모양이었다.

"계속 발버둥칠 테냐?"

올려놓은 말에 은근히 압력을 주며 넌지시 묻는 현무의 말에 주작은 고개를 아주 힘차게 가로저었다. 현무는 한다면 하는 성미를 갖고 있다는 걸 오랫동안 교우(交友)해 온지라 아주 '잘' 알고 있었다.

현무는 주작이 발버둥을 멈추자 아무렇지도 않게 주작을 질질 끌어다가 진회하가 보이는 난간에까지 이르렀다. 그리고 모두가 지켜보는 가운데 자신의 체구보다 훨씬 큰 주작을 아래로 휙 내팽개쳤다.

"너무해……!!"

주작의 목소리가 점점 작아지고 곧 이어 풍덩 소리가 울리는 것을 보니 진회하에 빠진 게 분명했다. 장난처럼 여겼지 설마 정말로 진회하에 빠뜨릴 거라고는 예상치 못했기에 모두 놀라운 눈으로 현무를 바라보았다.

"…거, 것참. 충성스런 수하를 두셨군요."

헌원가진이 감탄인지 어이없음인지 모를 말을 중얼거렸다. 그리고 두 번째로는 작은 체구임에도 불구하고 주작을 질질 끌어낼 정도의 힘에 감탄스러워했다. 그것은 화우도 마찬가지로 은평의 시종(?)이라고만 여겼던 자들의 무시무시함에 혀를 내둘렀다.

"…명령 이행했습니다."

자신에게 다가와 조용히 내뱉는 현무의 한마디에 은평은 고개를 끄덕거렸다.

"으, 으응. 잘했어."

은평은 그날 처음으로 현무 앞에서 말을 더듬어보았다고 한다.

＊　　　　＊　　　　＊

사람들로 사뭇 북적이는 비무장 주변, 특이한 차림새로 눈길을 끄는 이도 있고 사람들의 관심의 대상이 된 자들도 있었다. 유명 인사가 지나다닐 때마다 숙덕대는 말들과 평가를 내리는 말들로 시끌벅적한 가운데 사람들의 시선을 확 잡아끄는 두 남녀가 있었다.

"정말 북적이는군요."

"그렇소, 역시 이번에 마교가 봉문을 깬 탓이 큰 것 같구려."

평소에 입던 황금빛 궁장 대신 연한 귤색(橘色)의 경장을 화사하게 차려입은 금난영과 여전히 제갈세가의 문장이 수놓아진 흰 문사의를 차려입은 제갈묘진이었다. 둘 다 신진삼군과 무림삼미에 속하는 인물들이다 보니 사람들의 수군거림은 멈출 줄 몰랐으나 두 사람이 신경 쓰는 내색은 없었다. 그저 유유자적 자신들만의 대화를 나눌 뿐이었다.

"아, 그리고 보니 이번에 정련 선자께서도 아미파 대표로 나오셨다

들었건만……."

"…어머나, 그렇군요."

금난영은 아련히 떠오르는 정련 선자의 얼굴을 떠올렸다. 벌써 얼굴을 보지 못한 지가 이 년여에 이르렀다. 물론 그렇게나 오랫동안 교류가 없었던 이면에는 예전에 정련 선자가 금난영의 옷 갈아입히기 취미에 희생된 탓에 그 사문인 아미파에서 금난영과 정련 선자가 서로 마주치는 것을 꺼린다는 이유가 있지만 당사자인 금난영은 까맣게 모르고 있었다.

"아마도 아미파 대표로 나오실 것 같소만은……."

"그렇겠지요."

한편, 그 시각 은평 일행은 대로 옆에 난 조그만 골목에 서서 서로 인사를 나누고 있었다.

"즐거웠소이다."

"저야말로 즐거웠소."

화우와 헌원가진이 악수를 청하며 인사를 나눴다. 두 사람의 신분이 신분이니만큼 함께 들어가면 물의를 빚을 수도 있다는 생각에 우선 헌원가진부터 먼저 맹 내로 들어가기로 한 상태였다.

"그럼……."

가볍게 목례를 해 보인 헌원가진이 백의맹 쪽으로 발걸음을 옮겼다. 은평은 헌원가진의 모습이 보이지 않게 되자 화우에게 말을 건넸다.

"미안해요. 이것저것 묻고 싶은 게 있었는데 워낙 소란스러웠던 통에… 괜히 저 따라와서 시끄러웠죠?"

사실 은평이 주루에서 일부러 화우에게 말을 걸지 않았던 것은 헌원가진이 끼어든 탓도 있었다. 어쩐지 밀약의 상대가 옆에 있으니 화우에게 접근하기가 민망했달까. 이런 속사정이야 어떻든 화우는 그저 은평이 자신을 배려해 주고 있다는 것에 마냥 행복해했다.

"아, 아니오."

'옆에 있기만 해도 괜찮소' 라는 말은 목구멍에서만 맴돌 뿐, 좀처럼 입 밖으로 나와주지 않았다.

"다행이네요. 그럼 내일 또 봐요. 저 먼저 들어가 볼게요."

"…내, 내일?"

내일도 또 보자는 말에 화우는 눈앞에 현기증이 일었다. 서광이 비치고 온통 세상이 밝게만 보이는 느낌이랄까. 은평이 먼저 백의맹 안으로 들어갔든 어쨌든 우선 내일 또 보자라는 말을 은평이 해줬다는 그 사실 하나만으로도 그는 넋이 빠져 있었다.

'으흐흐흐흑……'

숨 죽인 흐느낌이 귓가로 스며들었다. 맘대로 목놓아 울지도 못한 채 구슬픈 흐느낌만을 반복하는 그 소리가 어쩐지 처연하게만 느껴졌다.

귓가에 들리는 구슬픈 울음의 주인공이 누구인지 알기 위해 고개를 돌렸을 때 눈앞으로 새카만 어둠이 몰려들었다. 그리고 그 어둠을 피해 고개를 돌린 자리에 왜소한 체구의 아이가 주저앉아 울고 있었다. 아이가 입고 있는 옷은 검푸른색으로, 기이하게도 어른의 옷을 훔쳐 입었는지 헐렁하기만 했다.

'꼬마야……'

은평은 조심스럽게 우는 아이의 뒤쪽으로 다가갔다. 어둠 속이라 자세히 보이진 않았지만 아이는 몸을 웅크린 채 흐느끼고 있었다.

'왜 그렇게 울고 있니?'

우는 아이의 얼굴을 닦아주기 위해 뒷머리를 쓰다듬었을 때 손 안으로 묻어나는 끈적임이 있었다. 끈적임의 정체를 알아보기 위해 손바닥을 들자 검붉은 선홍색 액체가 손바닥에 질퍽하게 묻어 있었다. 아이의 머리에서 새어 나온 피가 손바닥에 묻은 것이 분명했다.

'애야… 너 어디 다쳤니?!'

황급히 아이를 끌어당겨 수그려진 고개를 억지로 들려 세웠을 때 은평은 소스라치게 놀랐다. 얼굴은 말할 것도 없고 온몸에 죽죽 그어진 붉은 상흔에서 피가 배어 나오고 있었다. 아이의 검푸른 옷은 원래부터 검푸른색이 아니라 상처에서 흐르는 피로 젖어들어 변한 것임을 그제야 알아차렸다.

'누가 이랬니?'

얼마나 울어댔는지 아이의 눈동자와 눈가는 새빨갰다. 하지만 아이는 은평의 질문에 별 대답이 없었다.

'누가 이랬냐니까……!'

'…어머니가.'

은평이 다그치자 그제야 아이는 입을 열었다.

아이의 상처는 분명히 채찍 같은 것으로 얻어맞은 것이 분명했다. 게다가 어린애를 이 지경으로 만들어놓은 것이 어머니란 사실에 말문이 막혔다. 하나, 채 분노할 틈도 없이 아이가 갑자기 은평에게 달라붙더니 소리를 질렀다.

'…어, 어, 어머니가 오고 있어……!'

'뭐……?'

'드, 들어봐… 방울 소리가 들려… 어머니야……!'

그러고 보니 저편에서 희미하게 방울이 울리는 소리가 들리는 것도 같았다.

'괜찮아, 어머니는 오지 않아.'

은평은 아이의 몸을 꼭 붙들어주었다. 어느새 자신의 몸에도 아이의 피가 배어들어 흰옷에 검붉은 피가 묻어났다. 그리고 아이의 등을 토닥일 때마다 질퍽질퍽거리는 느낌에 은평은 새삼 소름이 돋았다. 뼈가 만져질 정도로 왜소한 아이를 심하게 매질한 어머니가 있다니, 직접 듣고서도 믿어지지가 않는다.

'어, 어머니……'

고이 은평의 품에 안겨 있던 아이가 심하게 발버둥을 쳤다. 아이의 동공에 희미하게 떠올라 있는 이름 모를 여인의 모습에 은평이 뒤로 고개를 돌리니 푸른 궁장을 입은 여인이 긴 머리를 늘어뜨린 채 바로 뒤에 서 있었다.

'누구시죠?'

머리를 틀어 올리고도 길게 아래로 늘어뜨릴 만큼 머리가 길었다. 하나, 검푸른빛을 띤 그 머리카락은 마치 해초처럼 보여 징그러워 보였다. 게다가 푸르스름하게 보일 정도로 창백한 안색과 무표정한 얼굴은 흡사 귀녀(鬼女)의 몰골이었다.

'내 아들이… 신세를 졌군요……'

싸늘한 기운이 주변을 뒤덮어가는 착각에 빠질 정도로 여인에게서는 냉기밖엔 느껴지지 않았다. 여인은 아이에게로 손을 내밀었다.

'어머니……'

은평의 품에 있던 아이가 여인의 손을 잡기 위해 품에서 빠져나갔다. 비틀비틀거리면서도 여인의 손을 붙잡으려는 그 아이를 왠지 보내고 싶지 않았다.

'가지 마!'

은평은 아이의 다리를 붙잡아 세웠다. 정말로 이 아이를 이 지경으로 만든 것이 저 여인이라면 절대 보낼 수 없었다.

'가야 해… 어머니가 부르고 있어.'

'널 그 지경으로 만들었는데도 가고 싶니?' 란 말이 목구멍까지 치밀어 올랐지만 가까스로 억눌렀다.

갑자기 아이가 은평에게 와락 안기며 귓가에 속삭였다.

'도와줘… 어머니를… 저리 만든 자들에게 복수할 수 있도록, 도와줘. 어머니가 나쁜 게 아냐……'

아이가 갑자기 새끼손가락을 내밀었다. 은평은 자신도 모르게 아이의 손가락에 약속의 표시를 해주었다.

'그래, 약속할게.'

은평의 말이 끝나기가 무섭게 어둡던 주변이 갑자기 환하게 변해갔다. 그리고… 눈앞에는 창공이 펼쳐져 있었다.

'…꿈인가?'

노을이 지고 있음인지 약간 노랗게 변한 그 모습이 어쩐지 아름다웠다. 아마도 식사를 하고 다시 나무 밑으로 돌아왔을 무렵으로부터 시간이 꽤 흐른 것 같았다.

'또 그 아이 꿈이구나.'

요 며칠 새에 꿈꾸는 일이 부쩍 잦아졌다. 정말 청룡의 말대로 예지몽인 것인가, 머리 속은 안개가 끼인 것마냥 뿌옇다. 생각이 온통 뒤죽

박죽된 느낌이었다.

예지몽이라기보단 자신에게 구원을 요청하는 것 같은 느낌이 들었다. 지금까지의 꿈에서는 자신을 죽이려 했거나, 소름 끼치는 모습으로 나타났지만 이번 꿈에서는 처연하고 가엾은 느낌이 더 강했다. 곁에서 보듬어주고 싶은 기분이랄까. 만약 다음번 꿈에도 나타난다면 꼭 한번 안아주리라 다짐했다.

'에구에구, 이상하게 머리 쪽이 편안하네.'

몸이나 등은 땅바닥에 누운 탓에 뻐근했지만 머리 쪽은 편안했다. 계속 누워 있고 싶지만 슬슬 돌아갈 시간인 것 같아 누워 있던 자리에서 벌떡 일어나 앉았다.

"이제야 일어났냐?"

자신이 일어나자 은평의 뒤에 있던 인이 무릎을 두들기며 혀를 찼다. 그의 무릎께를 덮고 있는 옷들은 다른 곳에 비해 심하게 구겨져 주름이 가 있었다. 아마도 그의 무릎을 베고 자버린 모양인 듯싶다.

"뭘 잠을 그렇게 험하게 자냐? 다리 아파 죽는 줄 알았다."

타박하는 목소리면서도 인은 뭐가 그리도 좋은지 싱글벙글하는 웃는 낯이었다.

'다리 아픈 게 저렇게 좋은가?'

왜 저렇게 실실대는지 이유를 알 수 없는 은평이었다. 은평이 이렇게 고개를 갸웃거리고 있을 무렵, 청룡이 혀를 차며 자신에게 천 쪼가리 하나를 건넸다.

"…침 흘렸다. 닦아라."

무의식적으로 천 쪼가리를 받아 입 주위를 닦았지만 침을 흘린 것 같진 않았다. 흘린 침도 없는데 무슨 소리냐고 따질 참으로 청룡을 노려보자 청룡은 먼 산을 바라보며 딴청만 피우고 있었다.

"바보, 그걸 진짜 믿냐?"

은평은 들고 있던 천 쪼가리를 청룡의 얼굴께로 휙 집어던졌다. 청룡의 턱에 천 쪼가리가 가서 맞았지만 은평을 놀려먹었다는 보람감(?)에 가득 차 있는 청룡에게는 아무런 문제도 되지 않았다. 그저 웃음이 나와 도저히 주체를 못하는 안면 근육을 실룩댈 뿐.

웬일인지 이쯤 되면 은평의 보복이 나올 법도 하건만 이상하게 반응이 없었다. 그저 해가 뉘엿뉘엿 지고 있는 서쪽 하늘을 바라볼 뿐이었다.

"돌아가자. 대회도 슬슬 끝나가는 것 같은데."

옷에 묻은 흙먼지를 툭툭 털어내며 자리에서 완전히 일어났다. 은평이 일어나자 현무도 따라 일어났다. 한편, 청룡과 인은 서로 얼굴을 바라보며 멍한 표정을 하고 있었다. 당연히 보복을 해올 것으로 알았는데 아무 반응이 없으니 오히려 더 무서워졌다.

"…어디 아프냐?"

"그래. 아프면 말을 해, 참지 말고."

둘 다 만장일치로 은평의 몸이 안 좋다는 데 결론을 내렸다. 쟤가 아프지 않고서야 이렇듯 조용할 리가 없는 것이다.

"나 아픈 곳 없어."

은평은 무슨 뜬금없는 소리냐는 태도로 고개를 저었다. 두 사람은 절대 믿을 수 없었다. 분명 무슨 꿍꿍이속이 있음이 분명했다.

"아, 그러고 보니 주작이 안 보이네? 아직 안 돌아온 거야?"

청룡과 인의 시선을 피해서 은평이 딴청을 피웠다. 주작의 행방을 묻는 질문에 현무가 조용히 대답했다.

"아직 돌아오지 않았습니다."

"그렇구나. 뭐, 어린애도 아니니까 알아서 잘 오겠지."

은평은 다리 밑에서 기웃기웃거리고 있는 백호를 들어 올렸다. 해가 완전히 지기 전에 돌아갈 생각이었다.

"뭐 하고 있어? 얼른 돌아가자니까."

영 움직일 생각을 하지 않는 청룡과 인 때문에 은평은 입술을 삐죽였다. 자신이 그 정도 장난도 못 받아줄 정도로 치졸하게 보였단 말인가. 자신도 장난 정도는 받아줄 도량이 있었다.

[은평님, 정말 어디 아프십니까?]

백호가 걱정스레 물어왔다. 백호로서도 아무런 보복 조치를 가하지 않는 은평의 태도에 오슬오슬 한기가 들던 참이었다.

"너까지 왜 그래? 내가 아파 보여?"

[……]

'네, 무척! 많이! 매우! 아파 보이십니다' 라는 말이 튀어나올 뻔했지만 간신히 참아 넘겼다. 차라리 본래의 모습대로 보복 조치(?)를 가하길 바랄 정도였다. 인간들 사이에서도 '안 하던 짓을 하면 그건 죽을 때가 된 탓이다' 라는 속어도 있지 않던가.

은평이 발걸음을 떼어놓자 그 뒤를 현무가 뒤따랐다. 청룡과 인은 잠시 서로를 마주 보더니 한숨을 내쉬며 안 떨어지는 걸음을 억지로 떼어놓았다.

맹 내에서 외맹과 내맹을 잇는 문 앞에까지 당도했을 무렵, 제일 앞서 있던 은평의 앞으로 갑자기 뛰어든 그림자가 하나 있었다.

"…으앗!"

은평이 황급히 옆으로 비켜났지만 부딪치는 것은 면치 못했다. 은평은 잠시 휘청거렸다가 몸의 균형을 잡았지만 부딪친 상대는 그렇지 못했던 탓에 뒤로 발라당 나동그라져 버렸다.

"죄송해요… 제가 급하게 뛰어오는 바람에……."

상대는 얼른 벌떡 일어나 고개를 숙이며 은평에게 사과의 말을 건넸다. 은평은 그제야 자신과 부딪친 사람의 얼굴을 볼 수 있었다. 아직 어려 보이는 동안(童顔)으로 머리를 두 갈래로 땋아 양끝은 동그랗게만 형태가 귀여워 보이는 앳된 소녀였다. 분홍빛이 감도는 경장이라던가 새초롬한 눈동자가 무척이나 순진해 보였다.

"…다치진 않으셨어요?"

자신보다 약간 키가 작은 탓에 은평은 소녀를 내려다볼 수 있었다. 오밀조밀한 이목구비가 더 자라면 아름다운 미인이 될 것임을 암시해 주었다.

갑자기 부딪쳐서 화는 났지만 상대도 정중하게 고개를 숙이며 사과해 오는 터라 은평 역시 살포시 웃음 지었다. 어쩐지 동생같이 귀여운 아이이질 않는가.

"괜찮아요."

"아하하핫, 괜찮으시다면 다행이에요."

소녀가 웃음을 짓는 순간, 은평은 소녀의 주위로 꽃(?)들이 날아다니는 듯한 착각에 휩싸였다. 무엇이었을까, 순간 소녀에게서 느꼈던 이 부담스러운 분위기는…….

"와아……!"

갑자기 소녀가 탄성을 발하자 은평은 고개를 갸웃거리며 소녀의 얼굴을 바라보았다. 소녀는 두 손을 꽉 그러쥐고 눈을 초롱초롱 빛내며 은평을 바라보고 있었다.

"…굉장해요! 무척이나 아름다우세요."

소녀의 두 눈이 반짝반짝 빛났다. 동경과 부러움이 가득한 그 초롱초롱함에 은평은 소녀가 상당히 부담스러울 정도였다.

"…난 그쪽이 더 귀여워 보이는데요?"

"아하하하하, 당치도 않으세요."

소녀가 웃음을 터뜨리는 순간, 은평은 아까 느꼈던 그 기분을 다시 한 번 맛볼 수 있었다. 도대체… 저 소녀의 주위로 날아다니는 저 꽃들의 정체는 뭐란 말인가.

[…자꾸 저 인간 주변으로 꽃들이 날아다니는 착각이 드는데요?]

"너도 그래? 나도 그래……."

소녀가 웃을 때마다 점점 더 꽃밭이 늘어나고 있는 것처럼 보였다.

[…한 번씩 웃을 때마다 꽃들이 더 짙어지는 느낌입니다.]

그랬다, 소녀가 한 번씩 웃음을 터뜨릴 때마다 은평은 소녀의 주변으로 꽃들이 떠다니는 듯한 환상을 여러 번 보아야 했다. 그것은 비단 은평과 백호만이 아니라 뒤따라오던 현무와 청룡, 그리고 인의 눈에도 모두 보였다.

"…상당히 부담스럽구먼, 저 인간."

"누구누구 씨와는 상극이겠는데?"

인은 현무에게로 힐끔힐끔 눈길을 주었다. 저 정체 모를 꽃소녀(?)와 현무는 백과 흑의 조화 같았다. 밝은 모습으로 타인이 어디까지 부담스러워질 수 있는가를 실험해 놓은 듯한 저 소녀와 어디까지 음침해질 수 있는가를 실험하는 현무가 아닌가. 저 둘을 붙여놓으면 참 볼 만할지도 모르겠다는 생각이 들었다.

"…그 말은… 이 자리에서 나와 겨루고 싶다는 뜻으로 받아들여도 좋은 것이냐?"

현무의 대꾸에 인은 자꾸 휘파람을 불거나 먼 곳을 응시하며 딴청을 피웠다. 주변 일에 관심이 없는 것 같아도 이런 소리에는 유난히 민감한 현무였다.

"이만 돌아가 봐야 돼서… 실례할게요."

"아, 잠시만요!"

돌아서려는 은평을 소녀가 붙잡아 세웠다. 여전히 반짝반짝 빛나는 눈을 한 채 은평을 올려다보는 자세였다.

"저… 혹시……."

무언가 말하고 싶은 것이 있는 눈치지만 머뭇대며 말을 잇지 못했다. 그러더니 침을 꿀꺽 삼키며 간신히 입을 열었다.

"…아현류영(娥顯瀏滎)이란 별호를 쓰시지 않나요?!"

"아현류영? 내 이름은 한은평인데요?"

처음 들어보는 네 글자 이름이었다. 은평의 이름을 들은 소녀가 광분(?)하기 시작하더니 기뻐서 견딜 수 없다는 태도로 탄성을 질렀다. 물론 그때마다 다시금 보이기 시작하는 착시 현상 덕분에 은평은 부담스러워 견딜 수 없을 지경이었다.

"그럼 틀림없군요! 전 아미파의 수제자로 정련 선자라 불리고 있답니다!"

"…그러니까 저는 아현류영이 아니고 한은평이라니까요!"

"그러니까 더 더욱 틀림없죠!!"

소녀, 아니, 정련 선자와 은평의 실랑이는 한동안 계속되었다. 은평은 자신은 죽어도 아현류영 따위가 아니라 우기고 정련 선자는 아현류영이 맞다고 우겨대는 실랑이였다. 은평은 마침내 질려 버려서 될 대로 되라는 심정이 돼버리고 말았다.

"…네네, 다 맞다고 하세요."

"거 봐요, 제 눈은 정확하다니까요. 아하하하핫."

정련 선자가 웃는 순간 주변으로 다시 꽃들이 둥둥 떠다니는 착각에 휩싸였다. 정말 보면 볼수록 부담스럽기만 했다. 귀여운 것도 좋고 눈을 초롱초롱 빛내는 거야 어쩔 수 없다 쳐도 도대체 웃을 때마다 둥둥 떠다니는 저 꽃들은 뭐란 말인가.

"나, 난… 바빠서 이만."

"아, 잠시만요! 어디에 머물고 계신가요?"

"…금… 머시기라는 곳에서."

금황성이란 이름을 까먹었기 때문에 은평은 그렇게 대답해 줄 수밖에 없었다. 하나, 소녀는 은평이 자신에게 일부러 이름을 가르쳐 주지 않는 것이라고 굳게 믿는 듯했다. 금방이라도 큰 눈에서 눈물을 뚝뚝 흘릴 것 같은 얼굴을 하곤 애처롭게 은평을 올려다보았다.

"가르쳐 주세요, 제가 반드시 찾아가겠어요."

"…정말 모른다니까요!!"

은평은 자기 가슴을 쿵쿵 내려치고 싶은 심정이었다. 평생 속고만 살았는지 자신의 말을 믿지 않으니 말이다.

"비켜라, 지나가는 데 방해된다."

은평이 하도 곤혹스러워 하자 현무가 나섰다. 현무와 정련 선자의 키는 비슷한 편이어서 둘이 섰을 때 서로 마주 볼 수 있는 형태였다.

"…이무괴녀(耳無怪女) 현무!!"

정련 선자는 현무를 알아보는 듯했고 세간에서 현무에게 붙인 별호 역시 알고 있었다. '녀' 자가 들어간 것은 현무의 신체적 특징이 겉으로 드러나지 않아서일 테지만… '이무' 라는 표현은 매우 적절(?)했다.

"바람에 휘날리는 흑발, 붉은 입술! 정말 멋졌어요!"

"……?"

겉으론 표정이 드러나지 않았지만 한순간 현무의 뒤통수에 땀방울 같은 것이 맺히는 착각이 보였다고… 청룡과 인은 훗날 회고(?)했다.

"이 세상 사람이 아닌 것 같은 착각이 들 정도로 두 분 다 멋졌어요!"

정련 선자는 두 손을 꼭 그러모은 채 꿈이라도 꾸는 듯 중얼거렸다. 처음 둘의 비무를 봤을 때부터 쭈욱 동경해 오고 있었던 탓이다.

"그, 그래. 난 이제 돌아가 봐야 해서……."

은평은 현무의 손을 잡고 서둘러 정련 선자에게서 빠져나올 궁리를 했다. 더 이상 옆에 있다가는 저 반짝거리는 눈과 둥둥 떠다니는 꽃 때문에 견딜 자신이 없었다. 그 모습을 멀리서 지켜보던 청룡과 인은 쓴 웃음을 지었다. 은평과 현무를 동시에 완패(?)시킨 저 소녀의 정체가 매우 궁금해져 온달까…….

겨우 소녀를 따돌린 은평은 꽤나 낯익은 뒷모습을 발견했다. 낡은 승포와 죽립을 걸친 남자의 뒷모습이 오래전에 만났던 막리가와 비슷하다는 생각이 들었다.

"막리가!"

막리가는 자신을 부르는 음성에 쓱 고개를 돌렸다. 그리고 자신이 찾던 은평의 모습을 발견할 수 있었다. 행운이었다. 찾고 있던 인물이 오히려 자신을 찾아주다니 말이다.

"아니, 이거 은평 소저가 아니시오?"

"헤헤헤, 잘 지냈어요?"

은평은 반갑다는 듯 손을 흔들었다. 은평 쪽으로 한달음에 다가온 막리가는 은평의 옆에 서 있던 현무를 발견하고는 약간 주춤했다. 뿜어져 나오는 냉기가 만만치 않아 자신도 모르게 주눅이 든 탓이었다.

"못 본 사이에 일행이 는 모양이오?"

"네, 늘었어요. 이쪽은 현무라고 해요."

은평은 현무를 소개시켰지만 현무의 반응은 무뚝뚝 그 자체였다. 막리가는 악수라도 청해볼 심산으로 손을 내밀었지만 내민 손이 무색하게도 현무에게는 아무런 반응도 없었다.

"막리가, 현무는 악수 같은 걸 싫어해요."

점점 얼어붙는 분위기 수습을 위해 은평이 나섰지만 현무는 도통 협조해 줄 분위기가 아니었다.

26

바람은 불고 불어…

바람은 불고 불어…

"뒤에 달고 들어오는 그 꼬리는 뭐냐?"

은평의 뒤에 따라붙은 막리가의 모습을 보고 청룡이 처음 내뱉은 말이었다. 대충 행색을 훑어보니 중원인은 아닌 듯했고 벽안의 승려라는 게 조금 특이할 따름이었다.

"난영 언니에게 허락받았어. 여기서 같이 지내도 좋대."

"상의도 안 하고 무조건 다 네 맘대로 결정하냐? 너 또 우리가 쓰는 거처에서 지내게 할 거 아냐? 가뜩이나 지금도 좁아죽겠는데."

청룡과 인, 주작, 현무가 같이 쓰다 보니 방은 넓어도 잘 곳은 영 마땅치가 않았다. 침상은 하나뿐이었으니 말이다. 침상을 차지하지 못하면 차디찬 바닥에서 뒹굴어야 하다 보니 식객이 하나 더 는다는 상황이 청룡으로서는 당연히 달갑지 않았다.

"뭐 어때? 막리가는 색목인이라는 것 때문에 제대로 객잔을 잡지도 못했대. 사정이 딱하게 돼서 도와주려는 것뿐이라구."

둘이 말다툼하는 것을 보고 있던 막리가는 쓴웃음을 지었다. 자신의 거짓말을 그대로 믿을 줄은 몰랐다. 무림대전 기간이라 이 일대의 객잔들이 전부 방이 없긴 했지만 웃돈을 얹어주면 아무리 색목인이라 해도 방을 잡지 못할 정도는 아니었던 것이다. 은평을 순진하다 해야 할지 미련하다 해야 할지…….

"그나저나, 주작은 아직도 소식이 없네?"

은평은 청룡과 인 등이 묵고 있는 방문을 열었다. 하나, 아무도 없어야 할 어두컴컴한 방 안에는 웬 그림자 하나가 길게 늘어서 있었다. 분명히 사람이 있다는 증거였다.

"굼벵이들… 이제야 오다니."

원탁 위에 살짝 걸터앉은 채 팔짱을 낀 모습은 주작과 매우 흡사했고 옷 역시 똑같았지만 주작은 아니었다. 붉은빛이 도는 머리도 유난히 짙은 눈썹도 모두 같았지만 무엇보다도 어깨와 몸이 주작보다 왜소했고 가슴 부분이 봉긋하게 솟아올라 있었다.

"…황 …이로군."

[황님……!]

"……."

"저게 주작……?"

막리가는 누가 주작이라 듣지는 않았지만 눈앞의 절세미녀가 주작이라는 사실을 직감했다. 한데, 기묘한 점이라면 주작이 여자라는 말은 따로 듣지 못한 것 같다는 점이었다.

"나는 황이야. 주작은 나와 봉을 합쳐 부르는 말이라구. 멍청한

땡중."

주작은 생긋 웃으며 걸터앉아 있던 원탁에서 일어났다. 피화(皮靴:가죽신)는 어디다가 버리고 왔는지 맨발이었고 그녀가 입고 있던 화복은 봉의 체형에 맞춘 것이었기에 바닥에 약간 끌릴 정도로 길었고 또한 품이 너무 컸다. 게다가 황이 제대로 속의를 갖춰 입지 않았는지 겉옷 사이로 슬쩍슬쩍 백옥과도 같은 흰 피부가 보였다.

"계속 거기서 그러고들 서 있을 거야?"

황은 긴 머리를 쓸어 올렸다. 그 탓에 위로 소맷자락이 팔꿈치까지 흘러내려 가고 아슬아슬하게 겹쳐져 있던 겉옷의 앞섶이 벌어졌다. 뽀얀 속살이 다 보일 지경인데도 황은 태연하기만 했다.

"……."

현무는 봉 대신 황이 나온 모습을 보자 뭔가 거슬렸는지 아무런 말이 없었다. 한편 청룡은 뒷머리를 긁적이며 봉 대신 황이 나온 이유를 물었다.

"제발 자중하라고! 여긴 인간도 있어!"

의사를 전달하면서도 한편 입으로는 곤란하다는 투였다.

"보기 민망하니 옷 좀 추스르는 게 어떠냐?"

"싫어. 일부러 해놓은 건데… 추스르긴 왜 추슬러?"

인은 얼마 전의 악몽이 떠오르는지 바짝 굳어 있었다. 아예 눈도 마주치지 않겠다는 듯 바닥에 시선을 깔고 있다.

"막리가, 이해해요. 지금 봉이 어딜 가서 황이 대신 온 모양이네요."

"……?"

막리가는 은평이 말한 의미를 이해하지 못했다. 봉 대신 황이 왔다니, 아까까지 말하던 주작이란 인물은 도대체 뭐란 말인가.

황은 막리가에게로 천천히 다가왔다. 그러더니 막리가의 얼굴에 덮어씌워져 있던 죽립을 손끝으로 툭 쳐서 벗겨냈다. 죽립이 벗겨지자 서장인 특유의 금발과 벽안이 드러났다. 막리가의 얼굴은 약간 빨개져 있는 상태였다. 하긴, 승려인 그가 어디서 이런 미녀의 나체(裸體)를 보았겠는가.

"음… 합격점!"

대뜸 합격점이라고 외치는 황의 작태가 어쩐지 불안했다.

"게다가 동정이로군… 오랜만에 나왔더니 운이 좋은데?"

"쿨럭… 소, 소저! 무슨 소리를 하시는 게요!"

막리가가 당황해서 어쩔 줄을 몰라 했다. 보다 못한 은평이 혀를 차며 황에게 고함을 질렀다.

"…너, 아직 덜 맞았지?! 헛소리하지 말고 얼른 봉이나 데려와!"

맨처음 걸렸을 때 버릇(?)을 고쳐 놓지 못한 게 한이 되는 중이었다.

"봉은 한동안 못 와. 싫어도 나와 지내야 할걸, 애송이 선인 씨."

"뭐야?!"

황이 은평에게 일부러 시비를 걸고 있었다. 청룡은 황급히 중재에 나섰다. 황의 성격도 만만찮지만 은평의 성격은 더 만만찮다. 괜히 어느 한쪽이라도 말썽을 피우게 되면 골치가 아픈 건 자신뿐이니 말이다.

"자자, 우리 옆방에 가서 진솔한 토론을 해보자고."

청룡은 현무와 황, 그리고 은평을 데리고 옆의 은평이 기거하는 곳으로 서둘러 이동했다. 인과 막리가만을 남겨두고. 눈치 빠른 인은 청룡이 자신에게 막리가를 맡겼음을 알아차렸다. 별로 내키진 않았지만 어쩌겠는가.

"…뭐, 뭐요. 저들은?"

"보시다시피 은평과 같이 지내는 자들이지 뭐겠소."

막리가는 고개를 흔들었다. 아까 슬쩍 보았던 황의 속살과 몸매가 자꾸 머리 속에서 영상화되어 떠오르고 있었다.

한편 청룡과 현무, 그리고 은평과 황, 백호 등은 은평의 방에 모여 앉아 있었다. 청룡은 옆방에 있는 막리가가 혹시라도 들을 것을 대비해 미리 음파(音波)를 차단하는 막을 형성시켰다.

"자, 인간들이 전부 배제되었으니 이야기 좀 해보자고. 황은 은평에게 시비 걸지 말고."

황은 못마땅한 기색으로 코웃음을 쳤다. 은평 역시 황을 노려보고 있기는 마찬가지로 둘 다 대화하려는 자세는 가지고 있지 않았다.

"그나저나 봉은 어쩌고 네가 나온 거야?"

"난 나오면 안 된다는 소리로 들리는데, 그거?"

황의 말투에는 가시가 돋쳐 있었다. 사실 봉과 황이 며칠씩 바꿔가며 육체를 운신(運身)해야 하건만 요즘 계속 봉이 나와 있었던 탓에 황이 나올 기회가 없었으니 어쩌면 이런 짜증은 당연한 것인지도 몰랐다.

"뭐야, 장난치지 말고 어서 말해. 한동안 봉을 볼 수 없을 거라니?"

"…회복기(回復期)에 들어갔어. 지금은 내가 불러내고 싶어도 불러 낼 수 없다구."

황은 말을 끝맺으며 현무를 흘낏 노려보았다. 현무에게 잡혀 살다시피(?)하는 봉과는 다르게 황은 현무에게 쩔쩔매지도 않았고 오히려 눈에는 적대감마저 서려 있었다. 현무 역시 자신을 노려보는 황에게 별 반응이 없었고 굳이 말을 걸지도 않았다. 무슨 속 깊은 사정이 있는 것인지도 모를 일이었다.

"회복기라니? 어째서?"

"봉과 나는 화기의 신수야! 수기의 신수야 물속에 들어가서 백 년을 살든 천 년을 살든 상관없겠지만 우리에겐 수기 그 자체가 치명타라구!"

그것은 인간들처럼 물속에서 숨을 쉬지 못한다는 그런 하찮은 개념이 아니었다. 신수니 물에 빠져도 죽지 않고 불구덩이 속에서도 살아남을 수 있었다. 다만 자신들이 담당하고 있는 기운과 상극(相剋)인 것과 대면하게 되면 피해를 입는 것이었다. 이를테면 봉과 황이 수기에 약하고 현무가 화기에 약한 이치랄까. 이런 이치로 사신수들의 강약(强弱)에 대해서 설명을 하자면 가장 상극인 것은 주작과 현무의 기질이었고 백호의 풍기(風氣)는 현무에게도 주작에게도 그 기운을 북돋아주는 역할밖에는 하지 못해서 사신수들 중 가장 약한 위치를 차지하고 있는 것이다.

그와는 반대로 뇌전의 기운도, 비를 부릴 수 있는 수기도, 지진을 일으킬 수 있는 화기도, 태풍과 구름을 불러 모을 수 있는 풍기도 모두 가지고 있는 청룡이 사신수들 중 가장 우위를 점하고 있었다.

"…역시나 그랬군. 현무가 정말로 집어 던졌을 거라고는 생각지 않았는데."

청룡은 설사 현무가 진심으로 물속에 빠뜨리기 위해 내던졌다 해도 주작이 몸을 움직여 물가에 빠지는 것은 피했을 것이라 여겼건만 설마 정말로 빠질 줄은 예상 밖의 일이라 뭐라 할 말이 없었다. 봉과 황은 하나의 몸, 황이 저리 화를 내는 것은 지극히 당연한 일이었다. 다만 현무에게 직접적으로 말은 못하고 간접적으로 옆에서 비꼬고 있을 뿐인 것이다.

"…그러니까 싫어도 당분간은 내가 활동하겠어."

"활동하는 건 좋은데 옷 좀 제대로 입고 다녀!"

지금껏 잠자코 듣고 있던 은평이 버럭 소리를 질렀다. 이건 풍기문란(?)도 보통 풍기문란이 아닌 것이다.

"훗, 내 몸매가 부러운 거구나?"

한술 더 떠 황은 코웃음을 치며 은평을 비웃었다. 청룡은 자신이 그렇게 당부했음에도 이죽대고 있는 황을 보며 명복을 빌었다. 제대로 살아나 나면 다행인 일이다.

"보기 흉해서 그래. 노출증도 정도껏 해야 말이지."

"부러우면 부럽다고 솔직하게 말해. 제 능력도 제대로 발휘하지 못하는 선인 주제에… 신수들이 오냐 오냐 하고 봐주니까 기어오르는 게 끝이 없어. 우리들이 정말로 널 상대하면 네가 제대로 대적이나 할 수 있을 것 같아?! 제대로 배우려는 생각도 없고 능력 발휘도 못하고. 네가 할 줄 아는 거라고는 그저 안온하게 여러 신수들 사이에 둘러싸여서 보호나 받는 것뿐이잖아?"

"그만두지 못해!!"

그때까지만 해도 온화하게 둘 사이를 중재하고만 있던 청룡이 고함을 쳤다. 그가 화내는 모습을 보기는 정말 드문 일 중 하나였다. 언제나 싱글싱글, 유약해 보여도 사신수들 중 최고 정점(頂點)에 올라 있는 청룡다운 위엄은 죽지 않는 모양이다.

"황, 네 말 너무 심했어! 아무리 그래도 네 직속 상관자야!"

"웃기지 마!! 쟤 따위가 어째서 내 상관자라는 거지?! 난 저런 유약한 상관 모시고 싶지 않아. 저건 선인이 아니라고!! 인간 그 자체란 말야. 청룡 너는 저런 인간 비위 맞춰주는 게 좋을지 몰라도 난 아냐. 난 인정할 수 없어. 인정할 수 없다구!!"

은평의 안색이 급속도로 창백해져 갔다. 몸이 부들부들 떨리고 있었다. 분노로 인해 몸이 떨려오는 것은 절대 아니었다. 그저 황의 말에 하나도 반박할 수 없다는 것으로 인해서였다. 황의 말에 틀린 것은 하나도 없었다.

[말씀이 지나치십니다!! 아무리 황님이라고 해도…….]

"닥쳐! 아직 인간체로 변환할 수도 없는 이대 신수 주제에!"

황의 모욕에 백호 역시 입을 다물었다. 그랬다, 백호는 아직 인간체로 변신도 할 수 없는 몸이었다. 그리고 힘으로도 주작의 화기에는 당해낼 수 없는, 사신수의 말석이 아니던가…….

"봉이야 아직 모른다고 하지만 현무 너도 대단하군. 이런 인간을 데려다가 상관으로 모시고 싶어?! 한번 쓰고 내버려질……."

철썩─

격렬하게 말을 내뱉던 황의 고개가 돌아갔다. 그리고 흰 뺨에는 붉은 손자국이 찍혀 있었다. 뺨을 때린 것은 놀랍게도 현무였다. 황이 옆에서 비꼬아대도 잠자코 있던 현무가 황의 뺨을 내려친 것이다.

"…닥쳐라. 더 이상 주둥이를 나불댄다면 네가 아무리 봉의 반신(半身)이라 해도 그 안위를 장담치 못한다."

현무의 일갈에 황은 입을 다물었지만 씩씩대는 모습으로 보아 아직 할 말이 남은 듯 보였다. 청룡 역시도 매서운 눈길을 황에게 보내고 있었다. 황이 말을 가려 하지 못해 하마터면 큰일을 치를 뻔하지 않았는가.

─…뭐야, 황은 알고 있었잖아!

─다행히도 봉은 모르는 것 같다.

─저 둘은 서로가 서로를 공유하는 반신인데 봉이 모를 거라고 생

각해?"

청룡과 현무는 서로 의사를 전달해 대화를 나누었다. 쓸데없이 새어 나가서는 안 될 내용이었기에.

"황이 봉을 아끼는 마음이 지극하니 아마도 알리지 않았을 거라고 생각한다."

현무는 담담하게 의견을 내놓았다. 청룡 역시도 황이 봉을 아낀다는 것에는 뜻을 같이 하고 있었으므로 현무의 예측이 맞을 것 같기도 했지만 불안감은 없앨 수 없었다.

"현무, 그리고 청룡… 황이 하는 말 말리지 마."

은평은 금방이라도 몸을 휘청이며 쓰러질 것 같은 창백한 얼굴빛을 하고 있었다. 현무와 청룡이 놀란 눈으로 응시하자 은평은 고개를 저으며 다가오지 말라는 의사를 내보였다. 대신 품 안의 백호를 꽈악 껴안았을 따름이다.

"네가 한 말 모두 맞아. 그래서 뭘 어떻게 하고 싶은 건데?"

"…이건 내가 어떻게 하고 싶다고 해서 해결될 문제가 아냐. 지고하신 분들의 뜻인걸."

지고하신 분들이란 대목에서 황은 조소했다. 지고라… 지고하다는 작자들이 벌이는 짓이 고작 이런 거라니 기가 차서 말도 제대로 나오지 않았다.

"애송이 계집애, 나한테 이래라저래라 명령할 생각하지 마. 인간의 명령 따윈 받기 싫어. 사실 봉이 활동하도록 계속 놔뒀던 것은 네가 마음에 들지 않았던 탓도 있어. 인간에게 명령받는 신수라니, 기가 차서 말도 나오지 않아."

"명령한 적도 없고… 아니, 애초부터 청룡이든 주작이든 현무든 내

부하로 본 적도 없었어. 내 주위에 그들이 서성이는 것은 내 뜻이 아냐. 내가 머물라고 한 적도 없고 자신들의 결정으로 내 옆에 있는 거라구."

은평의 조용한 말에 아무도 대꾸하는 이가 없었다. 은평은 한숨을 쉬었다. 결국 이런 이야기까지 해야 하는가 하는 심정으로… 그리고 다시 좌중을 한 번씩 바라보며 말을 이어 나갔다.

"매일매일이 허무했어. 나 혼자 이 세상에 남겨져 버린 느낌, 가족들조차 날 버린 것 같다는 느낌, 그들에게 융화되고 싶은데 아무리 다가가도 그들이 나에게서 멀어지고 있다는 느낌! 차라리 죽었으면 했다구. 한데… 소원이 이루어졌지. 갑작스럽게 죽어버린 거야. 죽고 난 뒤, 난 지금의 이곳으로 떨어지게 됐지. 말 그대로 살던 세상이 갑작스럽게 바뀌어 버렸다고. 그리고는 채 적응할 틈도 없이 내 주변에서는 여러 가지 일들이 생겨났고 그건 아직 죽기 전의 생각들을 정리하기도 버거운 나에게는 더 이상 떠안고 싶지 않은 짐과도 다름없었어. 그렇다고 이곳에 적응해서 살아가는 것도 할 수 없었지. 이런 상태에서 할 수 있는 건 주변에 대해서 아무런 생각조차 하지 않는 것뿐이었다구. 내 머리 속 생각들을 정리하는 것만으로도 벅차고 힘들고 외로웠으니까!"

백호를 안은 손에 점점 힘이 들어가기 시작했다. 떠올리기 싫은 기억들이 마구 뒤섞여서 생각나고 있는 것이다.

"…한 번 죽어본 심정이란 건… 참담했어. 내가 바보스러웠지. 그들이 나를 아무리 미워하고 있어도 나는 그들을 미워할 수 없는데… 그들에게서 떨어지려고 했다니… 자꾸만 죽기 전의 기억들만 떠오르고 아는 사람 하나 없는 이곳은 외롭기만 했어. 상처받고 싶지도 않았고 적응할 수조차 없는 내게 이곳 사람들은 너무 많은 것을 요구해. 내 자신의 부족함은 스스로가 너무 잘 알고 있는데 '좋아해', '아름다워' 라고 거침없이 말하지. 이해할 수 없어. 하지만 '혹시… 어쩌면…' 이란 기대가 생겨 버려. 그 기대는 상처받고 싶지 않다는 마음이 붙들어 버리지! 이런 악순환의 반복이야. 난 인간이야. 너희들이 말하는 선인 따위가 아니라고!! 너희가 말하는 선인이라면 득도의 경지에 올라야지, 어째서 이런 쓸데없는 번뇌에 사로잡혀서 바보처럼 굴고 있겠어? 그러니까 제발 날 좀 내버려 둬. 혼자서 기대하고 헛된 기대 때문에 상처받고 싶지 않아!! 애초에 너희들이 내 옆에 있는 것도 달갑지 않았어. 날 속이고 있다는 느낌을 받았으니까. 그러니까… 너희들 기대대로 짜 맞춘 틀에 날 집어넣고 가두려 하지 말고 있는 그대로 내버려 두라고! 난 선인도 무엇도 되고 싶지 않단 말야!!"

은평의 말이 절규가 되어 방 안을 맴돌았다. 서 있던 자리에서 그대로 바닥에 축 처진 채 주저앉아 은평은 고개를 푹 숙였다.

"…네 말대로 난 약해. 할 줄 아는 것은 아무것도 없을 뿐더러… 쓸모없는 존재야. 이제 됐어?"

은평의 품에 꼭 안겨 있던 백호는 가슴이 답답해져 옴을 느꼈다. 은평의 바로 옆에 있었으면서도 그녀가 어떤 생각을 하고 있는지조차 알아내지 못했다니… 자신이야말로 바보 같았다.

"나가. 혼자 있을래."

은평은 주저앉아 있던 자리에서 일어나 등을 돌렸다. 뭐라 은평에게 말을 걸려던 청룡은 잠시 주저하는 듯하더니 등을 돌리고 방 밖으로 발걸음을 돌렸다. 현무 역시 청룡의 뒤를 따랐고 황은 은평의 뒷모습을 잠시 바라보는 듯하더니 역시 방을 나가 버렸다.

은평은 백호를 꼭 안은 채, 침상 쪽으로 천천히 걸어갔다. 속사포처럼 횡설수설 머리를 가득 메우고 있던 말들을 뱉어내고 나니 머리 속이 텅 비어버린 느낌이었다. 아무런 생각조차 하기 싫은 나른함이 밀려왔다. 그리고 은평은 침상에 천천히 몸을 뉘였다. 푹신하면서도 체온과는 다른 차가움이 느껴지는 비단 금침의 부드러움이 기분 좋게 다가왔다.

"백호야……."

은평은 아직 품 안에 있는 백호를 허공으로 안아 올려 자신이 올려다보는 형태를 만들었다. 손끝에 느껴지는 흰 털이 무척이나 푹신하다.

"백호야……."

백호는 대답하지 않았다. 은평은 자신의 대답을 듣고 싶어 부르는 게 아니라 그저 반복적으로 자신의 이름을 되뇌이고 있는 것임을 알아차렸기 때문이었다.

"쓸쓸해… 내 주변에 사람들은 많은 것 같은데… 외롭고 쓸쓸한 건 마찬가지야."

은평은 비단 금침 속으로 몸을 더욱더 깊숙이 파묻었다. 옷을 갈아입지 않은 탓에 능라의가 비단 금침과 비벼져 부스럭거리는 소리가 들려오지만 신경 쓰지 않았다.

"이것저것 쏟아놓았더니… 텅 비어버린 것처럼 허전해……."

머리를 뉘여놓은 수침(繡枕) 위로 물 한 방울이 흘러내렸다. 은평의 눈가에서 흘러내린 눈물은 이내 축축이 수침을 적셔가고 있었다.

*   *   *

"오늘따라 기분이 좋아 보이는군요. 무슨 좋은 일이라도 있나요?"

잠자리에 들기 위해 층계참을 오르는 화우를 능파가 불러 세웠다. 오늘 잇따른 비무 덕분에 화우의 곁에 있지 못했던 능파는 화우가 왜 저리 기분이 좋은지 알고 싶었다.

"그래 보이오?"

"네."

화우는 자신이 그렇게 표가 날 만큼 좋아했나 싶어 턱을 손으로 쓰다듬었다. 머쓱해진 기분이랄까… 능파는 싱긋 웃으며 들고 있던 비단 등을 화우에게 건넸다.

"방에 걸어놓으세요. 향초(香草)를 태워서 빛을 내는 등이라 향취가 나요. 숙면을 취할 수 있을 겁니다."

화우는 신경 써줘서 고맙다는 답례로 고개를 끄덕여 보였다. 그리고 군말없이 능파의 손에서 등을 받아 들었다. 능파는 다시 층계참으로 걸어 올라가는 화우의 뒷모습을 가만히 바라보고 있었다.

"잘 자요… 단. 청명초(淸明草)가 부디 효과를 발휘하길."

말을 하는 자신에게조차 들리지 않을 만큼 작은 목소리로 능파가 중얼거렸다.

한편 화우는 자신의 방에 들어와 능파가 말한 대로 비단 등을 침상의 기둥에 내걸었다. 오늘은 잠을 설치지 않길 바라면서 화우는 천천히 침상 위로 몸을 뉘었다. 비단 등의 밝기는 그다지 밝은 편이 아니라서 등을 끄지 않고도 잘 수 있을 듯했다.

'…그 여인은 누구였을까.'

은평 때문에 잠시 머리 속에서 접어두고 있던 여인이 떠올랐다. 꿈에 나타났던 그 여인은 대체 누구였을까 하는 의문이 머리 속에 차 오른다. 그저 한낱 꿈이라고 생각하기엔 자꾸만 마음에 걸려왔다.

'…잠이나 자자. 혹시 아는가, 다시 한 번 꿈에 나타날지.'

화우는 눈을 감고 잠을 청했다. 몸은 별로 노곤하지 않았지만 잠에 빠져드는 것은 순식간이었다.

자신의 주변이 부들부들 떨리며 진동하고 있었다. 아직 안개가 끼인 듯 눈앞이 뿌옇기만 해서 아무것도 보이지 않지만 시각을 제외한 다른 오감들은 생생했다.

'사형… 사부님께서는… 사부님께서는……!'

'사매, 제발 진정하게.'

'저 때문이에요. 저 때문에… 사부님이…….'

남자와 여자의 목소리였다. 둘 다 낯익은 느낌이 전해져 와 어쩌면 자신이 알고 있는 목소리들일지도 모른다는 생각이 들었다.

갑자기 자신의 주변이 움직이는 느낌이 들었다. 마치 자신이 갓난아기가 되어 누군가에게 번쩍 들어 올려져 있다는 느낌이랄까.

'더러운 계집. 고작 은혜를 갚는다는 것이 이런 것이었더냐?'

또 다른 여인이었다. 자신의 바로 위에서 들려오는 음성… 하지만 이 목소리조차 낯이 익다. 도대체 누구일까… 이들은…….

'사저(師姐)…….'

'부인, 자중하시오. 사부님께오서 그리된 것은 꼭 이 아이 탓만은 아니질 않소.'

두 여인과 한 사내의 목소리가 얽혀들었다.

'닥쳐요! 당신이 교주의 위에 오른 게 누구 때문이라고 생각하나요?

본녀에게 명령하지 말아요. 지금은 마교가 단(端)씨의 손에 들어 있다고 하더라도 마교의 본래 주인은 나 하후초예(夏侯綃蕊)예요!'

도대체 저들이 무슨 소리를 하는지, 그리고 무슨 일이 벌어졌는지도 알 수 없었지만 하후초예라는 이름 넉 자만은 귀에 생생하게 박혀들었다. 그것은… 바로 자신의 어머니 이름이 아닌가.

하후초예라는 이름이 어머니의 함자라는 것을 깨닫는 순간, 화우는 꿈에서 깨어났다. 저번의 꿈과는 다르게 주변 사물을 인지하고 자각할 수 있었다는 것이 차이라면 차이였으나 아직도 수수께끼에 휩싸인 것은 별다를 게 없었다.

"…등이… 꺼졌군."

안에 넣어져 있던 향초가 다 탔는지 등이 꺼져 침상 주변은 온통 새까만 어둠으로 둘러싸여 있었다. 화우는 자리에서 일어나 걸어놓았던 비단 등을 내렸다. 향초는 다 타버렸지만 희미한 향취가 남아 코끝을 건드렸다.

'…어쩌면… 이것은 혹 내가 아주 어렸을 적에 보았던 광경이 꿈이 되어 나타나고 있는 게 아닐까……?'

그저 한 가닥 추측에 불과했지만 마음속에는 그 추측이 맞다는 예감이 아우성치고 있었다. 너무 어렸을 적의 일들인지라 기억 저편에 묻어두고 있었던 것들이 어떤 계기로 인해 다시 수면 위로 떠오르고 있는 것이라면… 만약 그렇다면…….

"한데, 왜 갑자기 떠오르고 있는 걸까."

만약 자신의 추측이 맞다면 어떤 계기가 있어야 한다는 소리인데 특별히 기억을 되짚어봐도 계기라고 할 만한 것은 없기에… 석연치 않은 기분은 계속되고 있었다.

　머리 속은 복잡하기만 하고 그렇다고 해답의 실마리를 찾을 수 있는 것도 아니었기에 가슴이 답답해졌다.

＊　　　　＊　　　　＊

　야심한 시각, 세 신수는 후원 구석에 모여 있었다. 새벽인 탓에 들을 사람이 있는 것은 아니었지만 유비무환으로 주변의 음파를 차단하는 막을 펼친 채였다. 게다가 셋 다 주변의 이목이 없었으므로 행동에 제약을 받지 않는 탓에 허공에 두둥실 부유해 있는 모습들이었다.

　"내 말이 틀렸어?!"

　"틀렸다는 게 아니야. 본인 앞에서 그렇게 중구난방(衆口難防)으로 지껄여 대면 어쩌라는 거냐구!!"

　황은 청룡의 말에 코웃음을 쳤다. 팔짱을 낀 채 청룡을 흘겨보는 모습에선 비웃는 기색이 역력했다.

　"왜? 저 애도 알 권리가 있잖아."

　황의 비꼼에 청룡은 한숨을 내쉬었다. 봉과는 달리 황은 정말 대하기 힘들었다. 눈치가 빠른 데다가 괄괄한 성품, 게다가 지기 싫어하는 것까지 있었다. 게다가 요즘은 뭐가 그리 틀어졌는지 현무에게 대하는 모습 역시 시비조였다.

　"…도대체 뭐가 불만인 거냐?"

　뒤에서 둘이 대화하는 모습을 지켜만 보고 있던 현무의 중얼거림이었다. 황은 청룡을 바라보고 있던 시선을 현무에게로 돌렸다. 현무를 훑어보는 황의 눈초리는 앙칼짐을 넘어서 독기마저 서려 있었다.

"현무가 하는 짓이 마음에 안 들어. 청룡 너도 마찬가지고. 순진한 봉과 백호만 속이면 될 줄 알았어?"

"네가 어디서 알았는지는 상관하지 않겠다. 대신 입을 다물어라."

"하! 이젠 협박까지 하시는군. 세상사 모든 일에 관심없는 척 굴더니 어째서 이런 일에는 나서는 거야? 그 아이를 이용해 먹어서 도대체 네가 얻는 게 뭔데? 아… 하나 있었……."

우당탕—

타격음과 함께 붉은빛이 감도는 탐스런 머리카락과 화복이 뒤엉키고 황의 몸이 차가운 돌 바닥 위로 나뒹굴었다. 그리고 널브러진 그 몸 위로 현무가 올라앉았다. 목을 콱 조인 채로 말이다.

"더 이상 지껄이면 용서치 않겠다 하지 않았느냐."

"…웃기는군. 봉과 육체를 나눠 쓰고 있는 탓에 예전만큼의 힘은 발휘할 수 없다 하지만 본래의 상태였다면 아무리 너라도 호락호락 당하진 않아!"

황은 자신의 목을 조르고 있는 현무의 손아귀에서 벗어나 보려고 애를 썼지만 강한 손아귀의 악력을 벗어날 수가 없었다. 그럼에도 큰소리치는 것은 황의 한 가닥 자존심이라 불러도 무방할 것이다.

"둘 다 그만두지 못해!"

청룡은 황의 목을 조르고 있던 현무를 잡아끌고 황을 일으켜 세웠다. 그렇게 조용조용 이야기로 해결 보자고 말을 했건만 더럽게도 말을 듣지 않는 것들이었다. 자존심 강한 현무와 현무에 대한 질투로 가득 차 있는 황은 언제 맞부딪쳐도 아웅다웅이라는 것을 다시 한 번 실감했다.

"그러고 보니 요즘 마교 쪽에서는 통 소식이 없군."

"…그렇습니다. 아마도 자중하고 있는 것으로 보입니다만… 주변에서 의심하는 자가 생겼다는 전언을 마지막으로 연락이 끊겼습니다."

청의사내는 마교에 심어두었던 간자를 오랜만에 떠올렸다. 마교의 교주인 단화우가 폐관수련을 시작했을 때부터 무림대전이 열리고 있는 지금까지 통 연락을 받지 못했다. 물론 연락이 없을 때는 일 년 이상 없이 지내는 경우도 종종 있었지만 지금은 거사(巨事)를 앞두고 있는 시점이 아닌가.

"…그렇군. 하긴… 큰 고기가 나와 버린 마교는 별 쓸모가 없다. 지금 마교에 남아 있는 것은 다 늙어빠진 장로 몇 명이 아니더냐."

사내는 아주 오랜만에 술을 따르고 있었다. 따뜻하게 데운 술이 가득 담긴 술병을 기울이자 흰 주둥이에서 유백색 액체가 흘러나와 술잔을 채워 나갔다. 찰랑거리는 술잔을 집어 든 사내는 잠시 술잔을 빙빙 돌려 술이 흔들리는 모습을 지켜보았다.

"마시겠느냐?"

자신의 앞에 시립하고 있던 검은 장포의 사내에게 술을 권해보지만 사내는 극구 사양했다. 무뚝뚝하지만 자신에게 충성스런 유일한 충복(忠僕)이 아닌가.

"명령이다, 마셔라."

"…존명."

사내에게 억지로 술잔을 들리고 술을 따랐다. 사내는 황공해서 어쩔 줄 모르는 기색으로 조용히 술을 받아 목구멍으로 넘겼다. 향긋하면서도 씁쓸한 액체가 목을 타고 넘어가 식도를 달구는 것이 생생하게 느껴졌다.

"독하지 않느냐?"

"…화주로군요."

냄새와 첫 맛으로만 보면 향긋하고 달콤한 것이 약한 술 같지만 씁쓸하고 타는 듯한 뒷맛은 화주가 틀림없었다.

"화주를 마셔도 취하지 않는구나. 가끔은 나도 취하고 싶을 때가 있건만……."

청의사내는 어둠 속에서 쓴웃음을 머금었다. 내공을 굳이 끌어올려 주기를 중화시키지 않아도 술에 취하지 않는다. 그것은 그가 지닌 가공할 무공의 반증… 그리고 지금까지 그가 살아오며 느꼈던 허무함의 반증…….

"내가 처음 술을 입에 댔던 게 언제인지 기억나느냐?"

"십삼 세 되시던 해인 것으로 기억합니다."

사내는 다시 술잔에 술을 가득 따라 부었다. 향긋한 술 향기와 더불어 진득진득 눌어붙는 듯한 화주 특유의 독한 냄새도 풍겼다.

"처음에는 목구멍이 타 들어가듯 독하던 술들이 점점 아무렇지도 않게 되더구나. 지금도 마찬가지야. 뭐든지 시작이 어렵지… 그 이후부터는 일사천리가 아니더냐."

다시 한 번 술잔을 들이키자 텁텁했던 입 안으로 톡 쏘는 화주가 밀려들었다.

"사념이 너무 강하십니다. 무념무상이 되십시오. 그렇지 않으시면……."

검은 장포의 사내는 걱정이 돼서 견딜 수가 없었다. 속은 여리기 그

지없는 자신의 주군이 말이다.

"그래… 그래야지. 한데 쉽지 않구나. 복수의 칼날을 갈아왔던 것이 어언 이십 년이 넘었는데… 와신상담하며 여기까지 왔건만 아직도 심기 하나 제대로 다스리지 못하다니…….."

사내는 고개를 저었다. 술잔으로 조금씩 따라 마시는 화주가 감질 맛 난다는 듯 병째로 입 안에 넣고 들이부었다.

"요즘은 통 혈의를 입지 않는구나."

"…혈의를 입고서는 은잠술을 써 주군의 곁에 머무는 데 많은 지장이 있습니다."

"혈의든 흑의든… 뭐 상관없지. 그보다도 연학림주가… 누구와 접촉하더냐?"

청의사내는 술 이야기에서 대뜸 화제를 바꿨다. 검은 장포의 사내는 마치 기다리기라도 했다는 듯 말을 이어 나갔다.

"아마도 연학림에 소속된 자들 중 하나였던 것 같습니다."

"그자의 신분은 파악했느냐?"

검은 장포의 사내는 고개를 저었다. 연학림주인 황보영의 무공은 상상 외였다. 자신을 따돌릴 만큼 분명 겉보기에는 무공을 익힌 흔적이 전혀 없었으니 아마도 자신보다 한 수 위일지도 모른다.

"그렇겠지. 너는 그자의 손을 보았느냐? 양손의 손바닥에 모두 굳은 살이 박혀 있느니라. 붓만 잡아서는 그런 손을 가질 수 없지. 그러니 그자가 무서운 놈이라 하는 게다. 문사로 몇십 년 동안 세상을 속이며 살았으니."

청의사내는 어깨를 들썩이며 비웃음을 흘렸다. 그리고 또 한 번 술잔을 기울여 목구멍으로 술을 털어 넣었다.

"이상한 꿈을 꾸었다."

"…어떤 꿈입니까?"

하지만 청의사내의 입은 더 이상 열리지 않았다. 그저 쓰디쓴 웃음을 지으며 아랫입술을 악물었을 따름이었다. 꿈에서 그는 어린아이의 모습을 한 채 한 소녀를 만나고 있었다. 언제나 꿈에 나타나는 것은 그 소녀… 요 며칠 새에는 다른 꿈을 꾸어본 적이 없다.

"…쉬어야겠구나. 술도 다 식어버렸다."

"다시 데워오도록 하겠습니다."

청의사내는 손을 내저으며 술을 데어오겠다는 그를 만류했다. 오늘은 더 이상 들이키고 싶지 않았다.

"달이 무척이나 밝구나……."

"주군… 오늘따라 이상하십니다."

"이상하게 보이더냐?"

청의사내는 조용히 웃으며 자리에서 일어났다. 어둠 속에 묻혀진 그의 눈동자가 빛을 뿜어내고 있었다. 그리고 그 빛은 쓸쓸해 보이면서도 뭔가 알 수 없는… 그런 기운을 풍겼다…….

비슷한 시각, 신수들이 모두 빠져나간 방에서 인과 막리가 잠을 청하고 있었다. 잠이 오지 않는지 계속 뒤척이던 막리가 인에게 말을 걸었다.

"노형도 잠이 안 오시오?"

막리가는 몸을 뒤척이며 돌아눕는 인을 향해 가만히 물었다. 아까 나간 이후로 도통 돌아오지 않는 다른 세 명을 떠올린 참이었다. 결국에는 먼저 자리를 피고 누워 있게 되었지만 말상대가 없어 무료하던 차에 마침 몸을 뒤척이던 인이 걸린 것이다.

"별로 피곤하진 않소만… 졸리긴 하는구려."

왠지 아까 막리가를 다시 만난 이후로 스멀스멀 느껴지는 기분 나쁜 예감에 인은 극도로 그와 마주 대하지 않으려 했다. 지금도 무시하고 싶었지만 직접적인 질문에 무시를 할 수도 없는 노릇인지라 인은 최소한도로 대답했다. 그리고 방 안은 다시 정적으로 물들어갔다. 서먹서먹하면서도 냉기가 감도는 분위기랄까.

"중추절이 코앞인데도 제법 덥구려."

막리가는 금침들 사이에서 조용히 빠져나가 밖으로 통하는 문을 열었다. 푸르스름하면서도 새하얀 달빛이 여과됨없이 그대로 방 안 가득히 흩뿌려져 들어왔다. 기어가는 개미의 그림자조차 비춰질 만큼 환한 달빛이었다.

"…중추절이 다가올수록… 달빛은 점점 고와지고 모양새도 둥글어지는구려."

막리가가 표현한 대로 달은 점점 원의 형태를 만들어가고 있었다. 인 역시 막리가의 말에 화답하진 않았지만 수침 속에 처박았던 고개를 들어 달을 바라보았다. 휘영청 뜬 달은 냉기라도 품은 듯 새파란 빛을 자신의 몸 위로 발라놓고 있었다.

'…저자만으로도 힘든 일이간데… 세 명이나 방해꾼이 늘었으니… 하긴, 저 소녀의 죽음은 그자들이 진정으로 바라는 바가 아니니 상관없을지도…….'

막리가는 바로 며칠 전 보았던 혈요사령(血妖死靈) 만천학(晩千學)의 얼굴을 떠올렸다. 포달랍궁을 비롯한 서장의 사람들은 그를 자연스럽게 혈요사령이란 별호로 불렀다. 요술(妖術)이라 불릴 만큼 가공할 무위를 지녔고 전대 배교의 교주인 성천요후(娥瀟耀后) 만교려(晩嬌璨)의 아들인…….

어차피 자신이 그들에게 소모품 정도로밖에 여겨지지 않는다는 사실은 짐작하고 있는 터, 그런 자들을 돕는 일을 애써 할 필요도 없었고 정작 저 소녀가 죽기를 바라는 게 아니라 저들이 최후로 노리는 것은 마교이질 않는가.

'…포달랍궁의 서신이 도착할 때까지 한가롭게 지내는 것이 좋을지도 모르지.'

성천요후에게 빠져 헤어 나오지 못하는 자신의 사부에게는 별다른 기대도 없었고, 또한 존경심도 없었다. 대신 사숙인 막리태(漠璃兌)만을 믿을 뿐이었다. 그가… 계획한 대로만 된다면 배교의 뜻대로 놀아나고 있는 포달랍궁 역시 안정을 되찾을 것이고 더 나아가서는 서장을 일통할 수 있을 터였다.

'하지만… 대충 일하는 척은 해줘야 하지 않겠는가. 여기도 그자의 눈이 박혀 있을 테니.'

만천학, 그자의 두뇌가 무서워질 때가 때때로 있었다. 처음 만났던 십여 년 전의 그때부터 속였다 싶으면 어느샌가 자신이 속임을 당했고, 자신이 그를 이용했다고 여길 때면 어느새 자신이 판 함정에 빠져 있었다. 작금의 상황만을 보아도 알 수 있지 않은가. 아마도 그자의 세력은 이 강호 깊숙이 스며들어 있을 터였다. 친우(親友)라 믿었던 자가, 혹은 동지라 믿었던 자가… 배교의 주구(走狗)일 수도 있는 것이다.

*   *   *

황은 붉은 화복에 묻은 흙들을 털어냈다. 옷은 땅에 문대져 망가졌어도 옷깃 사이로 보이는 양지옥 같은 흰 피부에는 타박상 하나 없었다.

"둘 다 관두고 어서 들어가!"

청룡의 말에 황은 고개를 저었다. 대신 허공에 부유하고 있던 몸을 공중으로 띄워 올렸을 따름이다.

"싫어. 이곳에서 더는 머물지 않겠어. 현무와 마주하고 있으면 구역질이 날 것 같으니까 말야."

"어딜 가겠다는 거야?"

"아무 데라도 상관없어, 저 뻔뻔스러운 면상만 없으면 말야."

황은 아무래도 현무에게 단단히 틀어진 듯 보였다. 황과 현무가 만나면 아웅다웅 구는 것은 벌써 천 년 전부터의 일이니 별로 새로울 것도 없지만 요즘 들어 특히 그 정도가 심해졌다. 정작 당사자인 현무는 무반응으로 대처하고 있기 때문인지도 모를 일이다.

"봉이 다시 회복될 때까지 나타나지 않겠어. 또한, 봉이 회복된다 해도 내 육체를 봉에게 빌려주는 일은 이제 없을 거야. 내 육체는 내가 쓰겠어."

황은 현무를 향해 빙긋이 웃었다. 절세의 미녀가 짓는 웃음은 달콤하기까지 했지만 그 웃음에 담긴 의미는 명백한 도발이었고 적개심(敵愾心)이었다.

"…봉을… 흡수하겠다는 의미냐?"

현무에게서 반응이 있자 황은 좋아라 입을 놀렸다.

"호, 그것도 좋은 생각이군. 차라리 봉의 정신을 내가 흡수해 버리면 난 완전체가 될 수 있어. 왜 지금까지 그렇게 해오지 않았는지 모르겠네……."

"그렇게 한다면… 내가 널 가만두지 않아."

"헛소리! 봉이 내 육체에 깃들게 된 게 과연 누구 탓이라고 생각하는 거야?"

"…그에게 그리하라고 강요한 적도, 부탁한 적도 없다. 그의 자의로 행한 일을 어째서 나에게 따지는 게냐?"

청룡은 관자놀이께를 꾹꾹 눌렀다. 골치가 다시 아파지려 하고 있었다. 케케묵을 대로 묵은 천 년 전의 일들에 아직도 얽매여 있었다니… 물론 그런 황을 이해 못하는 바는 아니었지만 솔직하지 못한 현무 역시도 하나 다를 바 없는 것들임에는 분명했다.

"둘 다 그만 해!! 황, 너는 제 갈 길 가려면 얼른 가. 더 이상 시끄럽게 굴지 말고."

청룡은 다 귀찮다는 듯 손을 휙휙 내저었다. 황은 현무를 잠시 노려보더니 이내 온몸이 활활 타오르는 불로 변해 사라져 버렸다. 그리고 황의 몸에서 일어난 불길이 완전히 사라졌을 때 현무는 방으로 들어가기 위해 발걸음을 돌렸다.

"…잠깐."

청룡이 현무의 어깨에 손을 짚었다. 멈추라는 의미였지만 현무는 무시하고 제 갈 길을 가고 있었다.

"묻고 싶은 게 있다."

그제야 현무는 발걸음을 멈추었다. 하나, 청룡을 바라보기 위해 뒤로 고개를 돌리는 행동은 하지 않았다. 마치 하고 싶은 말을 해보라는 것처럼 자리에 멈추어 섰을 뿐이었다. 청룡은 한숨을 내쉬었다.

"…너, 이번 일로 무엇을 얻고자 했던 거냐……?"

"별로 얻는 것은 없다… 잃은 것은 있어도."

아리송한 해답을 남긴 채, 현무는 다시 가던 걸음을 계속했다.

'…잃는 것이라니……?'

언뜻 들어서는 마치 수수께끼 같기도 한 현무의 대답이었다. 얻는 것은 없어도 잃는 것은 있다니… 분명 이 계획의 책임자인 현무에게 많은 포상이 돌아갈 터였다. 한데도 얻는 것이 없다니, 그야말로 아리송하지 않은가.

'잠깐… 서, 설마……'

불현듯 청룡의 머리 속으로 스치는 예감 같은 것이 있었다. 본인의 입으로 확증을 받은 것이 아니니 장담은 못하겠지만 얻는 것은 없고 잃는 것은 있다는 말에 따르자면 그것이 틀림없었다. 현무가 얻고자 하는 것은…….

그리고 청룡의 추측과 함께 점점 날이 밝아오고 있었다.

[잘 주무셨습니까?]

"…응, 그럭저럭."

은평은 일어나자마자 품 안에 있어야 할 백호를 찾다가 백호가 침상 아래로 내려가 있는 것을 보고 눈살을 찌푸렸다. 하지만 뭐라 화를 낼 기운도 없었고 화를 내고 싶지도 않았다.

"…이거 네가 갈아입혔어?"

은평은 어젯밤 자신이 제대로 옷도 갈아입지 못하고 그냥 잠들어 버렸다는 것을 기억해 냈지만 신기하게도 옷은 부드러운 침의였다. 자신이 몽유병(夢遊病) 환자가 아닌 이상 스스로 자다 말고 일어나 갈아입었을 리는 없으니 범인(?)이야 백호가 틀림없었다.

[불편해 보이셔서……]

은평의 능라의는 멀리 보이는 원탁 위에 깨끗이 개어져 있었다. 사람처럼 손이 달린 것도 아니고 그저 아기 호랑이 발로 어쩌면 저렇게 깨끗이 개는지, 은평은 그런 백호를 볼 때마다 신기했다.

[씻으실 물 좀 떠다드릴까요?]

오늘따라 부지런히 자신을 챙겨주는 백호가 왠지 귀여워 보였다. 분명 자신의 기분을 맞춰주고 있을 터였다. 평소라면 '물 떠와', '옷 정리해 놔' 라고 명령해야 마지못해 하던 녀석이 아니던가.

"응."

은평은 희미하게 미소 지었다. 어쩌면 다른 사람들이 전부 자신의 곁을 떠나 버릴지라도 백호만은 자신의 옆에 남아 있어줄지도 모른다는 생각이 들었다. 헛된 망상에 불과할지라도… 아주 잠시 동안은 꿈을 꿔도 좋을지도.

허공에서 물이 담긴 놋대야가 두둥실 날아오고 그 바로 아래에서 백호가 걸어오고 있었다. 대야가 잘 날아오는지(?) 보기 위해 고개를 한껏 위로 쳐들고 살금살금 걸어오는 모습이 깨물어주고 싶을 만큼 귀여웠다.

"수고했어."

은평은 허공에 떠 있는 놋대야를 얼른 받아 들었다. 찰랑거리는 물결을 보자니 은평은 슬슬 장난기가 발동했다.

"백호야아……"

[예?]

"너도 목욕이란 거 해보지 않을래?"

[…신수가 무슨 목욕입니까?]

백호는 왠지 불길한 예감에 슬슬 뒷걸음질을 쳤다. 지금 은평이 내밀고 있는 손에 붙잡혀 버리면 절대 안 되겠다는 직감이 뇌리를 강타한달까.

"에이, 어디 가!"

은평은 냉큼 백호의 앞다리를 붙잡아 버렸다. 그리고는 대야에 담긴 물속으로 풍덩 빠뜨려 버렸다. 물에 빠진 백호가 버둥거리면서 주변으로 물이 튀어나가 값비싼 서역산 융단들이 축축이 젖어들고 있었다.

[놔, 놔주십쇼오오!!]

백호가 마구 발버둥을 치지만 은평은 싱긋 웃으며 백호의 털 사이로 물을 흩뿌리며 문지를 뿐이었다.

"무지 신기했다니까. 따로 목욕을 하지는 않는 것 같은데도 흰털이 어떻게 매일 하얄 수 있는지 말야."

백호는 잠시나마 은평에게 이것저것 부지런히 신경 써줬던 자기 자신이 참으로 원망스러웠다. 전혀 나아진 게 없지 않은가.

그 시각, 청룡은 은평의 방이 소란스러운 것이 의아하게 여겨져 조심스럽게 안으로 들어서고 있었다. 안에 들어서자마자 갑자기 발 앞으로 물이 튀겨져 와서 황급히 뒤로 몸을 피했으나 이미 옷자락에 물이 흩뿌려진 뒤였다.

"……."

분명 우울해하고 있으리라 생각했던 은평이 백호를 물속에 잡아넣으며 명랑하게 웃고 있는 게 아닌가. 은평은 어땠을지 모르나 백호는 청룡을 금세 발견하고는 무언의 구조 요청을 보내오고 있었다.

"…뭐 해?"

"어? 지렁이다. 잘 잤어? 지금 백호 목욕시켜."

눈이 완벽하게 곡선을 그릴 정도로 깊게 미소 짓는 얼굴을 보며 청룡은 말문이 막혔다. 분명 자신을 보고 있기는 하지만 웃는 눈을 함으로써 눈과 눈이 마주치는 것을 차단한 것이다.

"너 어제……"

"응? 어제 뭐?"

채 말을 꺼내기도 전에 청룡의 말을 툭 잘라 버리고 생글거리는 은평이었다. 그 태도에서는 어제의 일을 더 이상 거론하고 싶지 않다는 것이 역력했다. 청룡은 그런 은평을 보며 등줄기 사이로 서늘한 오한이 스쳐 가고 있었다. 어제 그런 일이 있었는데도 불구하고 얼굴을 마주 보며 생긋 웃는 그 태도가 무서울 정도였다. 어쩌면 이 아이의 심기는 자신이 생각한 것보다 훨씬 더 깊을지도 모른다는 생각을 처음으로 하게 되었다.

"백호야, 개운하지?"

[개운하긴 뭐가 개운합니까! 제가 걸렙니까?! 그렇게 무지막지하게 주물럭대면… 아뇨, 무척 개운합니다.]

궁시렁대던 백호는 은평의 눈이 가늘어지는 것을 보고 얼른 말을 바꾸었다. 은평 옆에서 지내다 보면 항상 먹게 되는 것은 눈칫밥이요, 느는 것은 인내심뿐이었다.

"거봐, 개운하잖아."

청룡은 어제의 일은 모두 꿈이 아니었을까 하는 생각까지 들 정도였다. 백호와 투닥거리는 은평의 모습은 그 어느 때와도 다를 바가 없질 않은가. 더 이상 서서 물이 튀기는 것을 맞고 있어봐야 헛수고라는 생각이 든 청룡은 천천히 몸을 돌렸다.

"청룡."

돌아서서 나가려는 청룡을 은평이 불러 세웠다.

"…가르쳐 줘."

"뭘?"

"그 술법이란 걸 말야."

청룡과 마주치지 않으려고 깊게 짓던 미소가 엷은 미소로 변하고 그제야 청룡의 눈과 은평의 눈이 마주칠 수 있었다.

"이제야 겨우 배울 생각이 들었어."

확고부동(確固不動)한 눈동자였다. 은평을 만난 이후 처음으로 대하는…….

"정말로 배울 마음이 선 거야?"

"응."

은평은 고개를 끄덕였다. 그리고 천천히 청룡의 앞으로 다가왔다. 키 차이 탓에 은평이 청룡을 올려다보는 형상이었다. 청룡은 얘가 갑자기 왜 이러나 당황하고 있었지만 겉으로 드러나게 내색치는 않았다.

"널 보면… 오빠가 생각나. 어렸을 적부터 끔찍하게 비교당하고 살았지. 우리 오빠… 머리도 좋았고 모범생이었거든. 오빠도 내가 항상 비교당하는 게 마음에 걸렸던지 챙겨주다가 갑자기 그런 게 뚝 끊겨 버렸지. 우리 오빠… 모범생이면서 동시에 날라리였어. 내가 모르는 줄 알고 있겠지만 난 알아채고 있었어. 되도록 오빠의 짐이 되지 않도록 해야 했는데 어느 순간, 커다란 짐이 돼버린 거야. 오빠가 나에게 뭐라고 했던 것은 아니지만 그 이후로는 말조차 제대로 하지 않게 됐어… 그리고 영원히 만나볼 수 없는 사람이 되어버렸지."

"오빠라고……?"

청룡은 자신의 머리 속으로 어떤 한 사람을 생각했다. 자신이 한참 방황(?)하던 시절, 시간을 초월해 미래에 당도해 있을 때 만났던 어느 한 인물을 말이다. 물론 은평이 이야기하는 오빠와 자신이 생각하는 인물이 동일인일 가능성은 매우 희박했지만… 그녀의 이야기를 듣는 순간 자신도 모르게 떠올려 버렸다.

"…응, 한은욱이라고 해. 우리 남매는 은 자 돌림이었거든."

"한… 은… 욱?!"

뒤통수를 얻어맞은 듯한 멍한 감각이 청룡을 휘감아왔다. 한은욱이라니… 아니, 그것보다도 한은욱의 동생이 은평이라는 사실이 더 놀라웠다. 어쩐지 지계(地界)를 그리 뒤졌음에도 은욱과 비슷한 영혼의 향기를 찾을 수 없더라니.

'한데 어째서 은욱과 비슷한 향기가 나질 않는 거지……?'

청룡은 입술을 꽉 깨물며 은평의 얼굴을 내려다보았다. 자신은 은욱의 동생의 이름과, 얼굴도 몰랐다. 은욱과 비슷한 향기를 지닌 영혼이 은욱의 동생일 것이기 때문에 애초에 묻지도 않았고 알려들지도 않았다. 모르고서도 알아볼 자신이 있었던 것이다. 한데 은평을 만나고 나서도 알아보지 못했던 것은 은욱과 유사한 향기를 은평은 아예 품고 있지 않아서였다. 도대체 이것은 뭘 뜻하는 것이란 말인가… 청룡의 뇌리로 좋지 않은 예감이 훑고 지나갔다.

27

핏줄이라는 것

핏줄이라는 것

약윤은 한참 침울해 있었다. 무참히 깨진 것만으로도 고개를 들지 못할 지경인데 잔월비선에게 수모와 봉변까지 당하지 않았던가. 가주인 외숙부에게도 면목이 없었고 자신의 어머니에게도 그것은 마찬가지였다. 더군다나 외숙부는 '괜찮다, 심하게 안 다쳤으니 된 게지'라고 격려의 말은 건넸지만 자신에게 보이던 그 실망한 빛은 감추지 못했다. 차라리 자신의 어머니 역시 그래주었으면 고맙겠지만 자신의 어머니는 원망도 없었고 그저 오른손을 다친 자신을 묵묵히 돌보아줄 따름이었다.

"어머님, 오셨습니까."

"되었다, 앉거라."

약윤이 서둘러 자리에서 일어나려 하니 당설지는 아들을 만류하고 자신이 침상 곁으로 움직였다. 그녀가 든 동반(銅盤) 위에는 탕제(湯劑)가 담긴 그릇이 놓여 모락모락 김을 뿜어내고 있었다.

"쑤시는 곳은 없고?"

"예."

당설지는 약윤에게 동반 채로 들이밀었다. 약윤은 그 약그릇을 받쳐 들고 쓰디쓴 약을 목구멍으로 넘겼다.

"그래도 의생의 말에 따르자면 중요한 혈도나 경맥은 전부 스쳐 지나갔다는구나."

"…예?"

약윤은 스스로도 자신의 귀를 의심했다. 사실 오른쪽 팔을 다쳤을 때, 지혈을 했음에도 불구하고 피가 계속 솟구쳐서 심한 상세라 지레짐작했었다. 하나, 전혀 뜻밖에도 혈도나 경맥에는 이상이 없다질 않는가.

"나도 네가 검을 쓰지 못할까 걱정은 되었다만 다행이구나."

"…예, 다행이군요."

약윤은 고개를 푹 수그렸다. 비록 뒤에 가서 치욕과 수모를 안겨주긴 했으나 비무 때도 잔월비선은 자신을 봐주었고 상처마저 중요한 혈도들을 피한 채 상처를 입힌 것이다. 처음부터 봐줄 생각이었다는 것이다. 참을 수 없을 만큼 수치스러웠고 상대방이 자신을 가지고 놀았다는 생각이 가뜩이나 의기소침해져 있는 그의 자존심을 파고들었다.

"약윤아……."

고개를 푹 수그린 약윤의 손을 당설지가 조용히 잡았다. 따스한 온기가 손을 통해 전해져 와 약윤은 평소에는 볼 수 없었던 어머니의 자애로운 모습에 조금 놀란 눈이었다.

"…의기소침해할 것 없단다. 애초부터 그는 너에게 치욕이나 모욕을 주기 위해서 비무를 한 게 아니란다. 너를 깨우쳐 주기 위해서였다고 나는 생각한다. 뒤에 가서 너를 모욕하듯 굴었던 것 역시 마찬가지로… 나는 그의 행동들을 보고 더 더욱 확신을 갖게 되는구나. 그 아이들이 네 이모의 자식이라고 말이다."

"그가 정말로 이모님의 자식들일까요? 그가 제게 준 모멸은……."

"…네가 그렇게 생각한다면 할 수 없다만, 곰곰이 더 생각해 보거라. 이 이야기는 여기서 끝내자꾸나, 널 찾아온 손님들이 있으니."

자신을 찾아온 손님들이란 말에 약윤은 눈살을 찌푸렸다. 혹여 별로 얼굴도 알지 못하는 무림인들이 문병을 온 거라면 별로 만나고 싶지 않았기 때문이다. 그 비무는 약윤에게 있어서 다시는 떠올리고 싶지 않은 악몽이나 다를 바 없었으니.

"자, 어서들 들어오너라."

당설지는 문 쪽으로 다가갔다. 마치 기다리기라도 했던 듯 문이 삐걱대며 열리고 붉은 단색의 옷들을 맞춰 입은 두 아이가 고개를 삐죽 내밀었다. 한쪽은 여자 아이로 새카만 머리를 가지런히 땋아 동그랗게 틀어 올린 전형적인 머리 형태였다. 흰 살결에 마치 복숭아처럼 분홍빛이 감도는 뺨과 큰 눈, 그리고 자그마한 체구가 무척이나 깜찍한 여아였다. 그리고 다른 쪽은 사내아이로 살짝 붙은 통통한 볼 살과 큰 눈망울을 지녀 무척 귀여웠다. 둘 다 이제 겨우 열 살 정도 됐음 직했다.

"형님……."

"오라버니……."

문에서부터 약윤이 누워 있는 침상까지 쪼르르 달려오더니 이내 침상 곁에 착 달라붙어 약윤을 올려다보았다. 금세 눈가에 맺힌 그렁그렁한 눈물을 닦으면서 여아가 울먹였다.

"오라버니, 많이 아프세요?"

"형님, 괜찮으세요?"

그것은 남아도 마찬가지로 약윤의 손을 붙잡은 채 울먹이고 있었다. 다만 남자애라서 그러한지 울고 있지 않은 척하기 위해 눈을 깜빡깜빡 대는 모습을 보였다.

"윤아와 청아가 아니냐."

약윤은 어머니가 말했던 손님이 눈에 넣어도 아프지 않을, 초윤과 약청 두 동생들임을 알 수 있었다. 나이 차이가 꽤 나는 통에 두 동생들은 유난히도 약윤을 따랐다. 약윤 역시 두 동생들이 똘망똘망한 눈을 빛내며 자신을 바라볼 때면 마냥 귀엽게만 보여 그 어머니인 당설지가 받아주지 않는 동생들의 어리광을 받아주고 있었다.

"형니이임……."

"오라버니이……."

급기야는 두 동생의 눈가에 맺혀 있던 눈물이 주르륵 흘러내렸다. 어느새 침상 위로 올라와 약윤의 한 팔씩을 붙잡고 매달렸다. 그 모습이 마치 어린 강아지와 고양이를 연상시켰다.

"아프지 않아, 괜찮단다."

"이렇게 친친 어깨를 동여맸으면서……."

"초윤 누님의 말이 맞습니다. 괜찮기는 뭐가 괜찮습니까……."

꼼짝없이 두 아이들 사이에 끼이게 된 약윤이었다. 그리고 울고불고 하는 두 동생을 다독이기에 바빴다.

"장자 당문을 이끌어가야 할 몇 안 되는 당가의 자손들이 그리 눈물이 흔해서 쓰겠느냐?"

"형님……."

"오라버니……."

"그래그래, 뚝 그치려므나."

보모 경력 어언 십 년, 약윤의 솜씨는 탁월했다. 약윤과 나이 차이도 많고 게다가 두 녀석이 연년생으로 태어난 탓에 가문의 재건으로 바쁜 자신의 어머니 대신 전부 약윤이 등에 업어 키운 녀석들이었다. 그 탓인지 약윤을 끔찍이도 따라주어 이 세 남매의 우애는 당문 내에서는 아주 자자했다.

"형님, 이렇게 만들어놓은 자가 대체 누굽니까? 소제(小弟)가 가만두지 않을 것입니다."

"약청의 말이 맞아요, 오라버니… 소매(小妹) 역시 그자를 용서할 수 없습니다."

약윤에게 매달려 있는 모습이 잔뜩 움츠린 강아지와도 같았다. 하나, 당설지는 두 녀석이 말하는 것이 탐탁지 않았는지 내내 잠자코 있다가 큰 소리를 냈다.

"썩 침상에서 내려오너라. 가뜩이나 어깨를 다쳤거늘 팔에 두 녀석이 모두 매달려 있으면 어쩌자는 것이냐?"

당설지의 엄한 호통에 귀여운 두 남매는 침상에서 서둘러 내려왔다. 어느 자식이든 간에 엄하게 대하는 당설지이기에 평소라면 감히 할 수 없었던 떼를 두 남매는 쓰고 있었다.

"어, 어머니이… 오라버니 곁에 있게 해주세요."

"어머니, 부탁드려요. 형님 곁에 있고 싶습니다."

두 사람은 당설지의 옷자락을 붙들고 울먹거렸다. 큰 눈망울로 상대방을 바라보면 거의 대다수의 사람들은 자기도 모르게 살살 녹아버리기 마련이지만 당설지의 태도는 단호했다.

"어디서 떼를 쓰는 것이냐? 어리광을 부리지 않고 약윤을 귀찮게 하지 않겠다는 조건으로 데려왔거늘!"

당설지의 호통에 두 남매는 그렁그렁한 눈매를 얼른 소맷자락으로 훔쳐 냈다. 여기서 더 떼를 쓰면 아마 다시 당문으로 돌아가야 할지도 몰랐다.

"쉬거라."

당설지는 두 아이들을 데리고 문 쪽으로 걸어갔다.

"어머니, 전 괜찮으니 윤아와 청아는 두고 가십시오. 번거로우실 텐데 제가 돌보겠습니다."

"되었다. 너는 지금 몸을 회복하는 것이 먼저란다."

약윤의 만류에도 불구하고 당설지는 두 아이를 끌고 방을 나섰다.

"참을 수 없어! 감히 오라버니를 그 지경으로 만들다니……."

"저 역시 마찬가지입니다, 누님."

약윤을 끔찍이도 따르는 두 동생은 굳게 결심했다. 약윤을 상처 입힌 자를 찾아가서 따지겠다는… 이른바 열 살짜리 어린아이들의 치기 어린 생각이었다.

어머니인 당설지의 눈을 피해 묵고 있던 객잔 밖으로 나와 대로변으로 들어선 두 아이는 사람들의 시선을 한눈에 끌었다. 그 귀여운 용모도 용모요, 게다가 남매처럼 보이는 두 아이가 손을 꼭 붙잡고 가는 모습이 너무 깜찍했기 때문이리라.

"분명히 잔월비선이라는 자였지?"

"예, 누님."

비장한 결심마저 엿보이는 얼굴로 백의맹의 정문 앞에 선 둘은 침을 꿀꺽 삼켰다. 이제 열 살에 불과한 초윤과 약청에게는 문이 너무도 높게만 보였다.

"들어가자."

초윤이 그래도 누나랍시고 먼저 앞장을 섰고 그 뒤를 약청이 따랐다. 사람들의 눈을 피해 후닥닥 정문으로 들어선 둘은 눈앞에 보이는 건물들의 모습에 잠시 탄성을 내질렀다. 당문 밖을 벗어나 본 적이 거의 없다시피 했기에 눈앞에 보이는 광경이 신기한 것은 당연지사일 터였다.

"어딜 가면 오라버니를 다치게 한 그자가 있을까?"

"글쎄요……."

두 남매는 잠시 고심하는 눈치더니 우선은 단상이 마련되어 있을 연무장 쪽으로 발걸음을 옮겼다. 물론 그곳이 비무를 하는 곳이란 것을 알고 간 건 아니었다. 사람들의 함성 소리가 들리는 곳을 향해 본능적으로 다가갔을 뿐.

"너희들은 초윤이와 약청이가 아니더냐."

초윤과 약청을 알아보는 목소리가 있었다. 두 남매는 자신들의 이름이 불린 쪽을 향해 슬그머니 고개를 돌렸다.

"호연 오라버니."

"호연 형님."

두 남매를 부른 것은 다름 아닌 약윤의 친우인 제갈호연이었다. 제갈호연은 약윤과 절친한 사이였기에 두 남매 역시 알고 있었다. 하나, 그것보다도 이 둘이 이곳에 있다는 게 더 신기해 보인 듯했다.

"너희들이 이곳에는 어쩐 일이냐, 당문에 남아 있는 줄로 알았거늘."

"…오라버니가 몸이 좋지 않다 하여 주변 분들을 졸랐습니다."

초윤이가 금방 울상이 되어 중얼거렸다. 호연은 그제야 알아차린 듯 두 아이의 머리를 쓰다듬어 주며 자상한 목소리로 얼렀다.

"약윤은 금방 일어설 테니 너무 걱정하지 말거라."

초윤과 약청 두 남매는 사람들에게서 호감(好感)을 얻어내는 데 어떤 재주가 있는 모양이었다. 귀여운 얼굴로 생긋 웃어주거나 큰 눈망울로 상대를 바라보면 상대는 자신도 모르게 이들의 부탁을 들어준다거나 뭐라도 하나 해주고 싶어 견딜 수 없게 되는 것이다.

"호연 오라버니, 저희를 잔월비선이라는 자에게 데려다 주세요."

"뭐?"

호연은 지금 자신이 초윤의 말을 잘못 들은 것이 아닌지 고민에 빠졌다. 물론 약윤과 비무한 상대가 정검수호단주임은 알고 있었지만 이 아이들이 잔월비선 대협을 찾아가 무얼 하려 하는지가 문제인 것이다.

"형님, 부탁드립니다."

두 아이들은 호연의 옷자락에 매달려 사정했다. 그 애절한 눈빛 공격을 이기지 못한 호연은 자기도 모르게 고개를 끄덕일 수밖에 없었다.

"아직 개전(開戰)하지 않았으니 좌석에는 나오지 않으셨을 것이다. 정검수호단의 비무장에 가면 있으려나……."

제갈호연은 잔월비선이 과연 어디에 있을지 생각해 보다가 그의 옆에는 언제나 잔혹미영이 따라다닌다는 사실을 깨닫고 얼굴을 붉혔다. 언젠가 자신의 손목이 부었을 때 잔혹미영이 친히 감아준 손수건은 아직도 지니고 있었다. 그녀(?)의 손길이 담긴 것이라 여겨지니 제대로 빨기조차 아까워 그 상태 그대로 고이 접어 품 안에 항상 넣어가지고 다녔던 것이다.

"오라버니, 어서요. 어서 가요."

"어서 가요, 형님."

두 남매의 성화에 제갈호연은 생각을 멈추었다. 그리고 잔월비선이 현재 머무르고 있을 만한 곳으로 걸음을 옮겼다. 정검수호단이 항상 쓰고 있는 연무장으로 말이다.

연무장은 비무장에서 얼마 떨어지지 않은 곳에 있었다. 넓은 연무장의 일부를 비무장으로 만들어 사용하고 있는 탓에 현재의 크기는 작아진 편이었다. 그리고 제갈호연의 예상대로 잔월비선은 그곳에 있었다. 물론 그뿐만이 아니라 정검수호단의 단원들 역시 모여 있는 상태였다. 언제나 그렇듯이 단원들은 대련을 하고 잔월비선은 그 대련을 지켜보는 것이었지만, 전과는 그 분위기가 사뭇 달랐다. 언제나 잔월비선에게 적대적이던 자들 중 일부가 협조적인 쪽으로 그 방향이 돌아선 것이다. 그가 잔영문의 문주라는 사실이 밝혀진 까닭도 있겠지만…….

"애송이가 애를 데리고 오는구먼."

"연무장에 아이들을 데리고 오다니 정신이 있는 놈인지, 없는 놈인지."

"내버려 두시게. 저렇게 아이들하고라도 놀지 않으면 제대로 어울릴 친우조차 없는 놈이 아닌가."

매화검수를 비롯한 몇몇의 단원들이 들으란 듯 비웃음을 흘려냈다. 제갈가주의 뜻으로 정검수호단에 억지로 들어 있긴 했지만 제일 최하위의 무공에 조용조용한 성품을 지닌 호연이 다른 사람들에게 얕보이는 것은 사실이었다. 저런 조롱을 받아도 제대로 따지고 들 기백도 무공도 없는 탓에 언제나 위축되어 있다고나 할까.

"오라버니… 저 사람들 나빠요."

"형님, 저런 자들을 어째서 그냥 두시는 거예요?"

아무리 어린아이들이라도 조롱하는 소리는 알아듣는 모양이었다. 조롱한 자들이 있는 방향을 향해 눈을 흘기며 적대감을 나타냈다. 호연은 쓴웃음을 지으며 아이들을 얼렀다. 어찌 보면 어른다기보다는 자기 자신을 스스로 달래는 소리 같기도 했다.

"내버려 두거라. 원래 까마귀들은 캬악거리고 울부짖지 않으면 안 되는 족속들이란다."

자그맣게 아이들에게 속삭인 소리가 매화검수의 귀에도 들린 것인지 매화검수와 그 일당(?)의 얼굴이 금세 새빨갛게 변했다. 언제나 묵묵히 자신들의 조롱을 받던 제갈호연의 입에서 그런 소리가 나온 것에 참을 수가 없었다. 더군다나 아직 어린 꼬맹이들까지 있는 자리에서 자신을 비웃다니 저놈의 간이 배 밖으로 나오지 않고서야……

"저놈이 간이 배 밖으로 나온 모양이군, 그래."

"그러게나 말일세."

매화검수와 그 일당이 웅성거리며 제갈호연의 앞을 가로막고 섰다.

"무슨 짓입니까?"

제갈호연은 초윤과 약청 두 남매를 자신의 뒤로 숨겼다. 자신이야 상관없었지만 어린아이들이 다치면 자신의 친우인 약윤을 볼 낯이 없었다. 더군다나 자신이 함부로 입을 놀린 통에 벌어진 일이 아닌가.

"…감히 네놈이 날 조롱해……?!"

그때까지만 해도 제갈호연에게 표면상으로는 존대를 하고 있던 것과는 다르게 반말 투였다. 낮은 목소리로 중얼거리는 그의 얼굴에는 잔뜩 노기가 서려 있었다.

"먼저 조롱한 것은 댁들이시오."

제갈호연은 자신의 뒤에 있는 초윤과 약청을 생각해 덤빌 수 있는 데까지는 덤벼보기로 했다. 저절로 어깨와 손에 힘이 들어가고 조롱의 말을 날린다면 맞받아칠 각오였다.

"왜 그렇게 소란스럽습니까?"

그들 뒤로 잔혹미영이 어느샌가 와 있었다. 상큼한 아미가 치켜 올라가 못마땅함을 여실히 드러낸 얼굴이었다. 그녀(?)의 추종자들이 정검수호단의 상당수였기 때문에 매화검수라 해도 함부로 할 수 없었다.

"아, 별일 아닙니다."

매화검수가 얼버무리지만 잔혹미영의 올라간 아미는 다시 내려올 기미를 보이지 않았다. 못마땅하긴 했지만 매화검수를 붙잡고 따질 수도 없는 노릇이라 가만히 노려보기만 할 뿐이다.

"같은 단원끼리 다퉈서야 되겠습니까."

"다툰 것이 아니라… 저쪽에서 먼저 저를 모욕했는지라……."

"설사 모욕했다 해도 화산파를 대.표.하시는 호칭인 매.화.검.수.라는 별호를 얻으신 분께서 속.좁.게. 그런 일에 발끈하셔야 되겠습니까? 대인(大人)의 풍모를 지니셔야지요."

잔혹미영은 일부러 중요한 단어마다 딱딱 끊어 강조하며 매화검수가 물러날 수밖에 없는 상황으로 몰아가고 있었다. 기행으로 인해 사람들에게 의혹의 눈초리는 받았을지언정 엄연히 태자였던 만큼 어린 시절부터 제왕학(帝王學)을 익혔고 그 일환으로 사람을 다루는 법을 배웠다. 황제가 거느리고 군림해야 할 다수의 신민(臣民), 그들을 모두 아우르기 위한 절차로써 말이다. 그런 잔혹미영에게 이런 무지몽매(無知蒙昧)한 자들을 다루는 법은 아주 간단했다.

"…아, 아니, 그것이……."

"저는 매화검수 대협께서 큰 아량으로 너그러이 넘어가실 거라고 믿습니다."

매화검수는 뭐라 말은 하고 싶은 눈치였지만 잔혹미영의 말에는 반박할 여지가 없었다. 이대로 물러가거나 넘어서지 않으면 자신이 속좁은 사람이 되겠고 그렇다고 제갈호연을 그냥 보아 넘기자니 분통이 터졌다. 게다가 점점 다른 단원들의 시선이 이쪽으로 쏠리고 있었던 것이다.

"하하하, 그 말씀이 맞소이다. 제가 너무 흥분했는가 봅니다."

매화검수는 속으로 피눈물을 흘리면서도 물러서는 것밖에는 도리가 없었다.

'이놈아, 그 머리로 살아가려면 힘 좀 들겠구나.'

잔혹미영은 속으로는 조소하면서도 겉으로는 생긋 웃어주는 이중적인 면을 보였다.

"흠흠, 그럼……."

매화검수는 황급히 그 자리를 벗어나기 위해 연무장 저편으로 이동했다. 매화검수와 그의 일당이 사라지고 난 뒤 제갈호연은 어안이 벙벙해 정신을 차릴 수 없을 지경이었다. 다른 사람도 아니고 잔혹미영이 자신을 곤란한 처지에서 구해주다니 꿈에서라도 상상치 못했던 일이었다.

"괜찮습니까?"

자신을 향해 금방이라도 녹아버릴 듯한 미소를 지어주는 그 모습에 제갈호연은 가슴이 쿵쾅거렸다. 저렇게 선녀 같은 사람이 이 세상에 있었다니 믿을 수 없었다. 한데 제갈호연과 똑같은 반응을 보이는 사람이 하나 더 있었다. 그것은 제갈호연의 뒤에 숨어 있던 당약청으로

그 역시 잔혹미영을 마주 대하는 순간, 가뜩이나 복숭아 빛이던 볼이
더욱더 붉어지고 있었다.

'예쁘다……'

'…아, 아름답다……'

잔혹미영은 제갈호연의 뒤에 숨어 있던 두 꼬마들을 발견하고는 생
긋 웃었다. 척 보기에도 귀여운 아이들이 아닌가. 더군다나 자신의 누
이와는 다르게 잔혹미영은 아이들을 좋아하는 편이었다.

"귀여운 아이들이군요."

"아, 예. 당가의 자손들입니다."

"당가의 자손이라 하심은……."

잔혹미영의 고운 아미가 살포시 찡그려졌다. 그렇다면 이 아이들이
보고로만 듣던 당초윤과 당약청이란 말인가.

"귀여운 꼬마들이로구나."

잔혹미영은 몸을 구부려 아이들과 시선을 맞추고 아이들의 머리를
쓰다듬어 주었다. 초윤은 자신이 꼭 되고 싶어하던 미래의 모습과 너
무도 흡사한 잔혹미영의 자태에 감탄하는 눈치였고 약청은 혼까지 빼
앗긴 듯한 모습이었다.

"이 아이들이 잔월비선 단주님을 보겠다고 하는 통에……."

"오라버니를 말인가요?"

잔혹미영은 이 아이들이 어제 자신의 누이와 비무했던 당약윤의 동
생인 것에 생각이 미치자 어째서 자신의 누이를 찾아왔는지 짐작이 갔
다.

"이리 오렴. 내가 데려다 주마."

제갈호연의 손에서 두 아이들을 자신의 품으로 끌어들였다. 그리고

는 양손에 한 명씩 손을 붙잡았다. 그 광경을 뒤에서 지켜보고 있던 호연 이하, 평소 그녀를 흠모(欽慕)해 오던 많은 단원―…아마도 다 남자였으리라―들이 두 아이에게 부러운 시선을 주었다. 아이라는 이유만으로 누릴 수 있는 특권은 너무도 많았다.

잔월비선은 비무하는 단원들을 지켜보며 자세 교정을 하고 있었다. 강호에 나온 경력은 짧을지 몰라도 황궁에 있을 무렵부터 가출을 반복하면서 수많은 금의위들과 혈투 아닌 혈투를 벌여온 경험이 있는 그(?)였다. 그렇기에 상대방을 파악하는 능력은 뛰어났다.

"거기, 어깨 각도를 좀 더 위로 들어 올려!"

오만한 자였지만 무공에 대한 지식과 실력은 비슷한 나이의 자신들을 압도하고 있었다. 그렇다 보니 무공에 관한 것이라면 그의 말을 듣는 것이 어느새 단주들 사이에서는 당연시되고 있었다. 이전 단주들에 비하면 파격적인 실력인 데다 자신들이 아무리 이죽거리고 비웃어도 전혀 동요되는 것 같지 않았고 오히려 자신들이 그에게 비웃음당하기 일쑤라고나 할까.

"오라버니, 귀여운 손님들이 오라버니를 찾아왔네요."

웃음 띤 목소리에 잔월비선이 고개를 돌렸다. 잔혹미영의 양손을 각각 하나씩 잡고 서 있는 이제 갓 열 살이나 됐을까 싶은 어린아이들이 보였다. 귀엽고 깜찍한 아이들이었지만 아이들에게 호의적인 잔혹미영의 태도와는 달리 잔월비선은 여전히 무표정이었다.

"뭐냐, 그 꼬맹이 둘은."

"뭐라니요. 오라버니를 찾아온 손님들이라고 말씀드렸잖아요?"

잔월비선은 아이들을 내려다보았다. 단원들 수련 덕에 항상 단정하게 동여매져 있던 문사건에서 머리가 살짝 빠져나와 있고 옷매무새가 흐트러져 어딘가 모르게 나른한—은평 덕에 밤을 설쳤다고 한다—상태였다. 묘한 매력을 발산하고 있는 그 모습에 초윤의 가슴은 두근거렸다. 그야말로 자신이 완벽하게 꿈꾸던 이상형이 아닌가.

"…애는 질색이야. 갖다 버려."

잔월비선은 냉큼 뒤돌아섰다. 애를 좋아하는 잔혹미영과는 달리 그(?)는 끔찍이도 아이들을 싫어했다. '모든 마의 근원은 아이다' 라는 지론까지 갖고 있는 그였다.

—당약윤의 어린 동생들인데요?

—…설마 당초윤과 당약청……?

전음으로 아이들이 누구인지 말하자 그제야 잔월비선이 관심을 보이기 시작했다. 어리기는 하나 당가의 자손들이 아닌가.

—아직 자라지 않은 애들은 필요없다. 내다 버려.

하나 다시금 내려진 평가 역시 가혹했다. 잔월비선이 어떻든 간에 초윤은 자신만의 상상의 나래를 펼치고 있었다. 자신의 오빠에게 상처를 입혔다길래 우락부락하고 험상궂은 모습의 사내를 상상했던 터에 평소 꿈꿔오던 이상형에 딱 맞는 모습이 나타나 버린 것이다.

"자, 잠깐만요."

초윤이 용기를 내서 어렵사리 입을 열었다.

"……?"

귀찮다는 듯 짜증이 역력한 표정으로 아래를 내려다보니 초윤이 자신의 옷자락을 붙잡고 있었다.

"다, 당신이 우리 오라버니를 다치게 한 사람인가요?"

초윤은 확인해 보고 싶었다. 저렇게 멋진—…콩깍지가 씌어도 단단히 씌었다—사람이 정말 자신의 오라버니를 다치게 했겠는가라는 한 가닥 기대와도 같은 것이었다.

"맞다면 복수라도 하려고 그르느냐?"

쌀쌀맞은 모습에 잔혹미영은 혀를 찼다. 이 아이들의 귀여움과 깜찍함에 넘어가지 않을 사람은 역시 자신의 누이밖에는 없는 듯해서였다.

초윤과 약청은 침을 꿀꺽 삼키며 잔월비선을 올려다보았다. 잔월비선은 잔뜩 눈살을 찌푸린 채로 아이들을 향해 얼른 비켜서라는 듯 손짓했다.

"할 말 없으면 비켜라."

도대체 꼬맹이들을 이런 곳까지 끌고 온 제갈호연이란 놈이 원망스럽고 거기에 동조한 자신의 동생에게 역시 짜증이 나려 하고 있었다.

*　　　*　　　*

"구경났어? 왜 그렇게들 쳐다보는 거야?"

은평은 자세를 취하는 도중 일제히 자신에게 쏠린 시선들이 부담스러워 견딜 수가 없었다. 인도 그렇고 막리가에 현무와 백호가 자신을 뚫어져라 바라보고 있었던 것이다. 자신이 무언가를 배우려는 모습이 그렇게도 신기하고 구경할 만한 광경이었던가.

"…별달리 할 일도 없고."

"내가 심심풀이 땅콩이냐?! 각자 가서 자기 일해!"

은평의 노성에도 모두는 눈을 말똥말똥 뜬 채 가만히 앉아 있었다.

"안 들어가?!"

"재미있을 것 같은데……."

"모두… 무림대전인지 머시긴지 하는 데로 어서 가버려! 곧 시작할 시간이잖아!"

은평의 노발대발에 모두 혀를 차며 일어났다. 저렇게나 싫어하는데 계속 옆에 붙어 있는 것도 실례일지 모른다. 현무와 막리가, 그리고 인은 모두 일어났지만 백호만은 변함없이 은평의 옆에 붙어 있었다.

"어째서 우리는 안 되고 저 새끼 백호는 되는 거냐?"

"백호하고 인하고 같아?! 어서 가버리라니까!"

내심 백호와 비교(?)당한 것 같아 기분이 나빠지는 인이었다. 아무리 신수라지만… 동물의 모습을 하고 있지 않은가. 기분은 상했지만 그것을 그대로 겉으로 표출해 낼 수 없어 그저 시키는 대로 발걸음을 떼야 했다.

훼방꾼들이 모두 사라지고 나자 그제야 은평은 만족스런 표정으로 돌아왔다. 동네 구경난 것 마냥 옆에서 지켜보고 있는데 신경 쓰이지 않을 사람이 어디 있겠는가.

"훼방꾼들도 사라졌으니까 이젠 알려줘."

"주변의 기의 흐름을 읽어 내리는 것부터 해봐."

청룡의 명령에 은평은 주변을 손으로 휘적휘적 내저었다. 이내 청룡의 이마에 푸른 힘줄이 돋아났다. 진지한 자세로 '배워보겠다' 라고 해서 이 몸이 친히 나서기까지 했는데 저 성의없는 자세는 뭐란 말인가.

"똑바로 못해?"

"읽어 내리라며. 나름대로 하고 있는 거라구."

"…너, 주변 기를 느낄 수 있기는 한 거냐?"

청룡은 백호에게 슬그머니 눈치를 주자 백호는 조용히 고개를 저었다. 자기가 그토록 가르치려고 해봐도 애초에 할 수 없었던 은평에게 청룡이 가르친다고 해서 당장에 무슨 변화가 생길 리 만무했다.

"조화를 알고 있기는 한 거야?"

"그게 뭔데?"

"…내 그럴 줄 알았다."

청룡은 머리를 꾹꾹 눌렀다. 신수들이 애초에 창조되는 시점부터 알고 나오는 사항, 이를테면 인간들에게 있어서는 숨 쉬는 것과 별다를 게 없는 능력을 은평은 모르고 있었다. 제일 중요한 기본기인 '기어가기'조차 모르는 아이에게 뜀박질을 시킨 것과 다를 바가 없는 것이다.

"…너, 그건 안 가르치고 뭐 했어?"

[…가르쳤다고요……!! 기를 잡아내는 방식부터.]

백호는 괜한 불똥이 자신에게로 튀겨오자 고개를 내저으며 부인했다. 억울하기 이를 데 없었다. 은평이 안 배우려 든 것을 왜 자신에게 뭐라 하는가 말이다.

"…기를 잡아내는 게 먼저가 아니야. 신수들이 쉽게 기를 운용하는 것은 밑바탕에 본능적으로 조화에 대한 개념이 잡혀 있기 때문이지. 그래서 '저런 애'를 제일 먼저 가르치려면 조화부터 가르쳐야 되는 거라고."

청룡은 자신이 아무리 소싯적부터 뛰어났다 하더라도 은평을 가르치기엔 무리가 아닐까 하는 생각까지 들 정도였다.

"백호 네가 기본적인 주술은 가르쳐 놨다고 하지만 그건 일시적인 흉내 내기일 뿐, 완전히 자기 것으로는 만들지 못해. 사상누각(砂上樓閣)과 다를 바가 없지."

그래도 백호가 가장 기본적인 것들은 가르쳐 놨다고 하니 자신은 제일 밑바탕 개념만 가르치면 될 듯싶었다. 불행 중 다행이라고나 할까, 개념을 잡아놓으면 그 외의 방식들을 운용하는 것은 식은 죽 먹기와 다를 바가 없었으니까.

"뭐야, 그럼 내가 못한 게 아니라 백호가 잘못 가르친 거잖아."

"시끄러워! 너도 안 하려고 했던 건 사실이잖아. 백호 탓만 할 게 못 돼!"

은평이 배우는 입장에 있었기 때문에 보통이라면 당장 응징(?)이 내려졌을 청룡의 짜증도 묵인이 되는 모양이었다.

'…어디서부터 손을 댈까…….'

은평이 옆에서 입을 삐죽거리든 뭘 하든 간에 청룡은 깊은 고민에 휩싸였다. 자신이야 태어날 무렵부터 이미 알고 있던 본능이지만 이걸 설명해서 가르치자니 애매모호했다. 어찌해야 할지도 감을 잡지 못하겠고…….

'…이런 개념으로 설명을 해볼까?'

문득 청룡의 뇌리를 스치고 가는 생각이 하나 있었다. 어쩌면 잘될지도 모른다는 한 가닥 기대감이 들었다. 그리고 재빨리 그것을 실행으로 옮겼다.

"이 세상에는 혼자인 게 없어."

"…그건 또 무슨 뜬금없는 소리야?"

"꼬투리 잡지 말고 잘 듣기나 해."

청룡은 차근차근 설명을 시작해 나갔다. 이 세상을 이루고 있는 것들 중 혼자인 것은 아무것도 없었다. 둘이서 혹은 셋이서… 아니면 수많은 각각의 물질들이 이루고 있는 질서와 균형을 이른바 조화라 하는 것이 아니던가. 청룡은 그것을 은평에게 말하고자 했다.

"둘이든 셋이든 넷이든… 짝을 이루고 있는 것은 있어도 홀로 존재하는 것은 없어. 그것이 바로 조화야. 균형을 이루고 일정한 질서를 유지한 채 끊임없이 순환하고 반복하지. 그것을 일컬어 환(環)이라고 해. 반복하고 순환해서 어느샌가는 다시 제자리로 돌아온다는 게 기본적인 이론이야."

"…못 알아듣겠어."

"인간들이 걷고 있는 순환의 고리를 예로 놓고 설명해 보지."

인간들은 한 종족이었지만 서로 다른 개체를 갖고 있다. 없던 개체가 탄생하고 삶을 이어가다가 다시 죽어 땅에 묻혀 흔적을 만들고 오랜 세월이 흐르면 그 흔적조차 산화되어 그 개체가 있었다는 흔적도 사라지게 된다. 다시 무에서 유로 유에서 무로 되돌아가는 형태이다. 그리고 그것을 명명하기를 순환의 고리라고 한다. 더 큰 의미로 말한다면 이른바 조화가 되는 것이다. 각각의 순환의 고리를 구성하고 만들어내는 것은 조화와 균형으로 조화를 조금 나눠놓고 본다면 순환의 고리가 되겠고 순환의 고리를 크게 보자면 조화가 되는 것이다.

"…복잡해, 복잡해, 복잡해!"

청룡이 다짜고짜 은평의 이마에 꿀밤을 먹였다.

"왜 때려?!"

"방금 내가 널 때린 것은 두 가지 개체에 의하여 일어난 일이야. 널 때린 내 손, 그리고 내 손에 맞은 네 이마에 의해서."

"…이 딴 게 조화란 말야?"

"아주 간단한 원리라니까. 혼자서 할 수 있는 일은 아무것도 없어. 반드시 둘 이상의 개체가 있어야만 가능해."

은평은 살짝 욱신거리는 이마를 손끝으로 어루만졌다. 이해가 갈 것 같기도 했다. 이런 간단한 원리라면 말이다. 그리고 손바닥을 오므렸다 폈다를 반복했다. 뭔가 하지 않으면 안 될 것 같은 느낌……

"그렇게 어려운 것도 아니고 그저 이 세계를 이루고 있는 구성 성분에 불과해."

"그래, 구성 성분……."

머리 속에서 잡힐 듯 잡히지 않아 점점 화가 나려 했다. 뭉실거리는 솜이 머리 속을 가득 채우고 있는 느낌이랄까, 아니면 자욱한 안개가 머리 속에 껴 있는 느낌이랄까.

"자, 나머지는 혼자서 해결해."

"…에게? 이게 끝이야?"

"나한테 의지하려고만 하지 말고 혼자서 해. 이건 네가 넘어야 할 산인 거야. 내가 아무리 도와준대 봤자 그건 너에게 전혀 도움이 안 돼."

청룡은 그 말을 끝으로 뒤도 안 돌아보고 방으로 들어가 버렸다. 좀 누워서 휴식을 취하고 싶었다. 자기 나름대로 생각해 볼 것도 있었고 말이다. 청룡이 들어가 버리자 백호 역시 슬금슬금 몸을 피했다.

"…너는 어딜 가려고?"

[…자, 잠깐 방을 정리하러…….]

아까 청룡의 발언으로 인해 괜히 자신에게 화살이 돌아올 것을 염려하는 마음에서였다. 여기서 잡히면 끝이다라는 생각을 하는 것인지 후닥닥 몸을 피했다. 결국 넓은 후원에 혼자 남겨진 은평은 그 자리에 철푸덕 주저앉아 버렸다. 보통이라면 값비싼 능라의를 입고 이런 짓은 하지 않겠지만 자신이 입고 있는 옷이 비싸다는 개념 자체가 은평에겐 아예 없었다.

"도대체 문제가 뭘까……."

무릎에 고개를 묻고 손끝으로 후원의 흙을 조금 긁어보았다. 은평이 손을 움직인 모양대로 흙이 조금씩 파졌다. 이 손장난에 재미를 들린 은평은 손끝으로 계속 흙을 파냈다. 손톱 끝으로 흙들이 조금씩 파고 드는 듯했지만 별 느낌은 없었다. 계속해서 파던 중 손끝에 흙의 부드 러운 촉감과는 틀린 딱딱한 감촉이 걸렸다.

"자갈인가……?"

은평은 손가락에 힘을 주어 땅에 박힌 자갈을 빼냈다. 자갈이 빠져 나간 자리에는 박혀 있던 모양 그대로의 자국이 남았다. 은평은 흙이 군데군데 묻은 자갈과 자갈이 박혀 있다가 빠져나가 모양만 고스란히 남은 자리를 한 번씩 바라보았다.

"…그렇구나… 이런 건가?"

여러 개가 합쳐져 있다는 것… 짜 맞춰놓은 것마냥 어떤 형태로든 혼자가 아닌 두 개 이상의 모양으로… 그리고 그것은 이 세상 모든 만 물에게 적용된다는 것… 깨닫는 순간, 머리 속이 환해져 오는 느낌을 받았다. 등줄기가 찌르르 울리며 온몸으로 전율이 퍼져 나가는 것 같 달까.

"가끔은 이런 느낌도 기분 좋네."

오한이나 한기로 인한 떨림이 아닌, 이유 모를 환희로 인한 떨림이 었다. 머리끝에서 발끝으로 전해지는… 그리고 은평은 조용히 눈을 감 았다. 바람이 불었으면 좋겠다라고 생각했을 때, 시원한 바람이 어디 선가 조금씩 불어왔다. 은평의 얼굴을 간질이며 머리카락을 슬며시 날 리는 느낌은 신선했다. 바람을 잡으라면 잡을 수도 있을 것 같았다.

조용히 눈을 뜨고 주변을 스쳐 지나가는 바람을 손끝으로 건드렸다. 약간 푸른빛을 띤 실 가닥이 손가락 사이에 잠시 머물렀다가 갑자기 사라져 버렸다.

"…햇빛……."

은평은 밝게 쏟아져 내려오는 빛에 손을 가져다 댔다. 따스한 느낌
이 손 안에서 금가루처럼 반짝거렸다가 갑자기 사라지는 것이 있었다.

"이런 거였구나……."

은평의 그런 모습을 방문을 살짝 열어놓고 훔쳐보는 두 쌍의 눈이
있었다. 바로 백호와 청룡이었다. 흐뭇한 눈으로 은평의 변화를 바라
보고 있던 둘은 서로 마주 보고 빙그레 웃음 지었다.

참 기묘한 일행이었다. 죽립을 푹 눌러쓴 승포 차림의 사내, 그리고
어깨를 조금 넘는 머리를 풀어 내려 얼굴 옆면을 가린 떠돌이 청년, 그
리고 헐렁한 장포를 아무렇게나 걸치고 다리에는 족쇄를 찬 괴녀… 주
변 사람들의 시선을 끌기에는 충분하고도 남았다.

"저 소저—막리가는 현무를 소저라 여기는 듯—덕분에 사람들의 시선이
이쪽으로 쏠리는구려."

막리가의 중얼거림에 인이 별 의미 없이 대꾸했다.

"…그런가 보오."

자신이 거론되고 있다는 사실을 아는지 모르는지 현무는 앞을 보고
묵묵히 걷기에 바빴다. 고개를 돌려 대로변을 구경하지도 않았고 그렇
다고 고개를 꼿꼿이 세운 것도 아니었다. 머리카락으로 온통 얼굴이
가려져서야 시야가 제대로 트일까 걱정이 될 정도랄까. 가뜩이나 검은
머리와 창백한 피부 사이에 위치한 새빨간 입술만이 눈에 들어올 따름
이었다.

현무가 자신에게 쏠리는 시선을 신경 쓰지 않듯 인 역시 시선을 별
로 신경 쓰지 않았다. 남들의 눈길에 과민 반응을 보이는 것은 오직 막

리가뿐이랄까.

"좀 빨리 갑시다."

"왜 그렇게 안절부절못하오?"

"안절부절못하는 것이 아니라 괄시받고 백안시당하는 것도 지겨워서 그러오."

중원인들이 색목인, 아니, 그들이 오랑캐라 칭하는 모든 부족들에게 보내는 멸시는 그 역시 잘 알고 있었다. 그들이 속이 좁다고 해야 할지, 자신들에 대한 자부심이 뛰어나다고 해야 할지… 어쨌거나 인은 고개를 끄덕거렸다.

"빨리 간다고 나쁠 것은 없지만……."

자신이야 별 상관이 없지만 현무가 걱정되었다. 현무와는 제대로 말을 나눠본 적도 없기에 청룡이나 은평이 없으니 분위기가 싸늘했다.

"노형, 빨리 갑시다."

인은 현무에게 슬그머니 다가갔다. 하나, 채 뒤로 다가가기도 전에 현무에게서 조그만 소리가 흘러나왔다.

"…난 신경 쓸 것 없다. 알아서 보조를 맞출 테니 네 맘대로 해라."

새파랗게 어린 것(?)에게 너 소리를 들으니 기분은 묘했지만 자신이 그렇듯 현무 역시 겉은 어려 보여도 수천 년을 살아왔다는 사실을 주지시켰다. 자신의 눈에는 아무리 노인의 모습을 한 자라도 어린아이로 보이듯 현무 역시 모든 인간들이 어려 보일 게 아닌가.

"그럼… 조금 속도를 빨리합시다."

대로변에서 살짝 골목으로 빠진 세 명은 경신법을 이용했다. 물론 현무가 하는 것은 경신법이라기보단 조금 다른 종류의 것이었지만.

―노형, 도대체 저 어린 소녀는 뭐요?

─뭐가 말이오?

막리가의 전음에 인은 미간을 찌푸렸다. 막리가는 뒤따라오던 현무가 발놀림이 전혀 없어 의아해하고 있었다. 보통 아무리 경신법을 쓰더라도 발의 움직임이 하나도 없이 마치 공중에 부유해 있는 것마냥 있을 수는 없는 노릇이 아닌가. 한데, 저 현무라는 소녀는 아무런 발놀림도 없이 발을 그대로 내버려 두고 있는 것이다.

─…자기 능력에 따른 것 아니겠소. 신경 끄시오.

인 역시 현무가 보여주고 있는 것에 상당히 놀랐고 또한 신수라는 존재가 도대체 얼마만큼의 능력을 지니고 있는 것인가에 대해 처음으로 의문을 지니게 되었지만 막리가에게는 별걸 갖고 호들갑이라는 태도를 보였다.

─아무리 그래도……

막리가는 현무가 영 석연치 않은 모양이었다. 그것은 인도 마찬가지였지만 막리가 앞에서 드러낼 수는 없었기에 최대한 아무렇지 않은 채 감추고 있었다.

어느새 백의맹 정문에 도착한 셋은 조용히 안으로 진입했다. 아직 돌아다니는 사람이 많은 것으로 봐선 개전하지 않은 듯싶었다.

"…마음대로 구경해라. 나는 가볼 곳이 있다."

인이 자신의 귓전으로 현무의 음성이 들려왔다고 생각한 순간, 현무의 모습은 주변 어디에서도 찾아볼 수 없었다.

'…놀랍군.'

알면 알수록 신수란 존재에 대해서 놀라게 된다.

"그 소저는 어디로 사라졌소?"

"…자기 볼일 본다고 가버렸소이다."

"동작 한번 빠르구려."

인과 막리가는 좌석을 향해 이동하기 시작했다. 어느새 반 이상은 사람들로 채워져 있었고 얼마 지나지 않아 모든 좌석이 채워질 듯 사람들은 계속해서 오가고 웅성거림과 여기저기서 들리는 탄성 소리가 울렸다.

"여기쯤이 좋겠구려."

주변은 북적거렸지만 중간 정도의 높이에 전망도 그럭저럭 괜찮았다. 정도 쪽에 가기도 뭐하고 마도 쪽에 가기도 뭐 해 둘은 정사 중간에 있는 좌석을 택했다. 정사 중간은 가장 사람 수가 적고 좌석 수도 적었다. 커다란 고래 두 마리 사이에 껴 있는 새우랄까.

"노형은 출전 같은 것은 안 하실 작정이오?"

"…그럴 것 같소만."

거의 막리가 쪽에서 먼저 말을 걸고 인은 거기에 맞춰 끄덕거리거나 화답하는 정도였다. 지금 인은 어떤 일이라 해도 귀찮은 지경이었다.

"어째서요? 노형 정도라면……."

"됐소, 그 소리 더는 마시오. 난 별로 양명(揚名)에 뜻이 없소이다."

이미 인간사 모든 허망과 희로애락(喜怒哀樂)을 맛본 그가 아니던가. 한번 강호를 주유했고 이미 이 꼴 저 꼴 다 본 마당에 또다시 명성이라니, 귀찮기만 했다.

"다 늙은 늙은이마냥 왜 그러시오?"

'그래, 나 늙었다. 보태준 거 있냐?'

인은 속으로 궁시렁댔다. 자기가 늙은 것에 막리가가 뭐 보태준 거라도 있는가. 시간이 점점 흐르면 흐를수록 막리가가 귀찮아져 간다…….

＊　　　＊　　　＊

"또 잠을 설쳤나 보군요."

웃음 섞인 능파의 농담에 화우는 고개를 끄덕였다. 어젯밤 깨어난 이후로는 통 잠을 이룰 수가 없었던 것이다. 몸은 피곤하지만 정신은 노곤해져 있었다. 꿈에서 깨어난 이후 내내 머리 속을 괴롭히는 갖가지 상념 때문에 말이다.

"피곤하구려……."

"정 고단하다면 잠시 눈 좀 붙여요. 전 이만 제 좌석으로 돌아가 보겠어요."

능파는 화우의 옆자리에서 일어났다. 자신의 좌석은 정사 중간에 마련되어 있었고 마교의 좌석은 마도 쪽 제일 정중앙에 위치해 있는 것이다. 어느 한쪽에만 있는 것은 모양새가 가히 좋지 않다.

"잠시……."

능파는 화우의 뒤에 시립해 있던 백발문사를 살짝 손짓해서 뒤쪽으로 불러들였다. 백발문사는 능파에게로 가까이 다가갔다.

"무슨 일입니까?"

"이것을 차를 끓일 때 같이 넣도록 하세요."

능파가 건넨 것은 붉은 비단 주머니였다. 안에는 뭐가 들었는지 불룩하고 손으로 주머니를 쥐자 바스락대는 소리가 전해져 왔다. 뭔가 잘 말려진 것이 들었다는 소리였다.

"안식향(安息香)과 청명초를 배합한 것입니다. 숙면을 취하게 도와주는 역할을 하지요."

"…청명초라면 머리를 맑아지게 해 기억력와 오성(悟性)을 되돌려주는 약초가 아닙니까."

백발문사는 자신이 알고 있는 지식대로라면 청명초는 숙면을 취하게 해준다기보단 맑은 정신이 되도록 도와주는 약초였다. 한데 능파가 숙면을 취하게 한다면서 건네주니 당연히 의아할밖에.

"안식향을 오래 쓰면 머리가 띵해지는 단점을 보안하기 위해 일부러 조합해 섞었답니다."

"그렇습니까? 우선은 찻잎에 섞어서 끓이도록 하겠습니다."

백발문사는 묵직한 주머니를 받아 들어 품에 넣었다. 자신 역시 어제와 마찬가지로 자신의 주군을 위해 수면향이라도 넣어서 숙면을 취하게 할 생각에 능파가 이런 것을 건네주니 고맙기 이를 데 없었다.

"전 그럼 가보겠습니다."

백발문사에게 주머니를 건넨 능파는 천천히 마교의 좌석으로부터 멀어져 갔다. 능파가 가버리고 난 뒤, 백발문사는 항상 끓여놓아 준비해 놓았던 찻주전자에 능파가 준 주머니의 가루를 섞었다.

"후우……."

화우의 한숨 소리는 뒤에 서 있는 밀랍아와 백발문사, 그리고 단운향과 냉옥화에게도 들릴 지경이었다. 끔찍한 형님 사랑(?)에 휩싸여 있는 단운향은 그런 화우가 걱정됐는지 냉큼 옆으로 다가갔다.

"웬 한숨이십니까."

"내가 한숨을 쉬었나……?"

화우는 자신이 한숨을 쉬었다는 사실조차 자각하지 못한 듯했다. 운향은 멍해 보이는 화우의 상태가 심히 걱정되었다. 만약 잠을 설친 것이라면 조금 쉬라고 말하고 싶었지만… 두개골—아마도 은평을 지칭하는 듯─이 찾아올지도 모른다며 절대 잠을 취하지 않으려 할 것이었다.

"차라도 드시겠습니까?"

어느새 따끈한 차를 받쳐 들고 와서 화우에게 건네는 백발문사였다. 화우는 차를 건네받고 나서도 다시금 한숨을 내쉬었다.

"또 한숨을 쉬십니다."

"…또 그랬느냐?"

"어쩐지 피곤하고 멍해 보이십니다."

운향의 걱정은 그칠 줄을 몰랐다. 화우는 계속해서 자신을 붙들고 있는 생각들을 얼른 씻어내기 위해서라도 기억해 내야만 했다. 그러다 보니 계속 한숨이 내쉬어지는 것인지도 모른다.

"차 맛이 특이하군."

찻잔을 들어 올려 조금 맛을 본 화우가 중얼거렸다. 보통 때의 씁쓸한 맛과는 달리 약간 달콤한 맛이 감도는 것이다. 오감에 모두 민감한 화우만이 알아차릴 수 있는 변화였다.

"단것이 싫으시다면……."

"아닐세."

화우는 손을 내저었다. 어차피 다 같은 찻잎인데 달면 어떻고 씁쓸하면 어떠한가. 차를 마시며 심신의 안정을 취한다는 것은 변할 바 없는 사실이니 이래도 그만 저래도 그만이었다.

"하암……."

차를 반 이상 들이킨 화우에게서 하품이 새어 나왔다. 가뜩이나 충분한 숙면을 취하지 못해 나른한 정신이 차를 마심으로 해서 긴장이 풀린 탓인지 졸음이 밀려왔다. 조금 있으면 은평이 올지도 모르는데 차마 잘 수 없어 애써 눈을 깜빡거리며 졸음을 견뎠다.

'햇살이 따사로워서인가… 요즘 따라 부쩍 졸리군.'

손걸이에 손을 받치고 그 위에 턱을 괸 채 화우는 잠의 세계로 점점 빨려 들어갔다. 자기도 모르는 새에 얕은 잠에 빠져 버린 화우를 위해 운향은 조용히 자리를 비켰다. 겨우 차를 마시게 해 잠든 화우를 방해하고 싶지도 않았고 그 두개골이 오면 이번에야말로 표본이 되어 달라고 말해 볼 참이었다.

"…겨우 잠이 드셨군요."

백발문사는 자신의 손에 들린 찻주전자를 바라보며 한숨을 내쉬었다. 중요한 일이 생기면 깨워 드릴 작정으로 그의 뒤에 조용히 시립해 섰다.

"…연학림의 움직임이 보이고 있어요……."

옆에 서 있던 밀랍아에게서 억눌린 속삭임이 새어 나왔다. 입마저 친친 감아버린 붕대로 인해 정확한 발음은 아니었다. 하나, 못 알아들을 정도 역시 아니었다.

그보다도 백발문사는 밀랍아의 입에서 거론된 연학림이란 말에 더 놀랐다. 전부터 활동을 하고 있는 것은 알았지만 그녀의 입에서 거론될 정도라면 움직임이 더 커졌고 음지가 아닌 양지로의 활동을 꾀한다는 의미가 아닌가.

"연학림주가… 이곳에 나타났습니다."

밀랍아의 보고를 듣던 백발문사의 신형이 부르르 떨렸다. 이토록 동요하는 그는 무척이나 보기 힘든 모습이 아닐 수 없었다. 그의 눈에 떠오른 것은 증오 그 자체였다. 잃어버린 온몸의 색소만큼이나 사라졌다고 생각했던 감정들이 그가 거론된 순간 깊은 잠에서 깨어나 정신과 몸을 달구고 있었다.

꿈에서라도 잊을 수 있겠는가. 그 증오를, 그리고 뼈에 사무칠 듯한 한을… 새하얗게 새어버린 머리와 소름 끼치는 회색의 눈동자, 피부에서 자취를 감추어 버린 혈색… 그리고 웃음. 그자로 인해 잃어버린 것은 너무도 많았다. 그리고 그자에게서 배신이 무엇인지, 철저하게 이용당했다라는 것이 무엇인지를 배웠다.

"…괜찮습니까……?"

밀랍아의 붕대로 휘감긴 손이 백발문사의 손을 잡아왔다. 이런 반응을 보일 그를 알고 있었기에 일부러 말하기를 꺼렸던 것이다. 하지만 끝까지 말을 안 하고 두고 볼 수는 없었다. 그는 엄연한 마교의 군사가 아니던가.

"나는 괜찮소… 오히려 당신이 걱정되는구려……."

자신의 사지는 적어도 멀쩡하지 않던가. 독에 중독되어 사지가 썩어 들어가고 급기야는 남만사독봉이라는 독물에 의지해 자신의 살을 뜯어 먹이면서 그들 없이는 살 수 없는 처지가 된 것이 밀랍아가 아닌가. 이제 그녀에게 사지란 것은 존재치 않았고 먹고 자는 것 외에 인간이 할 수 있는 모든 생리적인 활동들을 할 수 없었다. 보기 흉한 몰골로 변해 여인에게 있어서는 중요한 얼굴 피부가 문드러져 근육들이 다 내다보이는 상태이고 그런 모습을 조금이라도 가려보고자 온몸을 붕대로 휘감고 다니는 여인… 그런 그녀와 사지 멀쩡한 자신 중 누구의 심정이 더 참담하겠는가.

"나는 괜찮습니다. 주군께 구함을 받지 않았습니까… 독이 더 이상 진행되지 않고 사지를 절단하는 것만으로 그나마 생을 이어 나갈 수 있게 한 것은 소공자가 아니었더라면 불가능했을 겁니다. 그렇지 않았다면 벌써 이 세상에 없을 목숨인 것을……."

평소에는 해부에 미친 광인으로 보여도 운향의 의술은 뛰어났다. 아직 어린 나이임을 감안할 때 그가 완전히 장성할 무렵엔 이 무림에도 그와 의술을 겨룰 자가 몇 없을 것이라고 그 둘은 확신할 수 있었다.

"드디어 그가 본색을 드러내는 모양이로군……'

강호를 자신의 손에 넣기 위해 혈안된, 굶주린 이리가 마침내 그 이를 드러내고 발톱을 세운 것이다.

"정도 무림 따위 어찌 되든 상관없다. 이 마교에만 영향을 미치지 않는다면……."

이미 오래전 연학림을 버렸듯이 정도 무림 역시 버렸다. 자신을 파멸의 구렁텅이로 몰아넣은 것이 연학림이라면 정도무림은 자신의 모습을 완전히 바꾸어놓았다.

"황보영의 움직임을… 예의 주시하시오. 그가 만약 주군께 위해를 끼치려 한다면 내가 내 목숨을 내놓고서라도 막겠소."

자신을 구렁텅이에서 건져 내준 은혜, 절망에 빠져 자살하려던 자신을 구해준 은혜, 그리고 자신의 연인의 목숨을 구해준 은혜… 그에게 보은하려면 자신의 목숨을 몇 번이고 받쳐도 모자랄 듯했다.

*   *   *

이곳은 어딜까… 후끈거리는 공기가 자신의 주변을 감싸오고 희미하게 흔들리는 시야가 자신이 지금 움직이고 있음을 알려주었다. 흡사 요람(搖籃)에라도 파묻힌 듯 일정한 방향으로 시야가 계속해서 흔들렸다.

'…이곳은 어디일까…….'

생각은 할 수 있으되, 말은 입 밖으로 나올 줄을 몰랐다. 몸을 감싸고 있는 부드럽고 두터운 옷들 덕분에 제대로 몸을 운신할 수 없을 정도의 비좁음이 답답했다. 그래서 몸을 뒤척이려고 버둥거리려는 찰나에 어디선가 두런두런 들려오는 말소리가 있었다.

'본녀를 좀 도와주세요, 냉군사……'

어디선가 들어본 적 있는 낯익은 여인의 음성이었다. 그리고 그에 화답하듯 들려오는 사내의 음성은 처음 들어보는 것이었다.

'…제가 어찌 도와드리면 되겠습니까?'

'냉군사는 지금의 교주와 본녀의 아버님 중 어느 쪽을 더 존경하십니까……?'

여인의 질문 후 냉군사라는 사내에게서는 별 화답이 없었다. 생각을 하는 것인지 아니면 들리지 않게 수군대는 것인지는 알 길이 없었지만…….

도대체 저들은 누구란 말인가… 도대체……!!

답답했다. 목소리는 바로 지척에서 들리는데 다가갈 수조차 없고 소리를 지를 수조차 없었다. 그러던 찰나, 냉군사라는 사내의 말이 다시금 이어진다.

'솔직하게 말씀드리자면… 교주께서는 무공으로야 나무랄 데 없으신 분입니다만, 통솔력이 없습니다. 거대한 마교를 꾸려 나가기에는 역부족이지요.'

'그래서 드리는 말씀입니다. 본녀는 정당한 마교 계승자로서의 제 권리를 되찾고 싶습니다. 냉군사께서 절 좀 도와주세요.'

마교라는 이름이 거론되자 더 이상 가만히 있을 수가 없었다. 있는 힘을 다해 몸을 뒤척이자 주변이 크게 흔들렸다. 일어나기 위해 발을 들어 올렸다가 힘이 딸려서 도로 내려놓는 몸짓을 반복해 댔다.

'소공자께서 깨어나신 모양입니다.'

사내의 음성이 들리고 이내 자신의 몸을 붙잡아오는 여인의 손길이 있었다. 여인에게 가볍게 들린 그는 겨우 주변을 돌아볼 여유가 생겼다. 아직 흐릿한 시야였지만 대충 사물은 분간할 수 있었다.

'의젓하시군요. 울지도 않으시고……'

흐릿한 시야로 바라본 사내는 문사의 차림의 중년 사내였다. 이제 희끗희끗 새기 시작한 머리를 단정하게 묶어 내려 깐깐할 것처럼 보였다. 냉씨 성을 쓰고 있는 자답게 차갑고 쌀쌀맞아 보이는 인상이랄까. 하지만 젊은 시절 미남이란 소리를 들었을 법한 미형이다.

'나는 이 아이에게 단씨 성이 아니라 하후 성을 붙여주고 싶습니다. 단씨 성으로 마교가 이어가게 할 수야 없지 않습니까. 그러니… 본녀를 도와주세요. 배은망덕한 지금의 그를 몰아낼 수 있도록.'

이제야 깨달았다. 자신은 지금 꿈을 꾸고 있는 것임을… 그리고 지금의 이 기억들은 자신의 머리 속 깊숙했던 곳에 망각되어 있던 것들임을. 마지막으로 이 여인이 지금은 얼굴조차 잘 기억나지 않는 자신의 어머니라는 사실을 말이다.

'하나… 쉽지 않을 겁니다.'

'냉군사의 배포가 언제부터 그렇게 작아졌단 말입니까? 후훗… 배교를 이용하는 겁니다. 그 아이 만교려를 말이에요……'

*　　　　*　　　　*

"덥구만……"

인은 연신 손부채질을 하며 하늘을 올려다보았다. 추운 북방 출신인 그에게 있어 남쪽의 여름은 지옥이나 다름없었다. 더위에 강한 막리가 와는 전혀 상반되는 점이라 할 수 있겠다. 인을 비롯한 주위 사람들 모두가 손부채질을 하는 것과는 정 반대로 막리가는 유유자적 휘파람을 불고 있었다. 이보다 더한 폭염(暴炎)도 견디어본 그에겐 이 정도쯤이야 우스운 장난이었다.

"더 이상은 못 버티겠구만. 가서 시원한 빙정(氷晶)이라도 사와야겠소."

추운 혹한기에 어는 얼음을 잘라다가 저장고에 넣어놓고 이런 하절 기에 내다 파는 상인들이 많았다. 사람이 많이 몰리는, 더군다나 이렇게 쬐는 날씨라면 어디에라도 빙정 장수들이 있을 터, 인은 빙정이라도 사다가 입에 물고자 했다.

"보기보단 허약한 양반일세. 겨우 이 정도 더위를 갖고……."

막리가의 중얼거림에 주변에 있는 모두가 '헉' 하는 시선을 그에게로 주었다. 이 정도 더위가 아무것도 아니라니, 주변에 있는 모두는 쪄 죽을 판국이건만 태연스레 저런 말을 내뱉는 막리가가 얄미웠다.

한편 인은 빙정 장수를 찾아 비무장에서 벗어나 백의맹의 정문 쪽으로 향하고 있었다. 맹 안으로까진 노상(路上)들이 들어오지 못하니 아마도 정문 밖에 대거 몰려 있을 것이라 예상했던 것이다.

아니나 다를까, 인의 예상대로 갖가지 노점상들이 정문 바로 밖에 몰려 있었다. 여러 상인들이 많았지만 단연 인기가 높은 것은 빙정 장수였다. 그저 얼음 조각일 뿐인데도 사람들이 너도나도 몰려들어 빙정을 사가기 바빴다.

"빙정 하나 주시오."

인파 틈으로 끼어들어 겨우 빙정을 하나 구입해 입에 물자 그제야 조금 더위가 가시는 듯했다. 혀가 금방이라도 얼어버릴 듯 얼얼한 빙정이 그렇게 고마울 수가 없었다. 조금 비싼 값이긴 해도 말이다. 빙정을 쪽쪽 빨아 먹는 모습이 채신머리없어 보이긴 했지만 자신이 호호백발의 노인도 아니고 겉모습만은 창창한 청년이니 무슨 상관이겠는가.

'아… 시원타. 좋구만.'

빨리 사라지는 게 아까워서 살살 빨아 먹고는 있었지만 오도독 오도독 씹어 먹을 수 없는 게 한이라면 한이었다.

약간 긴 크기의 빙정을 입에 물고 다시 맹 안으로 들어서려는 인의 발길을 잡아끈 것은 다름 아닌… 몇 명의 사람들이었다. 인과는 반대편에서 다가오고 있던 인물들로 자기네들끼리 무어라 계속 이야기를 하며 걸어오던 중 붉은 매화가 수놓아진 옷을 입은 청년이 인의 어깨와 자신의 어깨를 맞부딪쳤다.

'…뭐냐, 이놈은. 왜 갑자기 와서 부딪치지……?'

인은 별 감응 없이 다시 발길을 옮기려 했다. 하나, 상대들은 그렇지 않은 모양이었다. 분명 자기네들이 와서 부딪친 것인데도 눈에 쌍심지를 켜고 인에게 따지려 들었다.

"이런 무례한 놈을 보았나, 사람과 부딪쳤으면 사과를 해야 할 것이 아니냐?!"

분위기를 보아하니 일부러 시비를 걸고 있는 것이 빤히 보였다. 먼저 와서 부딪쳐 놓고 사과를 하지 않는 것을 빌미로 화를 낸 뒤 싸울 작정인 듯 매화가 수놓아진 옷을 입은 청년뿐 아니라 그 옆에 있던 작자들도 한통속이 되어 뭐라고 떠들어댔다.

'뭐야, 이것들은.'

인은 기가 막혔지만 별로 화내고 싶지도, 자신이 먼저 손을 쓰고 싶지도 않았다. 일부러 시비 거는 게 뻔히 보이는 사람에게 말려들어 괜한 분란의 씨를 뿌리고 싶지 않은 것이다.

"아, 그랬소? 미안하오."

보통 이런 시비조에서는 버럭 화를 내거나 발끈해서 대응하기 마련이었다. 한데 미안하다고 정중히 사과해 오는 사람이 있을 줄이야 그들에게도 뜻밖이었다. 인은 사과했으면 됐겠지 싶어 다시 발을 떼어놓으려는데 일부러 시비 걸기를 작정한 자들이 순순히 보내줄 리가 없었다.

"옷을 더럽혀 놓고 사과만 하면 다냐?!"

"…더럽힌 옷을 빨아달란 말이오? 아니면 옷값을 물어달란 말이오? 도대체 본인에게 바라는 게 뭐요?"

아무래도 잘못 걸린 것 같다. 자신이 아무리 휘말려 들기 싫다고 해도 저쪽에서 시비를 걸려고 작정을 하고 있는 바에야… 순순히 빠져나갈 길이 요원했다.

"머리를 조아리며 사과를 해야지."

"내가 누군지는 아느냐?! 화산파의 제일가는 별호인 매화검수를 명호로 쓰고 있는 사람이니라."

"어서 당장 머리를 조아려라!"

주동이 된 매화 무늬의 젊은이와 그 옆에 있는 자들이 일제히 거들먹거렸다. 이들이 하는 꼬락서니를 보고 있자니 아주 가관이었다. 귀엽게 놀다 못해서 아주 죽지 못해 안달이 난 놈들이 아닌가. 하나, 더운 날씨 덕에 친히 훈계를 내리기도 귀찮았다. 보통 사람이라면 화산파라는 이름과, 한 명도 아닌 세 명이란 점이 걸려 그냥 사과하고 넘어 갔을지도 모르지만 인은 그런 것과는 거리가 멀어도 아주 한참 멀었다.

"난 지금 피곤하니 시비 걸지 말고 비키시오."

인의 시선으로는 아무리 봐도 이들이 아이들로 보였다. 아무리 호호 백발의 모습이 아니라 할지라도… 나이로 따지면 한참이나 어린 꼬맹이인 것이다.

"이놈이 미친 게 아니냐. 감히 네깟 놈이 본인에게 비키라 마라 한다는 것이냐?!"

"…그럼 누구한테 비키라고 해야 하오? 내 앞을 가로막은 것은 당신들이지 않소."

"그러니까 머리를 조아리고 정중히 사과를 하라는 게 아니냐."

인은 기가 막혔다. 그저 어린아이들의 재롱쯤으로 보아 넘기기에는 그 도가 넘어서고 있었다. 하나, 따끔하게 훈계를 내리고 싶어도 이런 대로변에서 사고를 칠 수는 없는 노릇이라 꾹꾹 참아 넘기고 있을 뿐이다.

"화산파라면 정파무림의 대들보라 불리는 구파일방의 일석을 차지하고 있지 않소? 그런 곳의 분께서 이리 처신하시다니, 저잣거리의 무뢰배들과 도대체 뭐가 다르단 말이오?"

"네놈이 무례를 범하고도 이리 뻗대니 내 친히 예의를 가르치기 위해서니라."

사실 매화검수는 아까 잔혹미영 덕에 제갈호연을 요절내지 못한 분풀이를 할 대상을 찾기 위해 눈을 번뜩거리고 있었다. 거기에 재수없게 걸려든 것이 인이었고, 매화검수는 무슨 수를 써서라도 시비를 걸고자 눈이 벌게져 있었다.

"무례라니, 본인은 아까 분명 정중히 사과를 했소이다. 더 어쩌란 말이오?"

인과 매화검수 사이에 시비가 붙자 사람들이 원을 그리며 모여들었다. 원래 제일 재미있는 구경이 싸움 구경이라지 않던가. 거기다가 일반인들의 시비와는 다르게 무림인들끼리의 시비니 그 흥미가 더했다.

"네놈, 고개를 조아리면 봐주려고 했거늘 더 이상 보아 넘겨서는 아니 되겠구나. 기어서 내 가랑이 사이를 지나가거라. 그렇다면 봐주마."

매화검수는 자신이 말해 놓고는 뭐가 그리 우스운지 그 일당과 웃어젖혔다. 그 본인은 호탕한 웃음이었다고 생각할지 몰라도 주변 사람들이 보기엔 전형적인 '비열한 악당의 웃음'이었다. 본래부터 이 주변 상인들이나 주민들로부터 불만을 사고 있었던 매화검수였기에 인에게는 동정표가 쌓여갔다.

"쯧쯧… 저걸 어째. 저 성질 더러운 놈에게 걸렸으니……."

"쉿, 입 조심하시게. 그런 소리가 저놈 귀에 들어가 보게. 우리가 무사할 성싶은가?"

"그래도 너무 딱하구먼. 아직 팔팔한 청춘(?)인 것 같은데……."

사방에서 수군거림이 일었다. 대부분의 평은 인을 동정하는 소리였다. 백의맹 주변에서 무림인들을 많이 상대하다 보니 어느 쪽이 강하고 약한지 정도는 평가할 수 있는 안목을 지녔던 것이다. 매화검수 쪽은 태양혈의 돌출도 두드러지고 기골도 장대한 데 반해서 저 청년은 태양혈의 돌출도 없고 그저 어디서 삼류검법 몇 개나 주워들었을 법한 떠돌이 무사의 전형적인 차림새에 등에 매고 있는 장검도 낡디낡은 것이었다.

'저걸 죽여, 살려…….'

평소라면 이런 도발에 넘어가지 않았을 인이었지만 아무래도 더위가 평정심을 잃게 한 모양이었다. 저놈들을 요절내고 싶다는 생각이 들고 있었으니까.

"싫다면 어찌하시겠소?"

"강제로라도 하게 만들어야지!"

매화검수가 눈짓하자 그 옆에 있던 두 명이 인의 앞으로 나섰다. 인은 푹 한숨을 내쉬며 이런 놈들을 상대로 출수해야 하는 상황을 원망했다. 하지만 인의 한숨 쉬는 모습은 다른 사람들이 보기에는 겁을 먹은 모습으로 비춰지고 있었다.

"이놈……!"

두 명이 동시에 검을 뽑아 들고 인에게로 달려들었다. 인은 차마 직접 상대하기도 뭐해 그저 움직임을 막을 수 있도록 그들의 혈도를 향해 지공을 날렸다. 인이 지공을 날리는 모습을 본 것은 여기 모여 있는 사람들 중 아무도 없었다.

"어… 어… 어……."

"어라…….'

달려오던 두 명이 갑자기 다리 근육에 마비가 오는 것을 느끼고 그 자리에 푹 고꾸라져 버렸다. 자신들 역시 다리를 움직이고 싶지만 근육은 그 명령을 따라주지 않았다. 몸을 일으키고자 끙끙대는 모습이 어지간히도 우스웠는지 사람들 사이에서는 숨죽인 웃음이 터져 나왔다. 우습기는 하지만 차마 대놓고 웃을 수 없는 까닭이었다.

"…잘 달려오시다가 왜 고꾸라지시오?"

인의 음성에는 야유가 섞여 있었다. 그동안 은평에게 받았던 상처(?)를 내친김에 풀기로 작정한 인은 본격적으로 나섰다. 신수들에게 둘러싸여서 왠지 멀게만 느껴지고 게다가 자신 역시 인간들 틈에서는 그리 약한 편이 아니냐 신수라는 그 이름이 어쩐지 자신감을 잃게 만들었다. 심리적으로 위축되어 있었다고나 할까……

"이, 이놈이… 무슨 요술을 부린 것이냐?!"

고꾸라진 놈 하나가 고함을 질렀다. 인은 시치미를 뚝 떼며 어깨를 으쓱해 보였다.

"아니, 댁들이 달려오시다가 넘어져 놓고서는 어째서 본인에게 뭐라 하는 것이오?"

"…이, 이놈이……!!"

단단히 열받은 두 명은 억지로 몸을 일으키다가 근육이 끊어질 듯한 통증을 느끼고는 다시 주저앉아 버렸다.

"크아아악……!"

"다, 다리가……."

자신의 똘마니(?)가 둘이나 당하자 매화검수는 더 이상 가만히 두고 볼 수가 없었던지 친히 앞으로 나섰다.

"네놈이 무슨 사술을 쓴 것인지는 모르나 나에게는 통하지 않을 것이다!"

'…얼씨구.'

인은 팔짱을 낀 채, 이놈을 어찌 요리할까 궁리했다. 최대한 소문이 나지 않는 방향 하에서 훈계를 내릴 방법은 그다지 많지 않았다.

'더워 죽겠구먼, 다 귀찮다. 그냥 가지 뭐.'

쨍쨍 내리쬐는 햇빛 덕분에 이도 저도 귀찮아진 인은 그냥 조용히 무시하고 가던 길을 가기로 마음먹었다. 저런 놈을 상대해 봤자 더운 햇볕에 빙정만 녹이는 일이 될 것이다.

"본인에게 더 이상 볼일이 없다면 이만 가보겠소."

"이놈, 가긴 어딜 간단 말이냐!"

"…본인에게 신경 쓰기보단 거기 널브러져 있는 두 명의 상태나 좀 보는 게 어떻겠소? 계속 저 상태로 두면 한 며칠간은 제대로 거동하지 못할 터인데."

"역시 네놈이 사술을 부렸군……?"

혈도를 조금 건드린 것을 같고 자꾸만 사술이라 우기는 저놈이 참 한심스러워 보였다. 무공을 배운 놈의 입에서 나오는 소리하고는… 화산파에서 제일 뛰어나다는 놈이 저 정도니 다른 놈들의 수준도 알 만했다. 화산파뿐만이 아니라 다른 구파일방의 후기지수들마저도 저런 지경이 아닐까 심히 걱정스러웠다.

"억지 피우지 마시오."

"네놈… 저 둘 때문에 내 여기서 너에게 직접 훈계를 내리지는 않겠으나 이름을 알려주고 가거라. 친히 네놈에게 비무를 신청할 것이다."

'쯧쯧… 더위을 먹으려면 좀 곱게 먹을 일이지.'

인은 기가 차서 말도 나오지 않았다. 억지를 부려도 좀 말이 되는 억지를 부려야 귀엽다, 귀엽다 하면서 봐줄 게 아닌가.

"내 이름은 인이오. 비무를 신청하든 말든 마음대로 하시오."

"한 글자로 이루어진 이름도 있단 말이냐?! 똑바로 대지 못할까!"

"…이름이 한 글자인 걸 어쩌겠소?"

더 이상 대꾸할 여력도 없었고 상대하기도 귀찮아 인은 뒤에서 매회검수가 뭐라고 짖어대든 그냥 내버려 두고 자신의 자리로 돌아왔다. 좌석으로 돌아오자 막리가가 싱글대며 그를 맞았다.

"빙정을 사려던 사람이 많았던가 보오. 왜 이리 늦었소?"

"웬 하루살이가 날아와서 시비를 걸지 뭐겠소."

일일이 설명하기도 귀찮았던지라 인은 그렇게만 말해 두었다. 뭐 좋은 일이라고 떠벌리겠는가.

비무를 벌이고 있는 단상 위를 힐끔 바라보니 변변치 못한 놈 두 명이 검을 맞부딪치고 있었다. 아직 쓸 만하다고 여겨지는 놈은 한 놈도 올라오지 않는 터라 점점 지겨워지고 있었다. 저런 피라미들의 싸움이나 보고 있어야 하다니, 차라리 돌아가서 은평이 하는 양이나 구경하는 게 더 건실(?)한 일일지도 모른다.

"영 재미가 없구려."

인과 마찬가지의 심정이었는지 막리가 역시 하품을 내뱉었다. 흥미진진한 비무가 되어야 하건만, 다른 사람들에게는 어찌 보일지 몰라도 절정의 고수들에게는 지루한 비무가 계속 이어지고 있었다.

둘 다 장외패(場外敗)를 당해 실격당하고 단상 위는 다시금 조용해졌다. 감독관인 교언명조차 하품을 해댈 정도이니 오죽하겠는가.

"출전자를 받겠소."

어제에 비해 부쩍 무더워진 날씨 탓인지 단상 위는 후끈후끈 달아올라 그 열기가 위로 올라오고 있었다. 그나마 군데군데 그늘진 좌석과는 달리 햇빛에 그대로 노출된 단상 위는 섣불리 나서려는 사람마저 끊기게 만들었다.

"…매화검수 오형창(誤佃昌). 출전하겠소."

한동안 조용하던 단상 위로 올라선 것은 매화검수 오형창이었다. 지금까지 올라오던 피라미들에 비하면 정검수호단의 일원이라는 것과 화산파의 후기지수들 중 가장 뛰어나다는 표식과도 다름없는 매화검수라는 호칭을 지닌, 나름대로 고수였다. 두드러진 태양혈과 허리춤에 찬 검에서 예기를 발해 그 무공이 나이에 비해 뛰어나다는 점도 알 수 있었다.

매화검수라는 별호를 들은 관중들은 지금까지 축 늘어져 있던 모습들과는 다르게 기대 어린 시선을 단상 위로 던졌다. 그가 나섰으니 지목한 상대와 겨루든 혹은 도전자와 겨루든 흥미진진한 싸움이 될 것이라는 예상에서였다.

"상대를 지목하시겠소?"

교언명의 물음에 오형창은 조용히 고개를 끄덕였다. 감히 자신에게 모욕을 준 놈을 찾아 만인이 보는 앞에서 수모를 되갚기 위해서 이 자리에 나왔던 것이다.

"인이란 자를 지목하겠소."

"…인?"

교언명은 고개를 갸웃거렸다. 별호는 거의 세 자에서 다섯 글자를 넣어 짓는 것이 보통이고 이름은 아무리 적어도 두 글자 이상은 되지 않던가. 한데 외자라니… 거기다가 들어본 적도 없는 이름이었다.

"그자가 밝히기를 인이라 하였소."

교언명은 어쩐지 아니다 싶으면서도 오형창이 저리 자신있게 말하는데 '그런 이름도 있소?' 라고 반문하기가 뭐했다.

"오 소협께서 지목하신 상대는 인이란 자요. 이 자리에 있다면 나오시오."

그저 좌석에다 대고 이리 외쳐 줄밖에.

한편 좌석에 있던 인은 황당한 마음에 혀를 차고 있었다. 저놈이 아주 단단히 벼른 모양이었다. 소동은 딱 질색이었건만… 지명당하고서

나가지 않으면 비겁자, 혹은 겁쟁이 등으로 모는 분위기로 미루어볼 때 반드시 나오게 하기 위해 저런 자리를 마련한 것이리라.

"노형을 지목한 것 아니오?"

막리가의 물음에 인은 가볍게 고개를 끄덕였다. 막리가는 인이 다른 상대와 겨루는 것을 보고 싶고 그의 실력을 평가해 보고 싶던 참에 마침 잘됐다고 여겼다. 하나, 인이 영 나갈 기미를 보이지 않자 그가 옆에서 조금 도움(?)을 주기로 마음먹었다.

"…인이란 이름을 쓰는 사람이 있긴 있나?"

"그런 이름을 쓰는 놈이 세상에 있을라구. 성 하나만 있거나 이름만 하나 있는 놈도 아니고……."

단상 위로 올라오는 사람이 없자 관중들의 수군거림이 일었다. 그러던 차에 어디선가 '여기 있소!' 라는 고함 소리가 울려 퍼졌다.

"인이란 이름을 쓰는 놈이 있었단 말인가?"

"가명이 아닐까?"

사람들의 웅성거림이 계속 심해지자 어수선한 분위기를 조금 정리해야겠다고 마음먹은 교언명이 나섰다. 이곳이 소란스러워지면 진행에 큰 차질을 빚질 않는가.

"조용히 하시오! 인이란 분이 있다면 어서 단상 위로 올라오시오!"

사람들은 '여기 있소!' 라는 소리가 난 곳으로 시선을 모았다. 그 자리에는 죽립을 눌러쓴 자와 뒤에 장검을 맨 사내가 앉아 있었다.

'…이자가……?!'

인은 괜히 나선 막리가가 얄미웠다. 아무리 젊은 모습을 하고 있기로서니 저런 피라미를 상대해야 하다니 자신의 검이 운다.

"이분이 바로 '인' 이란 분이시오!"

막리가는 한술 더 떠 인을 직접적으로 가리키며 호명했다. 막리가와 인, 이 두 개로 나누어져 있던 시선이 단숨에 인에게로 쏠렸다. 그리고 어서 나가라는 야유가 빗발쳤다. 지명당하고도 나가지 않으면 겁쟁이 라는 오명을 뒤집어쓰는 꼴이니 대부분의 사람들이라면 진작에 나갔을 것이나 인은 부답(不쏨)하며 영 움직일 기미가 없었다.

'분명 저자는 내 실력을 보고자 하는 것일 테지. 그렇다고 져버리자 니 성미에 안 맞고 이를 어쩐다……?'

막리가는 분명 자신의 실력을 파악하고자 일부러 내보내려 하는 것 이었다. 그의 직감이 그것을 말해 주고 있었다. 역시 나이는 헛으로 먹 는 게 아니었다.

'이런 곳에서 내 독문절기를 드러내서는 아니 된다. 최대한 알려진 문파의 무공을 쓰자.'

마침내 결정을 내린 인은 자리에서 천천히 일어났다. 자신의 실력을 드러내서는 안 된다는 생각으로 경공을 펼치는 것도 하나하나 생각해 보고 펼쳐야 했다.

'별일이로세. 정말로 인이란 이름을 쓰는 놈이 있다니… 역시 가명 이겠지……?'

교언명은 단상 위로 올라온 인을 찬찬히 뜯어보았다. 태양혈의 돌출 도 전혀 없었고, 너무 왜소하지도 장대하지도 않은 체구에 척 보기에는 평범한 사내에 불과했다. 저자가 반박귀진의 경지가 아니고서야 매화 검수를 이기기에는 부족할 것이었다.

"기수식을 취하시오."

교언명의 말에 따라 기수식을 취하는 동작 역시 인은 건성건성이었 다. 좌석보다 더욱 더운 단상 위는 괴로웠다. 거기다가 실력을 내보이지 않기 위해서 신경을 곤두세우고 있어야 하는 것은 쉬운 일이 아니다.

"네놈… 아까는 감히 날 능멸했으렸다?!"

'…능멸 좋아하시네.'

교언명이 단상 아래로 내려가자마자 본색을 드러내기 시작하는 그 모습에 인은 대꾸할 기운도 잃었다.

"버릇을 고쳐 주마."

'그래, 너 잘났다.'

인은 짜증이 역력한 동작으로 등 뒤의 장검을 뽑아냈다. 저런 피라미와 맞붙어야 할 자신의 검이 가련하기만 했다.

"양오검(養吾劍), 제일식!"

다른 자들의 눈에는 매화검수의 검이 비호처럼 날아든다 여길지도 모르겠지만 인의 눈에는 느릿느릿하기만 했다. 저렇게 느려서야 토끼 한 마리나 잡을까 싶을 정도로 말이다.

"삼재검(三才劍), 제일식."

인은 나름대로 자기가 아는 정파의 무공 중 무당파의 삼재검을 시전했다. 오래전 그가 강호를 떠돌 시기에는 무당파에서도 그 검법을 쓰는 자가 많았지만 지금에 와서는 이미 이십여 년 전에 실전되어 버린 검이었다. 무당파에서는 그 검법을 복원하기 위해 한참 애를 쓰고 있던 판국에 듣지도 보지도 못한 떠돌이가 삼재검을 시전했으니 놀랄밖에. 특히 장문인 급의 조금 나이를 먹은 무당파의 인사들은 모두 자리에서 벌떡 일어나 입을 벌렸다.

"저, 저것은… 삼재검이 아닙니까!!"

이십여 년 전, 서장의 침입으로 인해 절기를 잃어버린 문파가 어디

한둘이던가. 대부분은 포기하고 반쪽짜리 무공으로 가리키던지 아니면 아예 포기를 한 실정이었다. 하나, 무당파에서 반쪽짜리 무공이라니 가당키나 한가 말이다.

"놀랄 노 자구려. 어찌 저런 자가 우리 무당의 검을 알고 있단 말이오?!"

무당파 장문인과 그 일당(?)이 놀라 자빠지고 있는 것도 모른 채, 인은 적당히 봐줘가며 매화검수를 상대하고 있었다.

"…흥, 무당파의 검법에서 이름만 따온 게로구나."

제대로 삼재검을 본 적 없는 그이기에 그런 소리가 가능했던 것이다.

'제기랄, 적당히 봐주는 게 더 어렵구먼.'

인은 인상을 북북 쓰며 일부러 보법을 시전하는 도중 흔들리는 등의 실수를 연발하며 '이렇게 해서까지 살아야 하나?' 라는 회의적인 생각까지 품게 되었다.

"이놈……!!"

매화검수의 검이 날카롭게 예기를 발하며 인의 단전을 노려왔다. 인은 뒤로 밀리는 시늉을 연기하며 어찌하면 의심도 받지 않고 효과적으로 이놈을 거꾸러뜨릴 수 있을까 생각했다.

"매화난무(梅花亂舞)!"

그의 검이 요동치며 춤을 추듯 흔들거렸다. 빠르게 검을 움직이며 상대를 교란시키고자 하는 것이었다.

'…한참 멀었다, 이 애송아.'

인의 눈에는 그 검의 움직임이 고스란히 다 보이니 수법이 통할 리가 만무했다. 하나, 매화검수는 인이 겁먹었다고 생각했는지 득의만만한 미소를 지었다.

"고혼일검(孤魂一劍)!!"

이번에 인의 손에서 펼쳐진 검법은 남궁세가의 검법인 고혼일검이었다. 이 역시 이십 년 전 무당파와 마찬가지로 실전된 절기였기에 남궁세가 측에서도 온 힘을 기울여 복원시키고자 노력하던 것이었다.

"…저, 저자가 어찌 우리 남궁세가의 검법을 알고 있단 말이냐?!"

남궁가주는 놀라움을 감출 길 없어 앉은 자리에서 몸을 들썩거렸다. 남궁세가와 무당파의 제자들은 두 문파에서 실전된 절기를 동시에 내보인 인을 감탄, 그리고 경악의 시선으로 바라보았다.

"비류지흔(飛流指痕)!"

인의 손끝에서 방출된 지공에 이번에는 소림사 쪽에서 소란이 일었다. 지금 인의 손에서 쏘아져 나간 지공 역시 소림파의 절전비기 중 하나였던 것이다. 이십 년 전, 배교와 서장의 침입 때 정도든 마도든 거의 강호의 모든 문파가 절기를 소실하거나 절기를 익히고 있던 고수들을 잃었다. 그러니 인이 기억하고 있는 여러 문파의 무공들 대부분이 실전 절기일 수밖에. 물론 인이 활동하던 시기에는 보편화된 것이었지만 세월이 그만큼 많이 흘렀지 아니한가.

"…무량… 아, 아미타불……."

소림사의 방장인 공우 대사는 혼란스러워 하마터면 도교의 무량수불을 외울 뻔하는 실수를 범했다. 그만큼 그것은 놀라운 일이었다.

사람들이 놀라거나 말거나 인과 매화검수는 비무를 계속하고 있었다.

"어디서 빼다 박긴 잘 박았구나. 부끄럽지도 않느냐?! 형편없는 무공들을 가져다가 그런 이름을 붙이다니."

인이 제대로 배운 적은 없었고 수많은 자들과 겨루거나 옆에서 눈대
중으로 몇 번 보고 익힌 것들이긴 하나 제대로만 쓴다면 위력적인 것
들이었다. 다만 그를 봐주느라 일부러 그 위력을 줄인 것이지, 그것조
차 제대로 짐작하지 못하는 오형창이 불쌍할 뿐이다.

'그 눈을 해가지고 이 세상 어찌 살아가려고 그러냐, 이놈아.'

싸우다 보니 인은 점점 오형창이 가련하고 불쌍해 보였다. 저 안목
을 갖고서 화산파 제일의 기재라는 매화검수라는 별호를 따낸 게 기적
이질 않겠는가.

"금정검(金頂劍)!"

아미파의 젊은 여제자들이 많이 쓰는 검법을 펼쳤다. 남성이 펼치기
엔 너무 유(柔)하다는 것이 단점이었으나 인의 손에서 펼쳐지는 금정검
은 힘이 넘쳤다. 다만 위력은 인이 일부러 자제하고 있는 탓에 그다지
크지 않았다.

"…저, 저, 저것은 우리 아미의 금정검이 아니더냐?!"

현 아미파의 장문인인 정형사태(婑型師太)는 너무 놀라 손에 들고 있
던 불자를 바닥으로 떨어뜨렸다. 오십 년 전 금정검을 실전한 것으로
도 모자라 이십 년 전에는 난피풍검(亂披風劍)을 실전하고 얼마나 가슴
을 치며 후회했던가. 그 두 무공 중 하나인 금정검이 나타난 것이다.

"천성쾌검(天星快劍)!"

다시 한 번 인의 손에서 출수된 검법 때문에 이번에는 단상 옆에서
감독을 하고 있던 교언명이 억 소리를 냈다. 천성쾌검은 종남파의 절
기로 오래전 실전되지 않았던가.

"…똑같다. 장문인께 들었던 천성쾌검의 발출법과… 너무도 흡사
해."

도대체 각파의 실전 절기들을 능수능란하게 발휘하는 저자의 정체가 뭐란 말인가. 각파의 비전절기가 인의 손에서 출수되는 것을 지켜보는 문파 사람들의 공통된 생각이었다. 그리고 그런 인을 보고 놀라는 세 사람이 있었다. 바로 난영과, 막리가, 그리고 다향이었다.

"…저 사람……."

난영은 인을 알아보고는 고개를 설레설레 내저었다. 겉보기엔 그저 떠돌이 무사라고만 여겼는데 그의 손에서 발출되는 것들은 전부 어마어마한 실전 절기들이었다. 그것도 이미 이십 년 전이나 오십 년 전… 아주 오래전에 실전된.

'놀랍군. 상상 이상이다.'

어쩌면 저자가 포달랍궁의 실전 절기마저 알고 있을지도 모른다는 생각이 들었다. 물론 그 생각이 현실로 나타나는 것은 얼마 지나지 않아서였지만… 지금은 그저 생.각.에 불과했다.

"…마, 말도 안 돼. 저런 떠돌이가……."

별로 말을 해본 적은 없지만 한때나마 인과 함께 다녔던 적이 있는 다향이 말도 안 된다는 듯 고개를 내저었다. 하나, 그것은 사실이었다. 그리고 어쩌면 저자는 대단한 고수일지도 모른다는 생각을 하게 되었다.

"저자를 아느냐?"

옆에서 그녀의 부친인 연검천이 물어왔다. 다향은 고개를 끄덕여 긍정을 표시했다.

'…저자…….'

연검천은 단상 위를 내려다보며 고개를 끄덕였다. 저자는 지금 매화검수 오형창과 상대하면서 실력을 감추고 있었다. 태양혈이 돌출되지 않은 것으로 보아서는 이미 반박귀진의 경지에 올라 있는 자라고 감히 단언할 수 있었다.

'겨뤄보고 싶구먼.'

연검천은 저 사내와 겨뤄보고 싶다는 생각이 들었다. 가슴속에서 아주 오랜만에 무인으로서의 호승심이 기름 위에 붙은 불길마냥 활활 타오르고 있었다.

'이놈… 보통은 넘었군.'

매화검수 오형창은 내심 인의 실력을 인정할 수밖에 없었다. 하나, 자신이 아직 그보다는 한 수 위라는 확신을 갖고 있었다. 자신은 이미 어렸을 적에 화산파에 들어가 체계적으로 무공을 익혔으며 실력을 인정받고 윗대의 사형들을 제친 채 후기지수들 중 제일이라는 표식인 매화검수의 호칭을 따냈다. 언제나 사람들의 선망을 받는 앞자리에 서 있었던 그였다. 저런 놈에게 뒤진다는 생각은 말도 안 되는 일이었다.

"어디서 그럴싸한 이름을 빼다 박기는 아주 잘 박았구나."

어처구니없는 오형창의 말에 인은 대꾸하기마저 귀찮아졌다. 속으로 저놈에게 혀를 차주는 것조차 쓸모가 없다 여겨졌다. 질질 끌면서 비무를 이어가는 것도 귀찮고 이제는 그 끝을 봐야 할 때가 온 것이리라.

'…어떻게 하면 가장 이긴 것 같지 않게 이길 수 있을까.'

비무에 나와서 이런 고민을 하게 될 줄은 꿈에도 상상하지 못했다. 지는 것은 성미에 맞지 않고 그렇다고 제 실력을 발휘하자니 소동이 일 게 분명하고. 이리저리 진퇴양난(進退兩難)이랄까.

한편 오형창은 오형창대로 금방 쉽게 판가름이 날 것 같았던 비무가 계속 이어지자 짜증이 치밀고 있었다. 살살 자신의 공격을 피하며 엉터리 검법(?)을 늘어놓고 있질 않는가. 화산파의 여러 사제들과 자신의 사부님을 뵐 면목이 없었다. 겨우 이런 놈을 금세 이기지 못하다니… 사람들이 대체 자신에게 뭐라 말을 하겠는가 말이다.

"도대체 네놈의 사부가 누구냐? 아주 걸출하게 가르쳐 놨구나. 방어하는 자세가 그게 무어냐?! 발검(拔劍)의 자세 역시 형편없질 않느냐. 그 사부에 그 제자라더니… 딱 맞는 소리로구나."

오형창은 지금 자기 인생 최대의 실수를 범하고 있었다. 인 앞에서 사부님에 대한 모욕을 늘어놓는 것은 최대의 금기임을 물론 알지 못했겠지만, 입을 잘못 놀리면 패가망신(敗家亡身)한다는 옛 고사성어(古事成語)를 그대로 실천하는 것이었다.

그리고 인은 사부가 거론되자 눈빛이 확 변했다. 순한 빛이었던 눈에 싸늘한 냉기가 감돌아 바라보던 오형창으로 하여금 소름이 돋게 만들었다.

'뭐, 뭐냐, 이놈.'

인의 눈빛을 마주하는 순간, 자신은 약하디약한 초식 동물이고 눈앞에 있는 것은 사나운 맹수라는 생각이 들 정도의 오한이 전신을 휘감아왔다. 하나, 자신이 그렇다는 것을 나타낼 수는 없어 최대한 표정을 감췄다.

"귀엽다 귀엽다 하면서 봐주려 했더니 버르장머리가 애초부터 틀려먹었구나. 아해야, 내 본인이 직접 훈계를 내려주마."

화산파도 물이 많이 안 좋아진 듯했다. 자신이 강호를 주유하던 때만 해도 애들이 참 인사성도 밝고, 노인 공경이란 게 뭔지 아는 놈들이었는데 어디서 저런 안목없는 놈들만 데려다가 후기지수랍시고 길러놨는지, 한심할 따름이다.

"뭐라?!"

오형창은 자신이 순간 잘못 들은 게 아닐까 하는 착각이었다. 저놈이 간이 배 밖으로 나오지 않고서야 감히 자신에게 하대를 할 수 있겠는가.

"천저비류(天底斐溜)!"

감히 자신의 우상과도 다름없고, 부모와도 다름없는 사부를 거론한 자는 남녀노소를 막론하고 훈계를 내린다는 것이 인의 지론이었다. 즉, 간단명료하게 말해서 사부만 거론되면 머리가 돌아버린다는 소리였다.

"…저, 저건……."

인의 검은 장검임에도 불구하고 마치 연검처럼 낭창낭창하게 요동치는 파도의 모습으로 다가왔다. 그것은 그의 절기 중 하나인 천저비류. 오형창은 자신도 모르게 뒷걸음질쳤다. 인에게서 풍겨오는 기도와 그의 손에서 펼쳐지는 천저비류를 보고 겁을 집어먹은 것이었다. 하나, 인이 그것을 봐줄 리가 만무하다.

"겁을 집어먹었느냐?"

삼 장 정도 떨어져 있던 거리가 눈 깜짝할 사이에 좁혀졌다 했더니 바로 자신의 머리 위로 다가와 있었다.

"이… 이놈… 또 무슨 사술을 부리는 것이냐?!"

오형창은 마지막 자존심을 지키기 위해서라도 발악하듯 소리칠 수밖에 없었다. 인은 그런 그가 같잖았던지 비웃음을 띠었다.

"감히 남의 사부님에 대해 험담을 늘어놓았다면 그에 합당한 처우를 받는 것이 당연하질 않더냐. 보아라, 이것은 네놈이 비웃은 나의 사부께서 창안하신 무공이니라."

"…뭐?"

피하기 급급했던 오형창의 몸이 인의 검날에 스쳤다. 옷이 찢겨져 나가고 이내 붉은 피가 그의 옷을 물들였다. 비무를 하면서 상처를 입어본 기억이 거의 없는 오형창은 피를 보자 더 더욱 질려 버렸다.

"도망치게 내버려 둘 성싶더냐?"

보법을 써서 피하려는 자리마다 지공이 날아와 다리를 노렸다. 팔딱팔딱 뛰는 우스꽝스런 자세로 피할 수밖에 없도록 만들었다. 그야말로 고양이가 쥐를 사냥해 놓고는 산 채로 갖고 노는 광경과도 비슷했다.

"내 사부님의 험담을 입에 담은 자는 무사하지 못해!"

오형창은 귓가로 흘러드는 인의 목소리가 마치 구천지옥의 마귀의 울음소리같이 느껴졌다. 그가 그만큼이나 공포에 질렸다는 의미였다. 바로 앞에 있는 오형창도 오형창이지만 바로 아래서 지켜보는 교언명 역시 등골에 서늘한 기운이 도는 것을 느끼고 있었다. 그것은 비단 교언명뿐이 아니라 단상에서 가까운 거리에 있던 사람들이라면 모두 마찬가지였다.

'…바, 발이 움직여지지 않아!!'

오형창은 지금이라도 단상 위에서 뛰어내려 가고 싶은 마음이 간절했지만 고양이 앞의 생쥐마냥 다리가 굳어 움직여지질 않았다. 그의 얼굴이 점점 더 새파랗게 질려가는 것을 본 인은 코웃음을 쳤다.

"천양저류(天陽著溜)."

나지막한 인의 음성과 함께 다시 한 번 그의 검이 허공을 갈랐다. 흡사 붉은빛이 도는 듯 보이는 검의 날에서는 강한 양기가 발산되고 있었다. 그것을 볼 수 있었던 것은 장내에서도 몇 안 되는 소수뿐이었다.

'신기한 자… 저자가 날린 지공 중에는 오래전 멸문되었다는 북해

빙궁의 무공인 빙결지가 있었다. 그런 음의 무공과 저런 양의 무공을 동시에 지니고 있다니…….'

좌석에서 인을 예의주시하고 있던 연검천은 얼굴에 불신의 기색을 띠었다. 보통이라면 음과 양은 상극인지라 두 무공을 동시에 익히는 경우는 없었기 때문이다.

"멈추시오!!"

인에게서 뿜어져 나오는 살기 때문에 교언명은 오형창에게로 향하는 인의 검이 분명 살검(殺劍)이라 여겼다. 그래서 인의 검이 오형창에게 뻗어 나가는 순간, 멈추라 외친 것이다. 물론 이것을 인이 따라주지 않는다면 부질없는 짓이 될 터였지만… 다행히도 인의 검은 오형창의 바로 코앞에서 멈췄다.

"무슨 일인가?"

"그러게나 말일세."

상황을 잘 모르는 일반 관중들은 의아해했다. 매화검수 오형창의 압도적인 승리를 예상했으나 상황이 반전되어 도리어 이름없던 청년이 오형창을 압박해 들어가는 듯 보여 한참 흥미진진하던 차에 갑자기 교언명이 비무를 멈추게 했으니 의아할밖에.

"…흐……."

눈을 질끈 감고 있었던 오형창은 인의 검이 멈추자 그제야 헐떡이는 숨을 내쉬며 안심했다. 그리고 말려준(?) 교언명에게 진심으로 고마워하고 있었다.

"…어째서 멈추라 말렸느냐?"

분명 자신보다 나이가 어린 젊디젊은 청년이었다. 하나, 자연스럽게 흘러나오는 하대에도 교언명은 별다른 이질감을 느끼지 못했다. 화가 나지도 않았고 오히려 그의 하대를 받는 것이 자연스러운 것처럼 느껴졌다.

"오 소협을 향한 검에는 분명 살의가 실려 있다고 판단했소. 그대로 두면 피를 볼 것 같아 말린 게 죄란 말이오?"

교언명은 말을 하는 도중에도 자신의 동요를 최대한 감추기 위해 무진 애를 써야만 했다. 그리고 마지막 한마디를 내뱉었다.

"비무는 그대의 승리요. 오 소협은 어서 단상을 내려가시오."

'진정으로 마음을 다스리려면 아직 한참 먼 것 같구만. 그것을 자제하지 못하다니.'

교언명의 멈추라는 소리를 듣고 나서야 겨우 조금씩 평정을 되찾은 인은 자신의 행동을 후회하며 혀를 찼다. 사부의 이야기만 나오면 평정을 잃고 흥분하는 버릇이 아직 남아 있었던 모양이다. 게다가 자신을 보는 매화검수의 눈은 아까와는 달리 공포만이 가득한 눈이었다.

'쯧… 저런 놈을 후기지수로 양성한 화산파가 가엾구나.'

인은 이미 엎어진 물은 다시 주워 담을 수 없다는 생각으로 자신이 벌인 일에 더 이상 자책하지 않았다. 다만, 자신의 절기를 드러낸 것은 조금 께름칙했다.

거기다가 왠지 주변의 시선이 자신을 향해 있는 것 같다고 느꼈다. 물론 일반 관중들이야 예상외의 선전(?)을 거둔 것에 대해서 보내는 시선이지만 몇몇의 정도 문파들과 소수의 인물들이 보내는 시선은 전혀 다른 것이었다.

"본인은 기……."

인은 기권을 선언하고 얼른 단상 위에서 벗어나고 싶었다. 하나, 상황은 그런 인을 가만히 내버려 두지 않았다. 인보다는 그에게 비무를 요청하는 연검천의 목소리가 좀 더 빨랐다.

"자화검린 연검천, 비무를 청하는 바이오."

검린궁의 좌석이 마련되어 있는 곳으로 관중의 시선이 집중되고 인은 낭패한 눈으로 자신에게 비무를 청한 자를 바라보았다. 단색⋯ 아니, 자색의 빳빳한 무복을 단정히 걸친 사내였다. 이제 중년을 넘어서 장년으로 접어들고 있음에도 한창 때의 젊은이들 못지 않은 건장한 체구, 그리고 숱한 경험으로 인한 세파(世波)와 함께 연륜과 관록이 절로 묻어나는 듯했다.

"아, 아버님! 저런 자와 겨루려고 하시다니요. 아버님의 이름에 누가 될 뿐입니다."

다향은 새파랗게 질린 얼굴로 연검천을 만류했고 그의 뒤에 서 있던 아들들과 검린궁 소속의 무사들 역시 같은 생각인 듯 고개를 끄덕이며 연검천을 만류하는 말을 꺼내려 했다. 하나, 그런 움직임을 미리 알고 있었던 그는 손을 들어 냉큼 입을 막았다.

"나와 겨룰 만한 자인지 아닌지는 내가 정하는 것. 너희들이 상관할 바가 아니니라."

연검천은 자신만만하게 좌석에서 걸어나왔다.

'저놈은 또 뭐야, 거느린 자들이 많은 걸로 봐선⋯ 한 문파의 수장쯤은 되는 것 같은데?'

인은 혀를 찼다. 평범하게 살아가려고 하는 자신에게 세상은 너무 많은 시련(?)을 주고 있었다. 아직 보송보송한 털도 안 빠진 데다 버르장머리라곤 눈곱만치도 없는 똥강아지—아마도 오형창을 일컫는 듯—한 마리가 덤벼들지 않나, 이번에는 대가리에 피는 조금 마른 것 같지만 어리기는 마찬가지인 놈이 자신에게 비무를 하자고 달려든다.

'…아… 옛날이 그립구만.'

인사성 밝고 깍듯이 노인 공경할 줄 알며 고인(?)을 알아볼 줄 알았던 그 옛날의 강호가 너무도 그리워졌다.

인이 추억—이라 쓰고 망상이라 읽는다—에 잠겨 있는 사이 연검천은 세인들의 관심 어린 시선 속에서 단상 위로 오르고 있었다.

—궁주께오서 저런 자와 싸우실 필요가 정녕 있소?

교언명조차 연검천에게 전음을 보내 비무를 말리고 싶었다. 저 청년이 실전된 각파의 절기들을 꿰고 있다고는 하나 연검천이 친히 나서 싸울 만한 상대가 아니었다. 그러기엔 파급과 파장이 너무도 컸다. 그는 명색의 검란궁의 궁주요, 강호의 저명(著名)한 인사였다. 일으킨 지 얼마 되지 않은 문파치고는 급속한 속도로 세력을 키워 나가고 있었고 연검천의 명성 역시 젊은 검객들 사이에서는 드높았다. 그런 그가 저런 떠돌이(?)와 싸워서야 위신과 체면이 서질 않는 일이 아니겠는가.

—괘념치 마시오. 나는 저자와 반드시 겨뤄보고 싶소.

연검천은 교언명을 향해 살짝 고개를 저어 보였다. 그는 지금 검란궁의 궁주로서가 아니라 그저 한 사람의 검객으로서 저자를 대해보고 싶은 것이었다. 오랫동안 휴화산처럼 잠들어 있었던 투기가 용솟음친 달까.

'역시 내 눈은 틀리지 않았다.'

인의 눈에 아주 잠시 스쳐 지나간 짜증의 빛을 마주 대하고 있던 연검천만은 읽어냈다. 분명 자신과 겨루는 것을 짜증스러워하고 있었다. 그것은 즉, 자신을 가볍게 물리칠 수 있는 무공을 지닌 자라는 의미와도 일맥상통하지 않겠는가.

'본좌가 지닌 무공이 저자에게 얼마만큼의 흥미를 유발시킬 수 있느냐가 관건이겠군.'

어쩌면 겉으로 보이는 나이가 실제의 나이가 아닐 수도 있었다. 저런 무심한 눈은 몇십 년을 살아서 나오는 것이 아니었다. 실제의 나이가 백 세 가까이를 헤아리지만 장년처럼 보이는 자라던가, 장년의 나이임에도 이제 겨우 중년에 들어선 것처럼 보여 나이를 짐작하기 어려운 자들은 강호에 많이 존재했다. 하나, 노인에서 청년이 된다는 그런 경지는 그는 한 번도 들어본 적이 없었다.

―어떤 고인이시오?

인은 자신의 귓가로 흘러든 전음이 연검천의 것임을 알고 그에게 고개를 갸웃해 보였다. 늙은이(?) 특유의 능청이었다.

―고인이라니… 본인은 귀하의 뜻을 가늠치 못하겠소.

―이미 실전되거나 반쪽짜리 무공이 되어 있는 정도 각파의 무공을 두루두루 꿰고 있는 자가 고인이 아니라면 도대체 어느 누가 고인이란 말이오?

―…지금 실전이라 하셨소?!

인은 황당함을 금치 못했다. 자신이 활동하던 때까진 아니어도 적어도 백 년 전까지만 해도 각파의 대표적 무공이 실전이라… 이 어찌 황당하지 않겠는가.

연검천과 인이 전음으로 대화를 나누고 있는 사이 관중들은 웅성거렸다. 기수식을 취하지도 않고 둘이 빤히 쳐다보고만 있으니 의아해하는 것이 당연했다.

―고인께서는 오십 년 전과 이십 년 전 모두 실전된 무공들만을 골.라.서. 쓰셨소.

'…낭패다. 이거야말로 제 무덤을 판 격이 아닌가.'

인은 등줄기로 서늘한 식은땀이 흘러내리는 것을 느낄 수 있었다. 잘 알아봐야 했던 것을 순간의 판단만으로 행동에 옮기다니… 예전의 자신이라면 생각할 수조차 없는 일이었다. 역시 은평과 다니다 보니 머리가 점점 둔해지는 모양이었다.

'우선은 이 자리에서 벗어나야만 한다.'

더 이상 자신을 드러낼 순 없었다. 천무존 서화린이란 이름은 이미 오래전에 버린 이름… 자신은 그저 인으로서 조용하고 평범한 여생을 보내고 싶었다.

─실전이라니……? 어째서 실전이 되었단 말이오?

─배교과 서장의 침입으로 소실되고 그 무공을 익혔던 고수들 역시 고혼(孤魂)이 되어버린 지 오래이니 당연하지 않소? 구파일방이 무림세가나 여타 다른 문파들보다 그 세가 약해진 이유도 바로 그것에 있소. 그 난리 통에 고수들도 죽어 나가고 비급조차 문파 안에서 감쪽같이 사라졌소.

─사라지다니……?

─그 안에 배신자가 있었던 것이오. 사주를 받고 자파의 무공을 훔치거나 불태워 버렸소. 붙잡혀 파문을 당한 자도 있지만 이미 도망쳐 세외로 사라진 자들도 있소. 솔직히 말하자면 지금의 구파일방의 장문인들 역시… 아, 이 이야기는 그만둡시다.

연검천은 입을 다물었다. 이런 자리에서 할 이야기는 아니었던 것이다. 장문인들의 체면이란 것도 있고, 더군다나 자신 역시 한 문파를 이끄는 수장으로서 입을 가벼이 놀려서는 말이 되지 않으니.

─그대 역시 솔직히 말해 주시오.

―뭘 말이오?

조금 화제가 돌아갔다 싶었더니 다시 원점으로 돌아와 있었다. 참 끈질긴 놈이라 여기며 인은 심드렁히 대답했다.

―도대체 그대의 정체가 무엇이오? 마지막에 내보낸 그 천양저류와 천저비류란 초식은 약 이백여 년 전 강호를 주유했던 천무존의 무공이라 알고 있소. 본인이 틀린 것이오?

자신이 강호를 활동했던 것은 약 이백여 년 전, 그리고 은거를 시작했던 것은 백오십 여 년 전, 그리고 완전히 속세와의 인연을 끊었던 것은 백여 년 전이었다. 그야말로 범인들의 입장에서 보기에는 까마득한 세월이 아니던가. 한데 저자가 어찌 자신의 무공과 그 초식을 알고 있단 말인가. 자신을 아는 자들은 이미 한 줌 흙이 되어버렸거나 먼지가 되어 이 세상 어딘가를 떠돌고 있을 터인데…….

―그랬소? 몰랐소이다. 이 무공이 천무존이란 자의 것인 줄은…….

이렇게 된 바에야 철저히 능청을 떨기로 했다. 어차피 사람으로서 이백여 년을 넘게 살았다고 한다면 믿지 않을 것이고 드러내고 싶지도 않았다.

―본인의 사부가 그렇게 위대한 줄은 몰랐구려.

―…지금 사부라 하셨소?

인의 입에서는 있지도 않은 거짓말이 술술 흘러나왔다. 살아온 연륜만큼 그의 연기력은 탁월했다. 연검천마저 반신반의하며 속아 넘어갈 정도로 말이다.

―그렇소. 본인은 본디 화전민 출신이라오. 어느 날 아비를 따라 농사 짓기 좋을 만한 산림을 골라 태우기 위해 산을 헤매던 차에 본인은 길을 잃고 헤매게 되었소. 날은 저물고 어두워 겁에 질려 있던 내 눈에

발견된 것이 조그만 동굴이었다오. 그 동굴 안에 들어가 보니 사람의 것으로 보이는 인골이 있어 처음에는 겁에 질렸지만 승냥이들과 늑대들이 울부짖는 밖보다는 나을 것 같아 그 안에 들어가게 되었소. 그리고 거기서 발견한 것이 낡은 책자 한 권이었소.

연검천의 얼굴색이 시시각각으로 변하고 있었다. 인의 말에 따르면 그의 사부는 천무존이 되는 게 아닌가. 최고의 행운을 거머쥔 눈앞의 청년은 그런 것조차 모르고 있었던 듯했다. 하나, 그 눈빛은 어찌 설명해야 하는가. 분명 청년이 거짓을 말하고 있는 것 같지는 않았다. 연검천은 점점 혼란 속으로 빠져 들어갔다. 이 말을 믿어야 하는가, 말아야 하는가.

"비무를 하지 않을 작정이오?"

보다 못한 교언명이 옆에서 중얼거렸다. 연검천은 그제야 혼란 속에서 정신을 차렸다. 너무 오랫동안 지체했음을 깨닫고는 쯧 하고 혀를 찼다. 그의 말이 진실인지 아닌지를 판명하는 것은 조금 뒤로 미뤄야 할 듯싶다.

"잘 부탁드리겠소."

"…본인이야말로."

연검천이 저리까지 나오자 인은 얼른 져주고 내려가기로 마음먹었다.

"…기대가 되오. 존경해 오던 천무존의 무공을 직접 대면할 기회가 이리 오다니 말이오."

단상 아래 서 있던 교언명은 자신의 귀를 의심했다. 자신이 잘못 들은 게 아닌가 해서 말이다. 천무존이라니… 분명 연검천이 천무존이라 한 것을 똑똑히 들었지만 믿을 수 없었다. 그가 강호에서 자취를 감춘지 정확히 언제였던가, 강산이 바뀌어도 아주 단단히 바뀌었을 법한 세월이 아닌가.

'저런 입 싼 놈을 보았나!! 한 문파의 수장이라는 놈의 주둥이가 저리도 가벼워서야……!! 그 밑에 있는 놈들이 불쌍하구나.'

인은 기함을 했지만 이미 엎질러진 물이었다. 이럴 줄 알았으면 끝까지 시침을 떼었을 것을 괜히 머리를 굴린다고 한 일이 도로아미타불이 되고 말았다. 천무존이든 천무존의 제자(?)든 어느 쪽이나 세인들의 관심을 받을 터였다.

'비밀을 지켜주시오란 말을 했어야 했거늘……'

인이 이를 부득부득 갈든 말든 연검천은 검을 세우고 공격할 자세를 취해왔다.

"자환검결이란 무공이오."

연검천의 이름과도 다름없는 무공이었다. 그에게 자화검린이라는 별호를 가져다 준 것도, 지금의 검린궁을 세우게 된 것도 전부 이 무공의 탓이었다.

"…자륜검벽!"

연검천의 검끝에서 짙은 자색이 일어났다. 그의 딸인 연다향이 펼쳤을 때와는 비교도 되지 않을 만큼 색이 진했다.

'…망할, 도대체 어떤 무공이 실전되지 않은 것인지 알 수가 있나.'

자신이 썼던 정파의 무공이 모두 실전됐다 하니 그야말로 시선을 붙들어 맨 꼴이 아닌가. 거기다가 어떤 무공이 실전됐고 어떤 무공이 아직까지 남아 있는지를 모르니 함부로 쓰기도 뭐했다. 자신이 멸문시켰던 북해빙궁의 무공은 조금 알고 있었지만 함부로 음기가 강한 무공을 쓰는 것 역시 시선을 끌게 될 터. 그렇다고 절기를 드러낼 수도 없고 한마디로 이럴 수도 저럴 수도 없는 상황이었다.

"…어째서 공격을 하지 않소?"

연검천이 으르렁거렸다. 자색이 실린 자신의 검을 이리저리 피하기만 할 뿐, 인의 손에 쥐어진 장검은 통 공격을 할 줄 몰랐다.

'…누군 안 하고 싶어서 안 하냐?! 저게 어디서 눈을 부라려. 버릇없고 입 싼 놈 같으니.'

인의 이마에 힘줄이 튀어 올랐다. 역시 어린 것(?)치고 버릇 제대로 박혀먹은 놈을 보지 못했다. 인은 고심한 끝에 한 가지 무공을 떠올렸다.

'왜 진작 이걸 떠올리지 못했을까.'

그가 떠올린 것은 바로 녹림의 무공이었다.

28

음주 만행 사건

음주 만행 사건

은평은 탁자 위의 조그만 주전자를 뚫어져라 노려보고 있었다. 주전
자 안에서 찰랑거리는 액체는 분명 느낄 수 있는데 아직 그녀에게 있
어서 변화시키는 것은 힘겨운 일인 것 같았다. 그 아래에서는 백호가
은평의 발치에 매달려 있고 청룡은 조금 떨어진 곳에서 은평을 바라보
고 있었다.

"…도대체 너, 뭘 그렇게 노려보고 있나?"

"이걸 술로 만들어보려고."

은평이 건성건성 대답했다. 청룡은 은평의 대답에 코웃음을 쳤다.
이제 겨우 걸음마를 시작하면서 걸으려고 드는 게 가소로웠던 것이다.

"말이 되냐, 물을 술로 만든다는 게?"

"내가 아는 놈(?)은 하던데?"

"넌 이제 겨우 발걸음을 떼어놓은 상태잖아. 가능할 리가 없다니까."

청룡의 호언장담에 은평은 기분이 조금 상한 듯싶었다. 입을 삐죽거리면서 자꾸 발 밑에서 낑낑대고 있던 백호를 품으로 안아 들었다.

"꼭 못하리란 보장은 없잖아."

"그렇다고 하리란 보장은 있냐?"

청룡은 주전자가 놓여 있던 탁자 위에 턱을 괴었다. 그리고 주전자를 툭툭 내려치며 핀잔을 주었다.

"그래서 아까부터 주전자만 뚫어져라 쳐다봤냐? 그래서 성공했어?"

그러면서 주전자의 뚜껑을 열어 안을 들여다보았다. 안에는 맑은 물이 찰랑거리며 들어 있었다. 아마도 은평이 성공한 것은 아닌 모양이었다. 청룡은 혀를 차며 주전자 위 허공에서 손가락을 둥글게 돌렸다.

"자, 봐봐."

그러고는 대뜸 은평에게 주전자를 건넸다. 은평이 주전자 안을 들여다보자 맑은 물이 아닌 투명한 빛의 연녹색 액체가 찰랑대며 들어 있었다. 그윽한 향취까지 풍기는 것으로 보아 절대 물은 아니었다.

"…이게 뭐야?"

"뭐긴 뭐야, 네가 만들려고 애썼던 술이지. 이건 일종의 기교(技巧)라고. 겨우 걸음마 시작한 게 기교를 부리려고 드냐? 아직 천 년은 일러."

청룡은 다시 주전자 위 허공에서 손가락을 튕겼다. 그윽한 향취를 풍기던 연녹색 액체는 다시 찰랑거리는 맑은 물로 되돌아갔다.

"배운 거나 열심히 복습하서. 그 원리만 알면 이런 기교 부리는 것도 머지않아서 할 수 있을 테니. 도대체 이런 건 어디서 보고 와서……."

청룡은 못내 귀엽다는 투로 은평의 머리를 쓱쓱 쓰다듬어 주었다. 은평을 가르치고 있는 동안은 은평이 보복을 하지 못한다는 것을 이용한 행동이었다. 은평은 못마땅한 투로 청룡의 손을 홱 쳐냈다.

"어린애 취급하지 마! 나도 할 수 있다고!!"

"그래그래, 누가 뭐라던? 그렇지만 이건 기교라고. 네가 하기엔 아직 일러. 차라리 물을 공중에 띄우거나 해보는 건 어때? 더 쉬울 텐데."

청룡이 주전자로 손가락을 뻗자, 주전자의 주둥이에서 안에 담겨 있던 물이 허공으로 빠져나오기 시작했다. 아무것도 없는 허공에 둥둥 떠 있는 모습으로 청룡의 손끝을 따라 이리저리 모양이 바뀌며 움직였다. 둥글게도 변했다가 뱀처럼 기다란 모습으로도 변화하고 청룡이 손끝을 돌리는 모양을 따라 곡선을 그리기도 했다.

"…아직 이 정도까진 할 수 없을 테지만 노력 여하에 따라서는 물을 허공에 띄우는 것 자체는 가능할 거야. 열심히 해봐."

물을 다시 주전자에 담아놓으며 청룡이 얄밉게 싱글거렸다.

"자꾸 무시하지 마!"

"건지도 못하는 게 자꾸 날리려고만 드니 가소로워서 그런다, 왜?"

청룡은 일부러 은평을 살살 약 올리고 있었다. 약이 오르면 오기가 생겨서라도 또 다른 뭔가를 해내지 않을까 하는 것 때문이었다.

"당장 나가아아앗!!"

"네네, 분부대로 합죠."

청룡은 유쾌하게 웃으며 얼른 방을 빠져나갔다. 그의 행동은 실로 현명한 것이었다. 더 놀려먹었다가는 은평의 응징이 시작될 뻔했으니 말이다.

[…무덤을 파시는군요. 그러다가 나중에 어쩌시려고…….]

백호의 걱정스런 한숨이 흘러나왔다. 지금이야 그렇다 쳐도 나중에는 도대체 어쩌려고 아주 막 나가는(?) 것일까. 백호의 걱정과는 다르게 은평은 분노로 몸을 부들부들 떨지도 않았고 발을 동동 구르지도 않았다. 그저 주전자를 멍하니 바라보고 있을 뿐이었다.

"내가 바보인 걸까?"

[아닙니다, 은평님! 은평님이 바보라뇨! 저건 기를 능숙히 다룰 수 있게 되면 얼마든지 가능하다구요.]

백호가 은평의 팔에 두 앞발을 얹고 고개를 도리도리 내저어가며 위로(?)했다. 은평은 피식피식 웃으며 백호의 머리를 쓰다듬었다.

"위로해 주는 거야? 근데 말야, 이거 너도 할 수 있어?"

뭔가 예전의 은평과는 다른 반응이었다. 백호는 혼잣말하듯 자그맣게 대답했다.

[…하기야 합니다.]

"이 배신자!"

[제가 어째서 배신자입니까?]

백호는 억울했다. 저거는 누구나 다하는 기교인데 어째서 배신자가 되어야 하는가. 그럼 하는 걸 못합니다라고 말했어야 했단 말인가.

"시끄러워. 내가 배신자면 배신자인 거지! 말이 많아."

은평은 다시 백호를 아래에 내려놓고 주전자를 뚫어져라 노려보았다. 자꾸 약 올리고 간 청룡의 콧대를 눌러주기 위해서라도 저 물을 술로 바꿔놓고야 말겠다고 생각했다. 잘하면 될 것도 같은데 영 되지 않으니 자꾸 오기가 생겼다.

[…어려울 텐데… 포기하시고 차라리 다른 것에 도전해 보시죠.]

"지금 뭐라고 했어?"

[…아뇨, 아무 말도. 제가 무슨 말을 했다고 그러십니까.]

백호는 은평과 지내게 되면서 능청이 부쩍 늘었다. 먼 산을 바라보며 휘파람을 분다던가, 괜히 아무것도 없는 허공에 앞발을 휘저으며 놀기 등등.

"아아악!!"

은평이 주전자를 뚫어져라 바라보기를 어언 반 시진. 아무런 변화가 없자 짜증이 치민 나머지 입술을 깨물며 자리에서 벌떡 일어났다.

[왜 그러십니까?]

졸다가 반쯤 깨서 정신없는 눈으로 백호가 은평을 올려다보았다. 은평은 단단히 틀어졌는지 주전자 주둥이를 입에 대고 벌컥거리며 안에 담긴 액체를 목구멍으로 넘겼다. 턱과 옷자락으로 미처 입 안에 넣지 못한 액체가 몇 방울씩 흘러내렸다.

"다시 가서 물 떠와. 처음부터 다시 할 거야!!"

은평은 백호의 입에 주전자를 물렸다. 백호는 어이없음에 한숨만 새어 나왔다. 물론 물 떠다주는 게 어려운 일은 아니었다. 자신이 수기의 신수가 아닌 관계로 물을 뜨려면 천상 사람들이 많이 몰리는 우물가로 나가야 하는데 그때마다 귀엽다며 머리를 쓰다듬질 않나 먹으라며 보기에도 역겨운 동물들의 살점을 내어주는 것이었다. 그것이 백호에게는 고역이 아닐 수 없었다.

그리고 백호의 물 떠오기는 그 후로도 여러 번 계속되었다.

*　　　　*　　　　*

"임녹청천(林綠淸川)!!"

인의 손에서 펼쳐진 것은 듣지도 보지도 못한 무공이었다. 간단한 초식이지만 장검 끝에 실린 파괴력은 대단했다. 연검천에게 휘두른 검을 그가 피하자 단상 끝에 박혀 버렸는데 그때마다 움푹움푹 홈이 패일 만큼의 파괴력이었다.

'도대체 저게 어디의 무공이란 말인가?'

초식은 간단하기 이를 데 없었지만 파괴력으로 보아서 분명 이름있는 무공이 분명할진데 한 번도 들어본 적이 없으니 답답했다.

하나, 인의 손에서 펼쳐진 이 무공을 알아보는 자들이 소수 있었다. 정도에서 멸시당하고 마도에서도 하류 잡배들과 다름없는 사파로 취급되어 있던… 바로 녹림도들이었다. 인의 손에서 펼쳐진 임녹청천은 약 백여 년 전까지 활동했다던 녹림의 여걸 녹위랑(綠位朗) 하소군(夏素珺)이 즐겨 썼다고 전해지는 무공이었던 것이다. 실전되지는 않았지만 그녀가 쓰는 것만큼의 위력이 나오지 않아 삼류의 무공으로 치부되어 가던 실정이었다.

"녹 위후(綠位后)―녹림도들이 자존심을 세우기 위해 녹위랑을 높여 부르는 호칭―께서 즐겨 쓰셨다던 초식이 아닌가……."

한 문파로 취급되지도 못해 좌석도 따로 마련되어 있지 않은 녹림이었다. 그렇기에 정사 중간의 좌석에 끼어 붙어 앉지도 못하고 따로 떨어져 앉아 비무를 관전할 수밖에 없었던 그들은 감격에 겨워했다.

'…저급하기 이를 데 없는 녹림도들의 무공이 아닌가.'

연검천의 눈살이 짙게 찌푸려졌다. 자신이 바랐던 것은 이런 강호 잡배들의 무공이 아닌 천무존의 무공이었다. 그가 쓰던 무공은 그 어디서도 볼 수 없었던 강한 양기의 무공, 거기다가 어느 문파였는지도 불분명했고 천무존이 활동할 당시에도 제자는 전혀 키우지 않았기 때문에 그의 대에서 실질적으로 끊겼다고 할 수 있었다. 진위 여부는 확인할 수 없지만 그의 비급을 동굴에서 발견했다고 하는 자와 만났으니 어찌 보고 싶지 않겠는가.

"지금 본좌를 무시하는 것이오? 당신이 익힌… 천무존의 무공을 보여주시오!!"

'내 무공, 내가 안 쓰겠다는데 저게 어디다 대고 눈을 부라려. 몰래 밤에 찾아가서 자근자근 밟아놓을까?'

아까 천무존 어쩌고를 입에 담은 이후 연검천은 단단히 찍힌 몸이었다. 어떤 말을 하든 곱게 보이지 않고 어떤 행동을 하든 오만불손한 자로 생각되는 모양이니… 실로 불쌍한 놈이 아닐 수 없었다.

'이런저런 무공으로 질질 끌다가 내려가야겠군.'

인은 어떻게 하면 가장 효과적으로, 의심 가는 부분없이 질 수 있을까를 고민했다. 지금까지 이겨본 적은 있어도 져본 적은 자신의 사부님을 제외하고는 전무하므로 나름대로 심각한 고민이 아닐 수 없었다.

"자청만화(紫晴滿花)!"

연검천의 검을 따라 자색의 빛이 마치 무리를 이루어 흩어져 내렸다. 고운 자색 빛깔과 맞물려 마치 꽃비를 보는 듯하다.

'옳지, 잘됐군.'

인은 지금이 바로 호기라고 생각하고 흩날리는 자색에 팔뚝을 대었다. 흩날리는 자색의 검기들을 피하는 듯한 모습으로 애써 꾸몄지만 가까이 있던 연검천은 눈치 챌 수 있었다. 인이 일부러 상처를 입으려 하는 것을. 다시 검기를 회수하려 해도 이미 때는 늦어 있었다. 그리고 검기가 실린 자색은 인의 옷을 찢고 팔에 긁힌 듯한 상처를 만들었다. 그리고 상처 입은 부위의 혈을 움직여 일부러 피가 흘러내리도록 했다. 심한 상처를 입은 것처럼 보이게 말이다.

단상 위로 인의 팔에서 흘러내린 피가 방울져 떨어졌다. 인의 피는 선홍색이 아닌 굉장히 짙은 검붉은 빛을 띠고 있었다.

'짙은 피⋯⋯.'

인은 피가 흘러내리는 팔을 다른 팔로 붙잡았다. 이 자리를 벗어나기 위함이었지만 자신의 짙은 피 색을 보는 것은 괴로움을 수반했다. 가슴 한구석이 지끈거려 오는⋯⋯.

"⋯중지하시오!!"

교언명은 우선 심한 상처를 입으면 비무를 중단시켜야 한다는 규칙에 충실해 둘의 비무를 중단시키기로 마음먹었다.

"그럴 수 없소!!"

연검천이 비무를 말리려고 단상 위로 올라오는 교언명을 제지하였다. 비무를 중지시키는 데 이의를 제기한 것은 연검천뿐이었기에 모두 의아한 듯 웅성거림이 일었다. 인도 뜻밖이라는 듯 눈썹을 꿈틀거렸다.

"잘 아시다시피 어느 상대방이 상처를 입으면 비무를 중지시키도록 되어 있소. 가벼운 긁힘도 아니고 저렇게 피가 흘러내릴 정도의 상세라면⋯⋯."

"저자가 상처를 입었는지 안 입었는지는 공격한 내가 더 잘 알고 있소! 비무는 중지하지 않을 것이오."

연검천의 발언은 괴이쩍은 것이었다. 강호의 선망을 얻고 있는 그가 어찌하여 억지(?)를 부린단 말인가. 더군다나 자신보다 연배도 훨씬 아래인 데다가 별호조차 없는 자를 상대로 비무를 취한 것도 이상하거늘.

"그럼 저자의 상세를 살핀 뒤 연궁주의 말대로 심하지 않다면 다시 비무를 재개토록 하겠소."

교언명 역시 연검천의 억지에 눈살을 찌푸렸지만 상대가 상대인지라 내색치는 않고 한 발 물러섰다.

'…어쭈, 저게 아주 대놓고 개기네.'

인은 스스로 몸에 상처까지 입혀야 하는 상황에 이르렀다.

"참 의심도 많소. 어차피 그 실력의 차이가 확실하거늘 그렇게 해서까지 본인에게 망신을 줘야 속이 풀리시는 게요?"

인의 말에 웅성거림이 더욱더 커져만 갔다. 누가 봐도 연검천이 억지 아닌 억지를 부리고 있는 것으로 보였으니 말이다. 그것도 이름없는 무림 초출을 상대로. 물론 연검천과 대등하진 않아도 그럭저럭 겨룰 정도이니 그 실력은 알아줄 만(?)했지만.

"정도라고 자처하는 놈들이 다 그렇지, 별수있나."

"옳소!"

마도 편에서 연검천을 조롱하는 웃음소리가 흘러나왔다. 백도 쪽, 특히 검린궁 쪽은 울컥했지만 별다른 반격은 하지 않았다.

"연궁주의 승리요! 비무를 끝내시오!"

그리고 백도의 한편에서도 연검천에게 이만 물러서라는 말이 들려왔다. 여론이 점점 연검천의 승리(?)를 확실시하고 있으니 그로서도 더이상 뻗댈 재간이 없었다. 다만 인이란 자를 예의 주시해 보겠다는 마음과 인의 정체도 캐보겠다는 마음을 굳혔을 뿐이었다.

*　　　*　　　*

"다시!!"

백호는 추욱 늘어지는 몸을 애써 일으켜 세우고 주전자를 입에 물었다. 자신이 물을 떠 나르는 게 벌써 몇 번째인지 모른다.

"아악, 짜증나!! 대체 왜 안 되는 거냐구!!"

은평은 하다가 짜증이 나면 주전자에 있는 물을 홧김에 벌컥벌컥 전부 마셔 버리고 백호에게 다시 떠오도록 하였다. 물이라도 좀 시원하면 기분이 풀리겠지만 오랫동안 놔두었던 물은 미적지근해서 마셔도 더욱더 성질만 돋울 뿐이었다. 거기다가 여름 날씨라 그런지 너무 오래 놔두면 물 맛이 변하는 듯싶었다. 저번부터 맛이 조금 변질되어 있었다. 썩은 냄새와 함께 씁쓰름한 맛이 났달까.

"…짜증나……."

화가 나서인지 온몸에 열이 쏠리는 기분이 들었다. 벌써 날은 어두워지고 있는데 청룡이 이 꼴을 보면 또 얼마나 놀려댈지, 그 생각만 떠올리면 은평은 물을 술로 바꾸는 일을 멈출 수 없었다. 거기다가 인도이 모습을 보면 놀려댈 거란 생각이 들자 더욱더 우울해졌다. 자신의 못난 모습을 좋아하는 사람이 주변에는 너무도 많았다.

[여기 떠왔습니다.]

백호가 다시 떠온 주전자를 잡아채듯 빼앗아 들고 노려보며 물을 술로 만들기에 도전했다.

[…저거 오늘 안에 끝날 수 있을까…….]

조금 있으면 나갔던 현무가 돌아올 시간이었다. 그 안에는 좀 포기해 줬으면 좋겠는데 도통 그럴 기미가 없었다. 그리고 백호의 걱정 속에 해는 뉘엿뉘엿 기울어져 갔다.

"……!!"

은평이 주전자 속의 물을 벌컥벌컥 마셔 버리고 바닥에 털썩 주저앉았다. 백호는 쭈그리고 있던 몸을 일으켜 은평이 '다시 떠와' 라는 말을 하기 전에 미리 주전자를 입에 물었다. 한데… 은평이 뭔가 좀 이상했다. 고개를 무릎에 푹 처박고 미동도 없는 것이다.

[저… 은평님……?]

백호가 조심스럽게 은평의 뒤로 다가가려고 할 때, 인기척이 들리며 청룡과 인, 그리고 현무, 막리가 등이 문을 열고 안으로 들어섰다.

"뭐야, 아직도 하고 있었냐?"

청룡은 주전자를 입에 문 백호를 보고는 머리를 긁적였다. 포기해도 진작에 포기하고 물러설 줄 알았는데 아직까지 하고 있어서 의외였던 모양이다.

"아직도라니? 뭘 하고 있었길래……?"

인이 고개를 갸웃거리고 현무는 아무 말 없이 주변 정황을 둘러보았다. 막리가는 호랑이가 주전자를 물어 들고 있는 광경을 보고는 참 신통한 놈이라 여겼다.

"…야, 고개 수그리고 뭐 하냐?"

청룡이 은평의 뒤로 다가가 등을 툭툭 건드렸다. 은평이 고개를 쳐들더니 배시시 웃는 낯으로 뒤를 돌아보았다. 약간 상기된 붉은 볼과 은평답지 않은(?) 배시시한 웃음이 맞물려 묘한 분위기였다.

"헤헤헤, 청룡이다… 청료오오옹~"

은평이 청룡의 목덜미에 매달려 왔다. 헤실헤실 짓는 웃음과 평소에는 절대 보지 못할 애교 섞인 목소리까지… 청룡은 '이건 은평의 모습을 가장한 다른 놈이다' 라는 생각마저 들었을 정도였다.

"얘가 뭐 잘못 먹었나? 왜 이래!"

청룡은 은평을 떼어내려고 해보지만 어쩌나 찰싹 달라붙었는지 떨어질 생각을 하지 않고 조금 뒤에 떨어져 있던 인의 시선은 점점 도끼눈이 되어 청룡에게로 쏘아져 나갔다.

"야, 좀 놔라!"

[은평님!]

청룡은 은평을 떼어내려 안달하고 백호는 은평의 치맛자락을 입에 물고 어떻게 해서든 아래로 끌어내려 보기 위해서 안간힘을 썼다. 그 광경을 팔짱 끼고 강 건너 불 구경하듯 지켜보고 있는 현무, 그리고 뒷머리를 긁적이며 어찌 난설지 고민스러운 막리가였다.

"인, 뭐 하고 있어?! 얘 좀 떼봐."

청룡의 말에 인이 달려와 은평을 청룡에게서 잡아 떼려고 애를 썼다. 은평에게로 가까이 가자 어쩐지 달콤한 향기와 함께 씁쓸한 냄새가 동시에 풍겼다.

"술 취했나……?"

"설마……!"

청룡이 고개를 가로저었다. 술이라니, 선인이 술에 취하다니 말이 되는가. 선인의 주식이 바로 술이 아니던가. 선계에 있는 놈들치고 술 대작 못하는 놈이 없었고 술 먹고 취해서 주정 부렸다던 선인 역시 들은 바도 본 바도 없었다.

"술에 취했을 리가 없다구!"

"그런데 왜 술에 취한 '전형적인' 모습으로 해롱대는 건데!!"

"그걸 낸들 아냐!"

인과 청룡이 은평을 사이에 놓고 말다툼을 벌이고 있는 사이 백호는 어떻게든 은평을 청룡과 떼어놓으려 혼자서 안간힘을 쓰고 있었다. 그런 백호의 눈에 손놓고 구경 중(?)인 현무가 들어왔다.

[현무님!! 좀 도와주세요!]

백호의 외침에 현무가 고개를 돌려 백호 쪽을 가만히 바라보았다. 그러더니 무슨 생각을 품은 것인지 막리가의 옷깃을 잡아챘다.

"…따라와라. 술 취한 모습 구경하고 있어봤자 좋을 것 없다."

"…에? 아, 아니, 그게……."

현무의 박력에 밀려 막리가는 엉거주춤 현무가 이끄는 대로 따라나섰다. 그 광경을 보고 있던 백호는 백호대로 기가 막혔다. 은평을 떼어내는 걸 도와달라고 그랬지 누가 저딴 인간 따위를 밖으로 끌고 나가 달라고 했던가.

[현무님!! 그게 도와주시는 겁니까?!]

"…이 인간을 잡아놓고 있을 테니 주술을 쓰든 뭘 하든 알아서들 해결해라……."

백호는 아마도 자신이 말한 도움의 의미를 잘못 알아들은 듯했다. 백호가 청한 도움의 의미는 은평을 청룡으로부터 떼어내게 힘을 보태달라는 것이었거늘.

"야! 정신 좀 차려!"

말다툼 끝에 속이 터졌던 인이 고함을 쳤다. 헤실헤실 웃고 있던 은평이 인 쪽으로 게슴츠레 눈을 떴다. 평소의 은평답지 않게 살살 눈웃음 치는 모습이 어쩐지 낯설면서도 의외로 잘 어울렸다(?).

"인이다아아… 이이이이이인~"

청룡의 목에 감겨 있던 은평의 팔이 스르륵 풀리더니 이번에는 목표를 바꾸어 인에게 덥석 매달렸다. 은평이 목에 감겨오는 순간, 술 특유의 씁쓸한 냄새가 더 심하게 풍겨왔다.

"으… 냄새. 도대체 얼마나 마신 거야!!"

"아, 그러니까 술에 취했을 리 없다구!!"

겨우 은평의 마수(?)에서 벗어난 청룡이 뒤에서 이의를 제기했다. 선인 주제에 술에 취하다니 말이 되지 않는 일이었다.

"에헤헤… 인, 나 술 안 취했어어어어……."

'지금 하는 행동으로 봐서는 충분히 취했어.'

인은 찰거머리처럼 달라붙어 오는 은평을 어떻게든 떼어내 보려고 애썼다.

"이렇게 마아아알짱한데~ 에헤헤헤……."

은평이 방긋거리며 인을 향해 웃어왔다. 차라리 평소에 꿍꿍이에 찬 듯 씨익거리는 웃음이 나았다. 지금의 이 웃음들은 어쩐지 은평답지 않았다.

"보고만 있지 말고 좀 도와줘! 계속 그러고 있을 거야?!"

인의 고함에 청룡이 둘을 떼어내려고 달려들었다. 그러나 은평은 요지부동 꼼짝할 생각을 하지 않았다. 청룡은 한참 둘을 떼어내다 말고 바닥에서 나뒹굴고 있던 주전자에 왠지 눈이 갔다.

'…설마 정말로 술인가?'

주전자를 집어 들고 뚜껑을 열어 냄새를 맡아보았다. 약간 단 내음이 난다는 것을 제외하고는 아무런 냄새도 없었다. 그래서 이번에는 약간 남아 있던 액체를 찍어 입에 가져다 대보았다.

'이, 이거… 감선옥로(甘仙玉露)잖아!!'

선인들이 즐겨 마시는 술 가운데서도 가장 독하고 무색, 무취, 무미에 가까운 술이었다. 끝맛이 약간 텁텁하다는 것과 술에서 풍기는 아주

약한 단 내음을 제외하면 물과 전혀 구분이 되지 않는다. 술이 강한(?) 선인들조차도 취할까 봐 두려워한다는 술이랄까. 실제로 이 술에 취한 선인이 나온 것을 본 바는 없지만 전설에 따르자면 취한 사람은 술의 쌉쌀한 냄새와 더불어 달콤한 향기를 풍긴다는 것이었다.

"이이이인~ 있지~ 아까까지만 해도 기분이 되게되게 안 좋았거드 으으은… 근데 갑자기 기분이 좋아… 헤헤헤헤."

은평은 인의 목덜미에 얼굴을 부비적거리며 흡사 고양이와 같은 모습을 보였다. 인은 얼굴을 붉히며 청룡에게 구조를 요청했다.

"계속 그러고만 있지 말고 어떻게든 얘를 떼어낼 방법을 찾아야 할 거 아냐!"

"걔 술 취했어. 난 술 취한 선인을 술 깨게 하는 법은 몰라……."

'얼굴까지 붉히고 내가 보기엔 좋아죽을 것 같은 얼굴이구만. 그냥 그대로 있지?' 란 말이 목구멍까지 튀어 올라왔지만 애써 참았다. 나중에 술에서 깬 은평에게 칼 맞고 싶진 않았다. 거기다가 벌게져서 어쩔 줄 몰라 하는 얼굴로 '말려봐' 라니. 어쩐지 설득력이 없잖은가.

"어디서 술은 마신 거야?! 얼른 떨어지라니까!"

인이 밀어내는 데도 은평은 어디서 그런 괴력이 나오는지 미동도 하지 않았다. 오히려 더 목을 죄어왔다.

"나… 술 안 취했어……."

"안 취하긴 무슨, 이렇게 술 냄새가 진동을 하는데."

인의 대답에 방싯거리던 은평의 얼굴이 갑자기 울상이 되었다. 그러더니 띄엄띄엄 풀이 죽어 말을 이었다.

"술… 안 취했어어……."

"취했다니까!"

인의 고함에 목에 둘러져 있던 은평의 손이 스르륵 풀렸다. 그러더니 바닥에 털썩 주저앉아 울먹울먹거렸다.

"야… 너……."

"나 술 안 취했어어어……! 안 취했단 말야……!"

울먹거리던 눈가에는 어느새 눈물이 흘러내리고 은평은 울음을 터뜨렸다. 마치 어린아이 같은 행동들이었다. 그 모습에 인도, 백호도, 청룡도 모두 놀라서 자신의 눈을 의심하며 눈가를 쓱쓱 비벼보았다. 은평이 저런 모습으로 울다니… 자신들의 눈으로 보면서도 절대 믿기 힘든 사실이었다.

"…나 안 취했단 말야……!! 그런데 왜 취했다 그래……!! 인, 미워… 으아아앙~"

"아, 아니, 그러니까… 그런 소리가 아니고……."

인은 우는 은평의 모습에 쩔쩔매고 있었다. 그리고 은평을 달래기에 들어갔다. 그것은 백호도 마찬가지로 은평의 무릎 사이에서 꼬리를 살랑거리며 재롱(?)을 피웠다.

"나… 안 취했어!!"

"그래그래, 누가 너 취했대? 안 취했어."

청룡도 허둥대는 모습으로 은평을 다독거렸다. 인은 은평의 눈가에서 흘러내리는 눈물을 손수 닦아주며 어떻게든 울음을 그치게 하려 했다.

"착하지, 울지 마. 내가 잘못했어. 너, 안 취했어. 취하지 않았다구."

그러기를 몇 차례 은평이 언제 울었냐는 듯 울음을 멈추고 다시 방긋거리는 표정을 지어 보였다.

"헤헤헤, 나 안 취했어어… 술도 마셔본 적 없다구우우우. 그치, 백호아아?"

[그, 그럼요.]

백호가 거짓말을 했다는 양심의 가책과 함께 세차게 고개를 끄덕였다. 여기서 '취했어요'라고 했다가는 또 울음을 터뜨릴까 봐서 겁이 났다.

'…저 녀석은 물을 술로 바꿔도 어디서 감선옥로 같은 독한 걸로 바꿔서는……'

청룡은 나중에 술에서 깨어났을 은평이 제발 이 일을 기억하지 못하기를 간절히 바랐다. 자신 역시 지워 버리고 싶은 기억들이었다. 아마 은평 본인도 이 일을 기억한다면 입에 칼을 물고 죽으려고 들거나 아니면 목격자 전원의 입을 막아버린다는 방법을 택할지도 모를 일이었다.

"…청룡, 너 미워어어어어!! 있지이~ 난 인이 좋아~"

울음을 그친 은평이 청룡을 밀치고 인에게 찰싹 달라붙었다. 인은 '인이 좋아'라는 대목에서 자기도 모르게 입가에 웃음이 머금어졌다. 최대한 무표정을 유지하려고 애를 쓰지만 웃음이 피식피식 새어 나오는 것은 막지 못했다.

'얼씨구, 아주 좋아죽는구만.'

청룡은 그런 인의 모습에 혀를 찼다. 좋아서 죽으려고 하는 모습이 혼자 보기 아까울 정도였다.

'그러고 보니 은평의 이런 모습을 전부 보게 해야 되는 건데… 아깝다, 아까워……'

은평의 추종자(?)들이 이 모습을 봤으면 아마 입에 게거품을 물고 질겁을 하는 아주 재미난 광경을 볼 수도 있었을 텐데 참 안타까웠다. 어째서 은평이 술에 취할 수 있었는지는 알 수 없지만 만약 나중에도 또 취하게 할 수 있다면 전부 불러 모아놓고 꼭 만취하게 하리라고 다짐해 보는 청룡이었다.

"…헤헤헤, 저 위에 올라갈래."

은평이 아무것도 없는 허공에 몸을 띄웠다. 지금까지 경공도 제대로 못하던 것을 생각하면 대단한 발전이었다. 거기다가 몸을 띄운 것으로도 모자라 공중에서 공중제비라는 묘기까지 선보였다.

"…평소에 하라고 할 땐 더럽게 못하더니 왜 이런 곳에서 능력을 발휘하는 건데!!"

청룡은 기가 막혔다. 평소엔 몸을 부유시키는 것조차 제대로 못하더니 술이 들어가니까 공중제비까지 선보인다. 도대체 알다가도 모를 은평이었다. 잘하는 건지 못하는 건지 구분이 안 가는 것은 물론 나와야 할 곳에서는 삽질하고 나오지 말아야 할 곳에서만 능력 발휘를 한다.

[동감입니다, 청룡님.]

백호 역시 어이가 없다 못해 기가 막혔다.

"이것 봐아… 난다, 날아."

은평이 꺄르륵 웃음을 터뜨렸다. 혀를 차고 있는 청룡과는 달리 인은 은평이 지금 하고 있는 것을 어떻게 규정 지어야 할지 어리둥절한 모양이다. 경공술도 아니고, 그렇다고 특별히 이름 붙일 어떤 무공도 아니질 않는가.

"에헤헤헤……."

은평은 몸을 점점 더 띄워 마침내는 서까래가 있는 천장까지 올라갔다. 서까래와 기둥 사이를 떠받치고 있는 나무에 엉덩이를 걸치고 앉아 의기양양하게 아래를 내려다보며 손을 흔들었다.

"이것 봐!! 올라왔어어~"

"…그래, 너 잘났다. 웬만하면 좀 내려오지?"

청룡이 이죽거리자 인은 그를 노려보며 말렸다. 우는 애를 겨우겨우 달래놨더니 또 비위 거슬리는 소리를 했다가 어떤 봉변을 당하란 말인가. 입가로 손을 가져가서 조용히 하라는 표시를 하자 청룡은 혀를 차며 인을 바라보았다.

"떨어지면 어쩌려고 그래, 얼른 내려와!"

인의 걱정을 아는지 모르는지 은평은 생글생글거리기만 했다.

"싫어. 청룡, 메롱."

혀까지 삐죽 내미는 모습을 보고 청룡이 혀를 찼다. 술이 들어가니 점점 정신 연령이 어려지는 모양이었다. 다만 문제라면 인은 은평이 한 메롱이 어떤 동작인지 이해하지 못하고 있었다. '어째서 혓바닥을 내밀어 보이는 거지?' 란 반응이랄까.

'저러다가 확 떨어져 버려라.'

속으로 악담을 해대며 청룡은 고개를 돌려 버렸다.

"백호아아아~ 이리와아."

가만히 있던 백호가 공중으로 두둥실 떠오르더니 이내 은평의 손아귀에 닿을 만한 높이로 올라가 버렸다.

[으게게게.]

이상한 소리를 내는 백호를 무시하고 은평은 백호를 품 안에 꼭 감싸 안고 부비적거렸다. 백호는 자신의 의지가 아닌 은평의 의지로 공중으로 떠올랐다는 것에 충격을 먹고 멍해 보이는 상태였다.

"난… 이 세상에서 백호가 제이이이일 좋아~"

그 말에 이번에는 아래 있던 인이 발끈해서 소리쳤다.

"방금은 내가 좋다며!"

"내가 언제……?"

순진무구해 보이는 눈을 하고서 오히려 인에게 반문하는 모습에 청룡은 급기야 바닥을 데굴데굴 구르며 웃음을 터뜨리고야 말았다. 인의 얼굴은 그야말로 걸작 중의 걸작이었다.

"푸하하하하하… 은평, 멋져. 킥킥……."

"시끄러! 그만 웃지 못해?!"

인의 압력에도 불구하고 청룡은 그 뒤로도 호흡이 곤란할 정도로 한참을 더 웃어젖혔다. 이렇게 웃어본 건 정말 백 년 만에 처음인 듯싶었다.

"나 졸려… 잘래."

한참 백호를 데리고 장난을 치던 은평은 갑자기 서까래에 턱 하니 누워버렸다. 서까래의 두께가 그다지 두텁지 않아 은평은 그야말로 간신히 몸을 눕힐 수 있었다. 조금이라도 뒤척였다가는 바로 바닥으로 곤두박질칠 듯하다. 인이 강제로라도 내려오게 만들어야겠다고 마음먹고 몸을 날리려는 순간, 은평이 몸을 뒤척였다.

"우웅……."

"야야!!" X2

인과 청룡이 기겁을 하며 낙하하는 은평을 잡아내려 했다. 한데, 허공에서 갑작스레 서늘한 바람이 흐르고 은평의 몸이 공중에서 유유히 떠버렸다. 은평은 침상에 누운 듯 평안해 보이는 모습이었고 그 품 안에 있던 백호만 놀란 토끼눈을 하고 있었다.

[…큰일 날 뻔했잖습니까!!]

청룡과 인이 은평을 받아내기 전 백호가 선수를 쳐 바람을 불러낸 것이었다. 청룡처럼 큰 능력은 없어도 바람의 신수인 만큼, 바람을 다루는 것 하나는 자신있었다.

"…잘했다, 백호. 정말 놀랐어……."

청룡이 백호를 칭찬하고 인은 십 년 감수한 사람마냥 가슴을 쓸어내렸다. 백호는 은평을 바닥에 살포시 내려놓았다. 반쯤 잠이 든 은평은 땅에 등이 닿는 느낌이 나자 눈을 찡그려 떴다.

"에헤헤… 방금 무지 재밌는 느낌이 났는데… 뭐였지? 바이킹 타는 기분이었어어……."

"퍽도 좋겠구만. 헛소리 말고 어서 자기나 해. 아우~ 머리야. 골이 쑤신다. 도대체 술 먹고 취하는 선인이 쟤 말고 또 누가 있을까."

청룡은 고개를 설레설레 내저었다. 인은 누워 있는 은평을 부축해서 일으켜 세웠다. 침상으로 옮기기 위해서였다. 일어나기 귀찮아서 꾀를 부리는 은평을 살살 달래는 모습이 왠지 모르게 귀엽게 보였다.

날카로운 것으로 긁어대는 듯 싸하고 욱신거리는 속 쓰림에 견디다 못한 은평이 깊은 잠에서 깨어났다. 눈을 뜨자마자 찡— 하고 덮쳐 오는 두통과 밝은 햇빛 덕분에 은평은 눈살을 찌푸려야 했다. 게다가 입 안에는 왠지 모를 텁텁함이 감돌아 가뜩이나 나쁜 기분을 더 더욱 저하시켰다.

"으으… 머리 아파."

은평은 왼손으로는 관자놀이께를 꾹꾹 누르고 오른손으로는 배를 움켜쥐고 자리에서 일어났다. 일어나자 부스럭거리는 옷자락 소리가 울려 퍼졌다. 여름에 맞게 고안된 침의라서 그런지 부스럭거리는 소리가 유달리 심한 탓에 백호는 은평이 일어난 것을 금방 알아차릴 수 있었다.

[일어나셨습니까?]

백호의 말이 은평은 고개를 푹 수그리고 살며시 끄덕거려 보였다. 어지간히 머리와 속이 아픈 모양이었다.

"속 쓰려……."

백호는 웃음이 지어지려는 것을 애써 참았다. 어제의 은평을 생각하니 자꾸 피식피식 웃음이 나왔지만 은평은 백호가 웃음 짓는 의미를 조금 다르게 해석한 모양이었다.

"왜 웃는 거야… 내가 아픈 게 그렇게 좋아?"

[아뇨, 그럴 리가 있겠습니까?]

백호가 정색을 했다. 은평은 어지간히 아픈지 눈살을 찌푸리고 고개를 들어 올리지 못했다. 그때 방문이 열리고 현무가 안으로 들어섰다. 은평은 고개를 살짝 들어 올리고 들어온 사람이 누군지를 확인했다.

"…편히 주무셨습니까?"

지극히 가라앉은 현무의 음성에 은평은 고개를 내저었다. 지금도 속이 쓰려서 제대로 말하기도 버겁건만 뭐가 '편히 주무셨습니까' 란 말인가. 물론 그럴 의도는 없음을 알고 있지만 현무의 말이 약 올리는 소리로밖에는 들리지 않았다.

[현무님, 지금 은평님께선…….]

백호가 뭐라 말을 꺼내려고 하자 현무는 손을 들어 막았다. 그리고 은평에게로 조용히 다가가 호박색 액체가 담긴 흰 대접을 들이밀었다.

"…이게 뭐야?"

다 죽어가는 목소리로 은평이 물어왔다. 달콤한 냄새가 풍기는 것으로 보아 꿀물인 듯 보였다. 자신도 모르게 그 달콤한 냄새에 이끌려 대접에 담긴 액체를 입에 가져다 댔다.

'…어째서 내가 간밤에 잔뜩 술 마신 사람마냥 꿀물을 마시고 있는 거지?'

은평은 그것이 정말 궁금했다. 그리고 지금의 상태도 말로만 듣던 숙취란 걸 겪고 있는 것처럼 머리가 깨질 듯 아프고 속은 쓰리고… 더욱더 중요한 건 어제 화가 나서 주전자 안의 물을 몇 번이나 들이킨 것까지는 기억이 나는데 그 뒤의 기억은 없다는 점이었다. 어떻게 침상에서 잠자리에 들었는지도 기억이 감감했다.

"현무, 물어볼 게 있는데……."

"하문(下問)하십시오."

"…나 간밤에 술 마셨어?"

"들기로는 감선옥로를 몇 주전자나 드셨다고 하더군요."

자신은 물밖에 마신 게 없는데 감선옥로라니… '나는 술 이름이에요'의 분위기를 팍팍 풍기는 저 이름은 도대체 뭐란 말인가. 즉, 여기서 추론해 볼 수 있는 것은 딱 한 가지 자신이 주전자 안의 물을 술로 바꾸었단 소리……?!

"…정말이야? 정말로 나 술 마신… 아니, 물을 술로 바꿔놓은 거야?"

"그런 것 같습니다."

그 말을 마지막으로 현무는 더 이상 입을 열지 않았다. 은평은 그저 자신이 물을 술로 변환시켰다는 사실에 기뻐서 견딜 수 없어했다.

"그렇구나… 어쩐지 물 맛이 씁쓸하다 했더니 바꿨던 거구나!!"

한참 기뻐하던 은평의 머리 속에 간밤의 기억이 아득하다는 사실도 떠올랐다. 설마 '필름이 끊길 정도로' 마셨다는 소리도 되지 않는가.

그 의문을 풀기 위해 바로 옆에 있던 백호에게로 눈을 돌렸다.

"백호, 나 간밤에 술 취했었던 거야?"

[…에? 아… 그게… 말이죠.]

백호가 갑자기 웃음을 참지 못하는 표정이 되면서 은평의 시선에서 눈을 피해 계속 먼 산 바라보기를 해대자 은평의 눈이 도끼눈이 돼갔다. 뭔가 숨기고 있음이 분명했다. 자신은 기억할 수 없는 그 무언가를 백호는 알고 있는 것이다.

"뭐야! 왜 시선을 피해?!"

[아무것도 아닙니다.]

"아무것도 아니라면서 시선을 피해?! 도대체 뭐야!! 뭐냐구!!"

백호는 고개를 도리질쳤다. 죽어도 말할 수 없었다. 입이 찢겨지는 한이 있더라도… 아마 그걸 말하면 은평에게 전원 생매장될 미래가 훤히 들여다보였기 때문이었다.

은평은 백호를 아무리 닦달해도 입을 열지 않자 이번에는 현무에게 눈을 돌렸다. 현무라면 진실(?)을 말해 줄 수도 있을 것 같았다. 하나, 현무의 입에서 나온 소리 역시 은평을 절망으로 빠뜨렸다.

"…충격받으실 것이 저어된다 하여 청룡이 입을 다물라 했습니다."

"그러니까 도대체 내가 충격받을 일이 뭔데?!"

[은평님, 일단 진정하시고.]

"내가 지금 진정하게 됐어?!"

적잖이 열이 치솟는 듯 은평이 씩씩댔다. 백호도 현무도 회피하는 자신이 충격받을 일이 도대체 뭐란 말인가? 현무의 말로 미루어볼 때 청룡 역시 알고 있는 눈치이니 청룡을 닦달해 보기로 마음먹었다.

[으, 은평님! 어디 가십니까!!]

"알 거 없어!"

감히 입을 열지 않은 백호는 괘씸 죄가 추가되었다. 백호에게 쌀쌀맞게 쏘아붙인 은평은 옆방을 향해 달렸다. 감히 자신을 속여먹으려고 든 지렁이를 족치기 위해서.

"야, 푸르딩딩 지렁이!! 어디에 숨었어!!"

문이 잠겨 있었던 탓으로 은평은 거칠게 문을 두드려 댔다. 문을 두들기는 요란한 소리에 한참 단잠에 빠져 있던 막리가가 자리에서 일어났다. 그리고 아직 졸음이 역력한 목소리로 말했다.

"…은평 소저? 대체 무슨 일이시오?"

"소저 소리 집어치우랬잖아요!! 당장 문이나 열어요!!"

처음 들어보는 노기 서린 목소리에 막리가는 움찔거렸다. 저런 소녀의 노기 따위에 움츠러들 자신이 아니건만, 가끔 가다 보면 이 소녀는 주변을 압도하는 기운을 풍길 때가 있었다. 예전에 처음으로 만났을 때만 해도 전혀 무공을 모른다고 여겼지만 이번에 만났을 땐 그 생각 역시 달라져야 했다. 아마 인이나 청룡, 현무―이런 실력자들을 곁에 두고 있다는 것도 신기하지만―등의… 이를테면 소녀를 감싸고 있는 둥지 같은 요소들이 사라진다 해도 저 소녀를 자신의 손으로 죽이기는 조금 어려울 것 같다는 생각이 들었다.

"잠시만 기다리시오."

막리가는 혀를 차며 반쯤 덮여 있던 이불을 걷어냈다. 서둘러 허름한 승포를 찾아 입고 주변을 둘러보니 인과 청룡으로 예상되는 두 개의 이불덩어리가 바닥에서 나뒹굴고 있었다. 문을 두들기는 시끄러운 소리 속에서도 잠에서 깨지 않다니 어지간한 무신경이라고 혀를 차며 문 쪽으로 다가갔다.

잠금쇠를 옆으로 당기자마자 문이 덜커덩 열리며 은평이 안으로 뛰어들어 왔다. 은평의 차림새에 막리가는 서둘러 고개를 옆으로 돌리고 헛기침을 해댔다.

"소, 소저, 도대체 그 차림새는……."

"야, 푸르딩딩 지렁이! 어디 숨었어!"

막리가가 옆에서 뭐라 떠들거나 말거나 은평은 두 개의 이불 뭉치를 발견하고 그쪽으로 냅다 달려갔다. 그리고 발을 들어 툭툭 차댔다.

"야! 일어나!"

하나, 이불 뭉치는 미동조차 없었다. 어이가 없어진 은평이 이불을 확 걷어내자 그곳에는 있어야 할 청룡은 온데간데없고 둥글게 뭉쳐진 옷과 이불들이 있을 뿐이었다. 이불 등을 넣어 안에 사람이 있는 것처럼 꾸며놓은 것이 분명했다.

"…토꼈네."

은평이 단정 지었다. 자신이 찾아올 것을 미리 짐작하고 도망친 것임에 틀림없었다. 은평은 그 옆에 있던―인으로 추정되는―이불 더미도 뒤져 보았지만 역시 결과는 마찬가지였다. 그렇다는 것은 두 녀석이 공범(?)이라는 의미일 것이다.

"후후후… 그래, 그렇게 나오신단 말이지?"

은평은 조용히 웃음을 흘리며 노기를 뿜어냈다.

"저… 소저, 괜찮소?"

뒤에서 막리가가 은평을 걱정했다. 갑자기 어깨를 들썩여며 '후후후' 웃어대는 은평이 아무래도 제정신으로는 보이지 않았기 때문이다.

"괜찮아요. 잠 깨워서 미안해요."

은평이 고개를 돌려 막리가를 바라보며 생긋 웃었다. 방금 전 화나

있었다는 것이 무색해질 만큼이나 평안해 보이는 얼굴이었다. 막리가
는 그 미소에 잠시 넋이 나가 있다가 다시 제정신으로 되돌아왔다.

'…생쥐같이 거기 숨어 있으면 누가 모를 줄 알고?'

머리 위를 쳐다보진 않았지만 위에서 들리는 부스럭 소리에 틀림없
이 처마 위에 청룡과 인이 올라가 있을 거라고 예상했다. 그랬기에 겉
으로는 막리가를 향해 웃고 있으면서도 속으로는 칼날을 갈아대며 저
것들을 어떻게 끌어내려서 추궁할까 생각하는 것이다.

"일이 더 커졌잖아!!"

자신만 믿으라며 가슴을 탕탕 내려치던 청룡을 믿은 게 잘못이었다.
청룡은 옆에서 안달복달하는 인에게 핀잔을 주었다. 기다릴 줄을 모르
고 닦달해 대는 게 영 못마땅했다.

그러니까 가만히 좀 있어보라잖아! 저 초단순빵은 곧 잊어먹을 거라
고.

"…안 잊으면 어쩔 건데?"

"그거야 나도 모르지."

청룡의 말에 인은 그를 죽일 듯 노려보았다. 사람을 사선에 몰아넣
고서 한다는 소리가 고작 '그거야 나도 모르지'라니. 명색이 신수라면
서 저렇게 양심 불량일 수가 있는가! 속에서 열이 치받아 오른다.

"그렇게 노려보지 좀 마라. 우리가 여기 숨어 있는 거 들키고 싶냐?"

그랬다, 청룡과 인은 은평이 문을 소란스럽게 두들기던 그때, 황급
히 처마 밑으로 숨었다. 물론 둔하기 짝이 없는 은평이 알아채지 못할
거라는 청룡의 큰소리 하에. 하나, 청룡이 과신하고 있는 것이 있었다.
어제 기를 다루는 법을 발견한 이후 은평의 감각이 한층 더 급진전되

었다는 것을 말이다.

"…이미 다 들켰는데?"

청룡은 자신의 마음속에서 울린 차가운 음성에 몸을 굳혔다. 환청이었을까. 분명 은평의 목소리가 틀림없었는데…….

"거기 숨어 있으면 누가 모를 줄 알고? 좋은 말 할 때 내려오시지."

"…뭐, 뭐야!! 너!! 이건 할 줄 몰랐잖아!"

청룡의 표정을 바라보던 인이 무슨 일이냐는 듯 눈으로 물어왔다. 하나, 그는 인에게 대답해 줄 여력이 없었다.

"그냥 되던데?"

"…술 한번 먹더니 '나 먼치킨 됐어요' 냐?"

"먼치킨이고 가까운 치킨이고 간에!! 너 자꾸 말 돌릴래?!"

"쳇, 알아채다니."

최대한 대화의 논점에서부터 벗어나고자 했던 청룡의 시도는 실패로 돌아갔다. 체념한 듯 한숨을 푹푹 내쉬더니 인의 어깨를 한번 툭툭 쳐주었다.

"내려가자. 들켰다."

"뭣?!"

인이 뭐라고 소리치려던 찰나 청룡은 지면을 향해 몸을 착지시켰다. 인 역시 궁시렁대며 아래로 몸을 내렸다. 천장에서 떨어져 내리는 두 사람을 바라보던 막리가의 눈가에는 어이없음이 서리고 은평의 눈에는 독기(?)가 서렸다.

"막리가."

"왜 부르시오, 소저?"

은평은 뒤를 돌아보더니 막리가를 향해 생긋 웃음 지었다.

"잠시만 자리 좀 비켜주겠어요?"

"…알았소."

영문은 알 수 없었지만 막리가는 왠지 자신이 찬밥 신세가 된 것 같은 설움을 느끼며 낡은 승포를 주섬주섬 챙겨 문밖으로 나갔다. 문이 닫히는 소리가 들리고 셋밖에 남지 않게 되자 은평이 입을 열었다.

"…털어봐 보시지. 내가 충격받을 일이라는 게 대체 뭐야?"

청룡은 나름대로 태연했으나 뒤에 서 있던 인은 얼굴이 사색이 되었다. 청룡은 인이 사색이 되거나 말거나 머리를 굴리며 어떻게 하면 이 난관에서 벗어날 수 있을까를 고민했다.

"아무것도 아니야, 그냥 술 먹고 술에 취했던 것뿐이니까……!!"

"그럼, 아무 일도 아니지. 그냥 술에 취해서 주정을 부렸을 뿐이니까."

인이 변명하려던 것을 청룡이 불어버렸다. 기껏 덮으려고 했던 인의 시도를 무너뜨린 것이었다. 인이 도끼눈을 뜨고 청룡을 노려보았지만 그는 이미 마음을 굳힌 상태였다. 어떻게 해서든지 살아남자고. 저번 사건, 그러니까 횟감처럼 몸을 난자당했던 사건을 떠올려 보며 다시는 그런 꼴이 되고 싶지 않음을 되새겼다.

"주정?"

은평의 한쪽 눈 꼬리가 치켜 올라갔다. 자신은 술 취했을 때의 기억이 없으니 저 둘의 말을 믿어도 될지에 대해 고심하는 듯 보였다.

"그래, 주정."

"구체적으로 말해 봐, 어떻게 했는지."

청룡은 말이 없었다. 잠시 양미간을 꾹꾹 누르며 뭔가를 고민하던 눈치더니 살짝 고개를 옆으로 돌리고 인의 어깨를 토닥였다.

"인, 용서해라."

"뭐……?"

청룡의 손이 닿아 있는 어깨 부분에 갑자기 짜릿한 느낌이 나더니 곧 온몸 전체로 퍼졌다. 평소라면 그럭저럭 견딜 수 있는 양일 것이나 지금은 평소의 배 이상이었다. 온몸에 벼락이 내려쳐지는 감각과 함께 몸의 신경이 마비되어 갔다.

"…너……!!"

인이 자신의 어깨에 맞닿아 있는 청룡의 손을 붙잡고 노려보거나 말거나 청룡은 자신의 몸에 흐르는 전류의 양을 늘렸다. 인의 신경이 잠시 마비되어 땅바닥에 널브러진 틈을 타 청룡은 빠르게 입을 놀렸다.

"자, 심판해."

"…뭘?"

청룡은 간밤에 있었던 일을 소상히 말하기 시작했다. 물론… 은평이 자신에게 달라붙었던 일은 고스란히 뺀 채로. 같이 사건을 목격한 백호는 자리에 없었고 인은 미리 전류로 제압해 놓았기에 가능한 일이었다. 그리고… 자신의 이야기를 들으면 들을수록 시시각각 변해가는 은평의 표정을 감상하는 것도 꽤 즐거운 일이란 생각이 들었다.

"정말이야, 인?"

인은 고개를 세차게 도리질치고 싶었으나 몸이 말을 들어주지 않았다. 아무리 목숨이 하나밖에 없는 귀중한 것이라지만 자신의 이야기만 쏙 빼놓고 이야기하는 청룡에게 화가 났다.

"그럼, 정말이고말고. 게다가 술 취한 네 옷을 벗기고 침의로 갈아입혀 놓은 것도 인이라니까."

'백호와 네놈과 내가 모두 함께 낑낑대 가며 갈아입힌 거잖아!' 란 의미가 담긴 눈으로 청룡을 노려보지만 청룡은 애써 인의 시선을 피했다. 살아남기 위해서는 희생양이 필요했고, 비정(?)해질 필요도 있었다. 그리고 앞으로 펼쳐질 은평의 모습에 기대가 되었다. 하지만… 은평의 반응은 예상외였다.

"나도 인 알몸을 본 적 있으니까 피장파장이네, 뭐. 그리고 원래 술 먹으면 다 개가 된다잖아. 내가 소동을 피웠더라도… 그 정도는 이해하지?"

"…에……?"

전혀 예상 밖의 전개에 청룡은 당황했다. 죽일 듯 분노하면서 인을 반 족쳐야 당연하지 않은가. 하나, 청룡과는 반대로 인은 좋아 죽을 듯한 표정을 하고 있었다.

29

잊혀져 있던 것

잊혀져 있던 것

"허허, 이것 참⋯⋯."

이른 아침부터 연검천은 진땀을 뻘뻘 흘리고 있었다. 어제는 야심한 시각이라며 되돌려보낼 수 있었지만 자신이 기침할 시각에 맞춰 줄지어 기다리고 있던 여러 문파 사람들의 공세를 막아낼 재간이 없었다. 그렇다고 언제까지고 '아직 기침(起寢)하시지 않았습니다' 라는 말로 기다리게 할 수도 없었고 곧 개전을 알리는 북이 울리면 지금 머물고 있는 처소에서 벗어나야만 했다.

'그래도 불행 중 다행으로 장문인이 직접 온 곳은 없구만.'

장문인이 왔더라면 상대하기가 제일 껄끄러웠을 텐데 체면 때문인지 자신의 대제자나 사제 등을 보내온 모양이었다.

"아버님, 어찌하시겠습니까?"

장남인 연태건(燃兒健)과 차남인 연태정(燃兒晶)이 조심스레 물었다. 검린궁 사람들이 머물고 있는 처소에 다른 문파—그것도 구파일방이 대부분인—사람들이 줄을 서 있다는 것은 그리 좋은 모양새가 아니었다. 몇 시진만 지나면 어떤 소문이 퍼져 있을지 심히 걱정스러웠다.

"더는 피할 수가 없겠구나."

연검천은 뒷짐을 진 채 혀를 찼다. 평소라면 역사가 깊지 않은 검린궁을 겉으로는 대접하는 듯하면서도 속으로는 얕보는 그들이었지만 오늘은 태도 하나하나마다 정성이 깊게 묻어났다. 필시… 자신이 그 사내와 비무한 것에 대해 알아내기 위함이리라. 더군다나 그 사내가 어디에 사는지, 혹은 어디에 머무르는지조차 밝혀지지 않았으니 말이다.

"어흠……."

연검천은 헛기침을 삼키며 문을 열었다. 문밖에서 서성대고 있던 자들이 모두 연검천을 향해 고개를 돌리고 목례를 했다. 한 문파 장문인에 대한 예의였지만 평소라도 그런 예의를 취했을지 의문이었다.

"여기는 어쩐 일들이시오?"

그들을 쭈욱 둘러보았다. 무당 장문인의 사제인 태방 진인(泰房眞人), 아미파 장문인의 사제인 지형사태(知型師太), 소림사 방장과 같은 배분의 공공 대사(公空大師), 종남파에서 이름난 선황철검(詵滉鐵劍) 망원경(望濵勛)까지… 전부 구파일방에서 내로라하는 자들이었다. 남궁세가에서는 자신과 가주와의 관계가 있어서인지 오지 않은 눈치였다.

"허허, 기침하셨소이까?"

연검천이 짐짓 모르는 척을 하자 모여 있는 자들이 평소와는 달리 활짝 웃는 낯으로 자신을 대했다. 먼저 말을 건 것은 태방 진인으로 불자를 흔드는 모습이 인자하고 단아한 도사의 표본과도 같았으나 연검천의 눈에는 꼬리를 흔드는 개로 보일 뿐이었다.

"모두 저의 거처까지 어인 일이신지……."

연검천은 그들의 입에서 말을 끌어내기 위해 끝까지 모른 척할 셈이었다. 칼자루는 자신이 쥐고 있었다. 자신의 딸인 다향의 말을 종합해 보면 그 인이란 사내는 금황성에 머물고 있을 것임에 틀림없었다. 다향으로 하여금 난영의 입을 막게 하고 인이란 사내에 대해서 구파일방 측으로부터 완전히 차단해 버리는 것이 좋을 것이었다. 지금은 오대세가나 검린궁 등에 그 세력이 미치지도 못하면서 옛날의 영화만을 좇는 무리들, 자존심과 오만으로 똘똘 뭉쳐서는 거만을 떨어대는 모습이 오래전부터 마음에 들지 않았다.

"…검린궁주, 어제의 일 말이오이다."

"무슨 일 말씀이십니까?"

"아미타불……."

점잔을 빼고 있던 공공 대사까지 태방 진인에게 합세했다. 아직 아미타불이라고 입으로 뇌까릴 뿐이었지만 말을 하고 싶어서 안달난 것이 틀림없었다.

"어제 검린궁주께오서 겨룬 그 사내 말이오이다."

"아… 그자 말씀이시오?"

연검천이 그제야 알았다는 듯 고개를 끄덕끄덕거리자 지형사태가 나섰다.

"우리들은 모두 연궁주께 그자에 대해서 물으러 왔습니다."

"…무엇을 하문하시고자 하시오?"

끝까지 시치미 떼는 연검천을 보다 못한 선황철검 망원경이 조금 소리를 높였다.

"우리가 이리 찾아온 이유를 이미 짐작하고 있을 거라 생각하오. 단도직입적으로 말해 주시오. 우리는 연궁주와 겨룬 그자에 대해서 알고 싶을 뿐이오."

"…허허, 이것참. 한 번 비무한 것밖에 없는 상대에 대해서 본 궁주가 어찌 안단 말이오? 차라리 단상을 내려가는 그를 붙잡아 추궁해 보지 그러셨소? 왜 애꿎은 본 궁주에게 찾아와 닦달을 하시는 것이오?"

여기 있는 모두는 처음엔 그리하려 했었다. 인을 찾아가 뒤를 캐려 했으나 단상에서 내려온 그는 쥐도 새도 모르게 감쪽같이 사라져 버린 것이다. 그가 머무르는 곳조차 알아내지 못했다. 무림대전에 참가한 모든 사람들의 이름과 서명을 받아 적어놓은 대전록을 뒤져 보아도 인이라는 이름뿐, 머무르는 곳이 어디인지는 나와 있지 않았다.

"그자가 어찌나 신출귀몰한지 우리로서도 알 수가 없었소. 궁주께서 비무를 하는 도중 뭔가 단서라도 들은 것이 없을까 하고 이리 실례를 무릅 쓰고 이른 아침부터 찾아뵈었소. 그가 어디서 실전된 절기들을 얻었다던가, 혹은 어디에 머무른다던가 하는 것을 들은 바가 없으시오?"

"…도대체 비무 중에 그런 것을 대화로 나누는 상대들이 어디에 있단 말이오? 말이 되는 말씀을 하시구려."

망원경의 말에 연검천이 살짝 성을 냈다. 연검천의 말은 틀린 것이 없었다. 비무 중에 어떻게 하면 상대방을 쓰러뜨릴까를 고심하지 친구를 사귀듯 '어디에서 오셨소?', '어느 지방 출신이시오?', '절기는 어디서 배우셨소?' 등을 묻는 자가 있을 리 없다.

"정녕 들으신 것이 아무것도 없소?"

비무를 치르기 전 인과 한참을 마주 보고 서 있었던 것을 보고 그들은 필시 전음으로 무언가 대화를 나누었을 것이라 짐작했던 것이다. 하나, 연검천이 이리 딱 잡아떼는 데야 더 이상 추궁할 여지가 없었다. 게다가 이목이 집중된… 맹 내가 아니던가.

"…궁주께서 정 모르신다 하시면 이만 물러가도록 하겠소. 혹시라도 단서가 될 만한 것이 있으시면 알려주시오."

망원경을 필두로 모두가 연검천을 빤히 바라보다가 등을 돌렸다. 이윽고 그들이 모두 사라지고 나자 저만치 서 있던 연태건이 연검천에게로 달려왔다.

"아버님……."

"콧대 높은 구파일방들이 왜 저리 안달하는지 아느냐?"

"…어째서입니까?"

연태건은 부친의 심기를 헤아리려 애쓰며 조심스레 되물었다.

"…오십 년과 이십 년에 있었던 환란과 겁화가 저들에게서 절기를 앗아갔기 때문이지. 그때의 일로 구파일방의 많은 후기지수들이 죽어가고 문파에 잠입한 배신자에 의해서 수많은 비급들이 불타 없어지거나 사라져 갔다. 그리고 겁화가 끝났을 때 살아남은 자들은 후기지수 중에서도 실력이 저열해 싸움에 투입되지 못한 몇몇 띨.거.지.들뿐이었다."

연검천이 고소를 지었다. 연태건은 눈을 끔뻑이며 자신이 들은 말을 이해하려고 애썼다. 부친의 말에 따르자면 지금 구파일방을 구성하고 있는 장문인이나 혹은 그와 비슷한 자들은 가장 실력이 저열한 자들이란 말이 아닌가.

"저열한 자들이 이끌어가는 구파일방이 나날이 타락 일로를 걷는 것은 어쩌면 당연한 일일지도 모르지. 구파일방이란 자존심으로만 뭉친 채 그 실력은 오대세가(五大世家)나 우리 검란궁에 채 미치지도 못하니까……."

인의 손에서 펼쳐졌던 것들은 모두 그 당시 구파일방에서 꽤 널리 알려진 무공들로 본래대로라면 실전될 까닭이 전혀 없었던 것들이다. 결국 그것을 잃어버린 자들은 저들이란 말이었다. 겁화도 그 무엇도 아닌, 자신들의 무능력함으로 잃어버려 놓고서 겁화의 탓만 하는 저들이 연검천은 싫었다.

*　　　*　　　*

"에취—!"

인은 갑자기 코가 시큰거리며 재채기가 일어난 통에 입을 막았다. 재채기를 하면 어디선가 자신의 이야기를 하고 있는 거라는 속설을 떠올리며 시큰대는 코끝을 문질렀다.

"정말… 나가지 않을 작정이야?"

"안 나가……."

은평은 탁자 위에 엎어져서 얼굴을 처박고 있었다. 지끈대던 머리도 차가운 탁자에 처박고 있으니 조금 나아지는 듯싶었다. 머리가 쾅쾅 울리는 통에 아무것도 생각하기 싫었다. 인은 약간 실망한 표정이었다.

"뭐 마려운 강아지마냥 끙끙대지 말고 얼른 나가. 난 머리 아파서 아무 데도 가기 싫어."

은평의 일침에 인은 내키지 않은 발걸음을 옮겨 방 밖으로 나왔다. 문밖에는 막리가, 현무, 청룡이 기다리고 있었다. 인 혼자 나온 것을 보고 그럴 줄 알았다는 듯 청룡이 어깨를 으쓱해 보였다.

"거봐, 그럴 줄 알았다니까. 얼른 가지."

"시끄러워! 네놈 말은 듣고 싶지도 않아."

"겨우 그런 걸 갖고 으르렁대다니 아직 수행이 부족하군."

"…겨우 그런 거……?!"

인과 청룡은 평소와는 달리 으르렁대고 있었다. 하나, 현무는 둘이 그러거나 말거나 별 관심이 없는 듯 보였고 막리가만이 쩔쩔매고 있을 따름이었다.

'아무리 불가능할 것 같다지만 명색이 암살자의 신분으로 왔는데 죽이려는 시도는 해보지도 못하고 이게 뭐냐…….'

왠지 자신이 대단히 처량하게 느껴지는 막리가였다.

"…출발하지 않을 셈인가?"

현무의 나직한 중얼거림에 서로 으르렁대고 있던 두 사람도, 그런 두 사람을 말려보려고 애쓰던 막리가도 정신을 차렸.

막리가와 인이 앞장서고 그 뒤를 청룡과 현무가 따랐다. 후텁지근한 날씨였다. 청룡은 고개를 들어 하늘을 바라보았다.

"비 내리게 하기 딱 좋은 날씨… 인가?"

현무가 고개를 돌려 청룡을 바라보니 청룡의 입가엔 짙은 미소가 배어 있었다. 꿍꿍이속이 있는 듯싶었다. 현무는 슬쩍 앞쪽으로 눈길을 주어 인과 막리가와의 거리가 제법 떨어졌다고 느껴지자 나지막이 내뱉었다.

"함부로 인간계에서 비를 내리게 하는 것은 좋지 않아."

"왜? 어째서? 네 녀석이 연락을 취할 수 없기 때문에……?"

현무의 몸이 잠시 주춤했다. 머리카락 사이로 가려져 눈빛은 보이지 않았지만 분명 동요한 빛을 띠고 있을 것임에 분명했다.

"오늘은 좀 확실히 알아야겠다. 너에게 이런 명을 하달한 상부자가 누구인지, 무슨 꿍꿍이속인지."

"무슨 이야기를 하고 싶은 거지?"

청룡과 현무의 걸음걸이는 어느새 멈추어져 인과 막리가 사이의 거리는 점점 멀어지고 있었다. 둘은 서로를 노려보며 한 치의 물러섬도 없었다.

"어제부터 오늘까지의 소동을 보고 눈치 챘어. 넌 수기의 신수. 그런 네가 은평의 몸에서 주기(酒氣) 하나도 빼내지 못하리라고는 생각지 않아. 더군다나 넌 조용히 자리를 피했지. 그리고 감선옥로의 주기에서 깨어난 은평은 급속도로 능력을 찾아가고 있어. 이런 것이 무얼 말하는 것인지 네게 설명해 주지 않겠어?"

현무의 몸이 딱딱하게 굳어드는 것을 희미한 공기 사이로 느끼며 자신의 직감이 맞았다고… 청룡은 그리 확신했다. 그리고 두 사람을 마주 보고 한참을 서 있었다.

"거기서 둘이 뭐 하냐?"

앞서 나간 인의 부름에 청룡과 현무는 앞쪽을 바라보았다. 인과 막리가가 의아한 기색을 띠며 자신들을 바라보고 있었다. 청룡은 어쩔 수 없다는 기색으로 현무의 옆을 스쳐 몇 발자국 앞서 나갔다. 그리고 현무에게만 들릴 만한 소리로 한마디 내뱉었다.

"…웃기지 마. 절대로 그렇게 되도록 내버려 두지 않아. 무슨 일이 있어도."

청룡은 현무를 앞질러 인과 막리가 쪽으로 다가갔다. 현무는 가만히 서서 그런 청룡의 뒷모습을 물끄러미 응시했다. 그리고……

'청룡… 너 따위가 발버둥쳐 봐야 소용없어. 이미 결정되어 버린 일. 완벽히 결정을 내렸고 불완전한 능력을 조금씩 풀어놓기 시작했어. 능력이 생기면 변질되어 버리는 게 인간. 아직 선인의 깨달음을 얻지 못한 인간 계집애는 이용만 당하고 버려질 뿐인데… 어째서 그렇게 감싸고 도는 거지……?

차마 입 밖으로 내지 못하는 중얼거림이 속에서만 메아리쳤다. 우스웠다. 인간 하나에 집착하는 청룡도, 천시하는 인간을 자신을 위해 이용하고 있는 자신도, 그리고 긴 줄에 매달려 방향을 찾지 못하고 자신이 이용당하고 있다는 사실조차 깨닫지 못하는 저 꼭두각시도.

맹 내로 들어서자마자 인은 기묘한 기운을 온몸으로 느낄 수 있었다. 모두가 자신을 바라보고 있다는 느낌과 함께 누군가가 은신해서 자신을 지켜보고 있다는 기척을 말이다. 맹 내로 들어서자마자 주변에서 느껴지는 기척들은 그것을 숨길 생각조차 하지 않는 것 같았고 오히려 여봐란 듯이 뒤를 따르고 있었다. 주변을 지나다니는 사람들이 어제의 비무 때문에 자신을 바라보는 것이야 어쩔 수 없다 치지만 숨어 있는 기척들은 대체 무어란 말인가.

─노형, 하룻밤 새에 유명인이 되셨구려.

─…농담 마시오.

막리가가 전음으로 놀려왔다. 그 역시 인에게 쏟아지는 시선의 연발을 느끼고 있었다. 태평한 것은 청룡과 현무뿐이었다.

"…끈적끈적 후텁지근하구만. 시원하게 비라도 한바탕 내리게 해볼까."

청룡의 중얼거림에 인이 반응했다. 신수인 것은 알고 있었지만 비를 내리는 것까지 가능할 줄은 생각도 못했던 탓이다. 인은 청룡 가까이에 붙어 수군댔다.

"비도 내릴 줄 아냐?"

"맘만 먹으면. 왜 못 믿겠냐? 해볼까? 현무와 힘을 합치면 홍수(洪水) 정도야 문제도 아닌데. 백호가 있었으면 태풍(颱風)도 불러올 수 있을 거고."

"…됐어."

인은 질렸다는 표정이었다. 평소엔 하도 푼수처럼 굴고 있으니 신수라는 느낌이 들지 않았다. 하지만 그를 보니 다시 한 번 신수는 신수구나라고 깨달았다는 느낌일까.

하지만 청룡은 약간 과장을 섞어 말한 것이었다. 물론 맘만 먹으면야 가능하겠지만 함부로 그랬다가는 징계감이었다. 간단한 비야 내려도 상관없겠지만 역사에 큰 해를 끼치게 되는 것은 당장 천계로 불려올라가 모든 힘을 봉인한다, 암흑 속에 가둔다 등등의 형벌을 받게 될지도 모를 일.

"난… 항상 가 있던 곳에 가 있겠다."

가뜩이나 군집된 인간들 틈에 껴 있는 것만으로도 괴로운데 인을 둘러싼 여러 시선들에게 뿜어져 나오는 기운 때문에 신경이 매우 거슬린 현무는 말 한마디만 홀쩍 남겨놓고 경공을 시전하는 것마냥 땅을 박차고 올랐다.

"볼 때마다 느끼지만 정말 어두컴컴하고 암울한 소저구만."

막리가는 현무가 사라진 방향을 무심한 눈으로 바라보았다.

"넌 어쩔 작정이야?"

"가끔은 인간들 틈에 있는 것도 괜찮겠지."

인간들과 어울린 전적(?)이 많은 청룡은 다른 신수에 비해서 사기를 이겨내는 능력이 강했다. 그리고 한동안은 현무 옆에 있고 싶지 않았던 것이다. 얼굴을 마주치기가 껄끄럽달까.

"그건 그렇고… 너 어제 뭔 짓 했냐?"

청룡의 물음에 인은 머리를 긁적거리며 아무것도 아니라는 태도를 취했다.

"…별로 아무 일도."

그런 둘의 대화를 듣고 있던 막리가는 기가 막혔다. 실전된 절기를 마구 펼쳐 놓고 별로 아무 일이 아니라니… 자신들의 실전된 절기가 인의 손에서 펼쳐지는 걸 본 문파들이 눈에 불을 키고 인을 노리는 것도 당연한 일이었다. 그런 걸 별일 아닌 걸로 치부하는 인의 두둑한 뱃심이 경이롭기까지 했다.

저쪽 편에서 군중들이 웅성대는 소리가 들려왔다. 무슨 일인가 싶어 돌아보니 진청색 도복(道服)의 장년인이 서 있었다. 그는 바로 무당파의 태방 진인이었다. 약간 왜소해 보이는 체구였지만 그런 체구에 어울리지 않게 들고 있는 것은 묵직한 불자였고 뒷짐을 진 모습이 그러한 체구 탓에 어울리지 않았다.

"저건 또 뭐야?"

태방 진인은 탐색하는 듯한 눈초리로 인을 쏘아보고 있었다. 청룡은 팔짱을 끼고 못마땅한 기색을 숨김없이 드러냈다. 무당파 장문인의 사제인 태방 진인을 '저거'라고 표현할 만한 배짱을 가진 인물은 아마 이곳에서도 몇 안 될 것이었다.

"무량수불, 소협(小俠)에게 잠시 볼일이 있어 그러하네만… 이 늙은 이에게 잠시 시간을 내어줄 수 있겠는가?"

태방 진인의 시선은 인에게 머물러 있었다. 지나가던 사람들이 모두 무슨 일인가 싶어 힐끔힐끔 눈길을 주고 곧 이어질 인의 대답에 귀를 기울였다. 인은 눈을 끔뻑끔뻑하며 귀찮다는 게 역력히 드러난 얼굴로 딱 잘라 말했다.

"실례하겠소. 비무를 관전하기 좋은 좌석을 맡으려면 서둘러야 해서 말이외다."

인의 입에서 내뱉어진 말은 주변 모든 사람을 냉동시키고도 남을 만한 말이었다. 과연 누가 태방 진인의 말에 저리 뻗댈 수 있단 말인가. 그것도 아직 새파랗게 젊어(?) 보이는 애송이가 말이다. 태방 진인은 자신이 모욕을 당했다는 생각이 들었다. 하나 '반드시 그에게서 절기를 얻어내야 하네' 라는 사형의 말이 떠올라 노기를 참고 있을 뿐이었다. 이 정도 노기도 다스리지 못한다면 도인(道人)이라 할 수 없지 않겠는가.

태방 진인이 그러거나 말거나 인은 청룡과 막리가의 어깨를 툭 치고 앞서 걷기 시작했다. 막리가가 태방 진인의 굳어진 얼굴을 바라보다가 인을 불렀다. 참 곤란한 상황에 얽히게 된 것 같았다.

"노, 노형!! 이대로 가버리면……."

막리가가 인을 잡았으나 인은 못 들은 체했다. 분노로 딱딱히 굳어 있던 태방 진인이 다시 심기를 풀고 가려는 인을 불러 세웠다. 이대로 놓칠 수는 없는 일이었다. 무당파 말고도 인을 노리는(?) 문파는 많았던 것이다.

"소협, 거기 서시게. 최소한 말은 들어보아야 하지 않겠는가."

간곡한 어조에 인의 발걸음이 잠시 멈추어졌다. 하나, 뒤돌아보지 않은 채 짤막하게 말을 내뱉을 뿐이었다. 막리가는 자신이 서장의 출신이라는 것을 듣기지 않기 위해서 웬만하면 나서지 않은 채 조용히 지켜보고 있을 따름이고 청룡은 시큰둥하게 태방 진인 등등을 훑어보고 있었다.

"본인은 들을 말이 없소."

"…서시게!"

태방 진인의 신형이 순식간에 인의 바로 뒤까지 근접한다 싶더니 불자의 끝이 인의 팔뚝을 휘감아들고 있었다. 곧 불자의 끝이 인의 팔을 잡아당길 것이라는 건 불을 보듯 뻔한 결과처럼 보였다.

"들을 말이 없다 하지 않았소?"

불자의 끝이 인의 팔에 감기려는 찰나 힘을 잃고 흐물흐물 흩어져 버렸다. 언뜻 보기엔 태방 진인이 힘을 거두어들인 것처럼 보였지만 실상은 그렇지 않았다. 인의 팔에 불자가 감기려는 순간, 불자에 담겨 있던 내공이 흩어져 버린 것이다. 하나, 태방 진인은 크게 당황했음에도 불구하고 그것을 내색할 수 없었다. 이유는 인이 자신보다 강하다는 것을 인정할 수 없었기 때문이고 그것을 내색하는 것은 인의 실력이 자신보다 월등히 우세하다는 것을 증명하는 꼴밖에는 되지 않기 때문이었다. 그리고 애송이가 자신보다 실력이 더 뛰어나다는 치욕감이 가슴속에서 물밀듯이 차 올랐다. 그리고 그럴 리 없다는 불신감 역시 같이 솟아올랐다.

'역시 오지 않는 편이 좋았으려나.'

인은 그냥 이곳에 오지 않고 처박혀 있는 게 나을 뻔했다는 생각이 들었다.

"태방 진인께오서는 풍문으로 듣기와는 달리 성격이 급하시오이다."

언제 나타났는지 약간 긴장된 표정의 장년인이 군중들 틈에서 걸어 나오고 있었다. 노년기에 접어든 나이임에도 불구하고 젊은이들 못지 않게 건장한 체구와 허리춤에 매달린 새파란 검집에 끼워둔 검을 보아 아마도 종남파의 선황철검 망원경일 듯싶었다. 태방 진인이 인에게 접근하고 있다는 것을 전해 듣고 달려온 듯싶었다. 그의 등장으로 사람들의 이목은 인에게 더 더욱 집중되고 말았다.

'크으… 어째 이목이 계속 늘어나네.'

이 난관을 어찌 헤쳐 나가야 할지 고민스러운 인이었다. 인의 고민과는 달리 막리기는 혼란(?)의 와중을 타서 군중들 틈으로 교묘히 몸을 숨기고 있었다.

'…어쩌면 지금이 호기일지도 모른다.'

현무란 괴녀(?)와 청룡, 인 모두 나와 있는 이때, 이 소란을 틈타 저들에게서 벗어날 수만 있다면…….

'인간들이 계속 몰려들면 좋지 않은데…….'

밀려드는 인간들과 더불어 공중에 떠도는 자욱한 사기에 청룡은 눈살을 찌푸려 얼굴에 음영을 드리웠다. 오랫동안 인간들 틈에서 어울려 지낸 덕에 다른 신수들보다 사기에 면역이 되었다고는 하지만 해로운 것은 사실이었다. 하지만 청룡이나 막리가가 자신들만의 생각에 빠져 있는 사이 선황철검 망원경과 태방 진인의 탐색전은 시작되었다.

태방 진인과 선황철검은 가벼운 목례로 간단하게 인사를 나누었다. 그리고 서로를 노려보며 상대방의 심중을 파악하려 애썼다.

"선황철검께오서 여긴 어쩐 일이시오?"

"저 소협에게 볼일이 있어서 이리 달려왔소이다."

인은 어이가 없었다. 지금 이 상황은 분명 자신을 사이에 두고 저 둘이 기 싸움을 벌이고 있는 것이었다. 한참이나 어린것들의 재롱으로 봐줘야 할까 아니면 늙은이를 놀리면 못 쓴다고 호통을 쳐야 할까.

"흠흠, 별일이구려. 선황철검께서도 태방 진인께서도 모두 저 소협에게 볼일이 있다고 하시니."

언뜻 듣기에도 깐깐해 보이는 음성이었다. 이번에 나타난 인물은 마른 체구에 뾰족한 얼굴의 여승이었다. 태방 진인과 마찬가지로 불자를 들고 있었지만 불자에 달린 털의 길이가 좀 더 긴 것이 특징이었다. 빳빳해 보이는 거친 마의로 된 승복이지만 그 마의로 하여금 여승의 까다로움이 듬뿍 묻어나는 듯했다.

"허허허, 지형사태가 여긴 어쩐 일이시오?"

서로가 인을 자파(自派)로 끌고 가고 싶어한다는 것은 다 아는 사실일 터. 이 기 싸움에서 누가 이기느냐가 승자가 되리라고 세 사람은 확신했다. 물론 인이 알았다면 대노해서 여기 있는 세 사람에게 단단히 교육(?)을 시켰을 터이지만……

*   *   *

"혹시 본교에서 냉씨 성을 지닌 군사가 있다는 소리를 들어보았는가?"

화우의 뜬금없는 질문에 같이 조식(朝食)을 들고 있던 모두는 의아하다는 눈초리였다. 그리고 화우가 그런 질문을 한 방향은 백발문사를 향해 있었던 탓에 모두의 시선은 백발문사에게로 쏠렸다.

"군사부(軍事部)에는 저를 제외하고 약 열 명의 군사가 속해 있습니다만 냉씨 성을 지닌 자는 없는 것으로 압니다."

백발문사는 잠시 생각해 보더니 그런 자는 없다는 대답을 전했다. 그리고 화우의 질문에 대답한 후 다시 젓가락을 놀렸다. 둥근 원탁 위에는 식욕을 자극하는 향기와 함께 막 만들어져 하얀 김이 모락모락 피어오르는 음식들이 여러 접시 놓여 있었지만 화우는 통 식욕이 없는 듯 헛손질만 할 따름이다.

"그런가?"

화우가 한숨을 내쉬었다. 평소에는 없던 일이라 그런지 모두가 놀랐다. 어지간해서는 한숨을 쉬지 않던 그가 아닌가.

"형님, 식욕이 없으십니까?"

운향은 그런 화우가 적이 걱정되는 눈치였다. 능파는 화우가 평소에 좋아하던 음식을 그의 앞으로 밀어놓았다.

"무슨 걱정거리라도 있는 겁니까?"

능파는 그저 어제 본 비무에서 인이 생각지도 못한 고수였다는 점에 화우가 낙담하는 줄로 여긴 듯 걱정거리가 있느냐고 물어왔다. 하나, 화우는 고개를 저었다. 인이 생각지도 못한 고수였다고는 하나 아직 그와 자신이 겨뤄보지 못했으니 낙담할 필요가 없었다. 설사 약하다 해도 좀 더 수련을 쌓아서 이길 정도가 되면 그만 아닌가 라는 생각을 갖고 있었기 때문에.

"걱정거리라……."

걱정거리보다도 계속 솟아나는 의문 때문에 기운이 없었다. 요즘 밤마다 꾸는 꿈에 등장하는 인물에 대한 의문 말이다. 자신의 어머니 이름이 거론되었고 냉군사란 인물도 보이고 있었다. 냉군사란 인물이 누군지부터 알아내려고 고심했으나 딱히 떠오르는 자도 없었고 군사부의 군사 이름을 하나씩 떠올려 보았지만 냉씨 성을 가진 군사도 없었던 것이다. 혹시 백발문사라면 알까 싶어 물어보았지만 군사부에 속한 인물들 외에는 그 역시도 모르는 모양이었다.

"걱정거리가 있다면 털어놓아 보세요. 한결 후련해질지도 모르잖아요?"

능파의 걱정스런 말에 화우는 고개를 저었다. 본교 사람이 아닌 능파는 자신의 의문을 풀어주지 못할 것이었다.

"…혹시 오래전의 인물인가요, 그 냉씨 성의 군사는?"

"옥화야, 혹시 뭔가 아는 것이라도 있느냐?"

무언가 떠오른 듯한 옥화의 질문에 화우는 일말의 희망을 가졌다. 혹시라도 꿈에 나타나는 인물일 수도 있다는 생각과 의문을 풀 수 있을지도 모른다는 기대였다.

"아주 오래전에 어머니가 제게 해주신 말씀이 있어요. 제 아버지의 성이 냉씨였고 아주 오래전 마교의 군사였다고요."

그러고 보니 옥화의 성은 냉씨였다. 냉옥화의 어머니이자 마교의 장로인 천음요희 때문에 옥화의 아비가 누구인지 관심조차 갖지 않았다. 아니, 천음요희가 어울렸던 남자들은 셀 수조차 없었고 막연히 그들 중 한 사람이 옥화의 부친일 거라고만 치부했던 것이다. 하나, 옥화의 이야기는 뜻밖이었다. 오래전 마교의 군사였던 사람이 그녀의 아버지였다는 사실은 말이다.

"…아주 오래전에 어머니에게 들은 이야기고 기억하고 싶지도 않았는지 그 이후로는 어떤 언급도 없으셨죠. 오늘 사형 덕분에 생각이 났어요."

"그 외에 더 아는 것은 없느냐?!"

겨우 단서를 잡았다는 생각에 화우는 앉아 있던 자리에서 몸을 일으켜 세웠다.

화우의 질문에 옥화는 고개를 갸웃거렸다. 그 이후로는 자신의 어머니 역시 어떤 언급도 없었고 그 이야기를 꺼내는 것을 극도로 싫어했던 탓에 자신 역시 뭐라 더 묻지도 않았던 것이다.

"…그리고 보니 제가 태어나기 직전에 돌아가셨다는 것 같네요."

"죽었다고?"

"네, 죽기 전까지는 마교의 대군사셨다고 해요. 그 이후로 군사 직은 쭉 비어 있다가 희신이 마교에 들어오게 되면서 대군사가 된 거라고……."

겨우 손에 쥘 수 있을 거라고 생각했던 단서가 순식간에 빠져나간 느낌이었다. 그나마 다행이라면 천음요회 관유란이 냉군사란 자에 대해서 어느 정도 알고 있는 듯하니 그녀에게 물어볼 수 있을지도 모른다는 점이었다.

"지금 당장 마교로 전서구를 날려라."

"…당장 말씀이십니까?"

"그래, 지금 당장!"

화우의 명령에 백발문사는 젓가락을 놓고 자리에서 일어났다. 환술(幻術)로써 언제든 자신의 명령에 따르도록 정신을 묶어둔 전서구들을 부르기 위함이었다. 언제나 자신의 주변을 떠돌며 혹여라도 무슨 일이 발생할 시에는 그것을 주인이 감지해 낼 수 있다는 장점이 있었기에 이번에 마교를 떠나오면서 몇 마리 데리고 온 터였다.

"무어라 적어 보낼까요?"

지필묵(紙筆墨)이 있는 쪽으로 걸어가던 백발문사가 화우를 돌아보았다. 화우는 자신이 직접 쓰겠다는 듯 종이를 가져오라는 손짓을 했다. 백발문사는 전서구의 다리에 매달려 있는 작은 통에 집어넣기 편하도록 좁은 쪽 종이 한 장과 묵을 담뿍 머금게 한 세필(細筆)을 가져다 주었다.

화우는 붓을 들고 재빠르게 써내려 갔다. 그 안에 적는 내용을 모두 궁금해했지만 굳이 훔쳐보거나 묻지는 않았다.

전서구를 통해 보내는 것인 만큼 간단하게 용건을 정리해 써넣었다. 화우는 자신이 써넣은 내용에 어색한 점이 없나 한번 읽어보았다.

"마교의 장로전으로 날려주게."

화우의 명에 따라 백발문사는 창가로 다가가 전서구 한 마리를 불러들였다. 전서구는 곧 푸른 하늘에서 백발문사의 팔뚝으로 떨어져 내렸다. 푸드득대는 날개를 접으며 백발문사에게 애정을 표시하는 모습이 전서구가 아니라 흡사 애완 동물 같았다.

"자, 이것을 장로전으로 전해다오."

전서구의 다리에 매달린 통에 구깃구깃 접은 종이를 집어넣고 봉한 뒤, 하늘 높이 전서구를 날려보냈다. 큰일만 없다면 이것은 마교까지 오 일 안에 날아갈 수 있을 것이다.

"보냈는가?"

"예, 큰일만 없다면 오 일 안에 마교에 당도할 것입니다."

"오 일이라……."

너무 늦다고 여겨지지만 지금에는 별다른 수가 없으므로 꾹 참고 기다릴밖에는 도리가 없었다.

*　　　*　　　*

귀찮은 일에 말려들게 되었다는 생각이 든 인은 옆에 있던 청룡을 바라보았다. 청룡은 팔짱을 낀 채 무심한 표정이었고 막리가는 어디로 가버렸는지 보이지 않았다. 인은 제대로 빗어주지 않아서 부스스한 머리를 긁적거렸다.

'정말 난감하군. 그냥 도망쳐 버릴까……'

도망칠까라는 생각도 들었지만 그건 백전노장(?)인 자신의 자존심에 맞지 않았다. 지금까지 어떤 적과 마주해도 도망친 적이 없었는데 어린것들이 재롱 좀 떤다고 해서 도망치다니 자존심이 허락하지 않았다.

"이 무슨 소란입니까?"

모여든 사람들과 지형사태, 선황철검 망원경, 태방 진인에 의한 소란이 커지자 맹의 입구가 시끄럽다는 소식을 들은 교언명이 소란을 잠재우기 위해 나선 듯 보였다. 하나, 선황철검 망원경의 얼굴을 보는 순간 얼굴을 굳혔다. 그리고 지금의 이 소동도 대충 이해가 갔다. 더욱이 곤란한 것은 공적으로 보자면 자신은 맹의 총관이었고 소란을 잠재워야 할 의무를 갖고 있지만 사적으로 보자면 자신은 종남파에 속해 있고 선황철검은 자신의 사숙뻘이 된다는 사실일 것이다.

─사숙께 인사 올립니다.

어쨌거나 이곳은 공적인 장소였고 자신은 총관. 이런 자리에서 드러나게 인사를 한다면 공사를 구분하지 못한다는 소리를 들을 것은 뻔한지라 남의 눈을 피해서 가벼운 목례와 함께 전음으로 인사를 대신했다.

망원경은 교언명이 나타나자 얼굴에 화색이 돌았다. 사질이 똑 부러지는 성품이라고는 하나 종남파의 실전 절기를 찾는 중대한 일이니 필시 자신을 도와주리라 여겼다. 어쩌면 자신에게 유리한 쪽으로 일이 돌아갈 수도 있는 노릇이 아닌가.

'곤란하게 됐군.'

선황철검의 그런 생각을 읽은 교언명은 눈앞의 이 상황을 어찌 타개할지 고민이 앞섰다. 그리고 더 더욱 마음 쓰이는 것은 인이란 자가 연검천과 대련할 때 연검천이 내뱉었던 천무존이란 단어 때문이었다. 혹, 천무존과 연관이 있는 자라면……

"강호의 명망 높으신 분들께오서 아침부터 이런 장소에서 이목을 끄시다니요. 한 시진 뒤엔 대전을 개전할 터인데 무슨 일인지는 모르겠사오나 우선은 좌석으로 돌아가 주십시오. 분쟁이 있다면 맹에서 중재해 드릴 것입니다."

선황철검의 얼굴에 깊은 음영이 드리워졌다. 교언명은 종남파의 사람이란 사적인 지위 대신 맹의 총관이라는 공적인 지위를 택한 듯싶었다. 아무리 딱 부러지는 성품이라고는 하지만 적어도 자신의 편을 들어줄 줄 알았던 숙질의 배신은 그에게 큰 상처로 다가왔다.

'저놈, 성품 하나는 쓸 만하잖아.'

인은 딱 부러지는 교언명에게 왠지 호감이 갔다. 자파의 이익에 굴복해서 함부로 구는 놈은 아니란 생각이 들었다.

"자파의 일을 맹에 맡기고 싶은 생각은 없소."

교언명의 말에 태방 진인이 쏘아붙였다. 자파의 절기를 찾는 일까지 맹의 힘을 빌리다니 무당파라는 이름에 먹칠을 하게 되지 않겠는가라는 쪽으로 생각이 미친 것이다.

"물론 무당파의 일에까지 나서서 참견을 하고 싶은 생각은 저희 쪽에도 없습니다. 다만 계속 이목이 늘어나는 이곳에서 소란이 일어나니 그것을 자제해 주십사 하는 뜻으로 말씀 올린 것뿐입니다. 이런 곳에서 소란을 피우면 강호에서 덕망 높은 무당파의 이름에도 먹칠을 하는 게 아니겠습니까?"

교언명은 절대 만만치 않았다. 교언명의 말을 돌려 생각해 보면 선황철검 역시 종남파의 이름에 먹칠을 하는 꼴과 마찬가지이나 그것보다는 태방 진인의 콧대를 눌러주었다는 생각에 사질을 자랑스러워했다.

'저거 바보구만.'

그런 선황철검의 생각이 고스란히 보였던 인은 가소로워 헛웃음마저 나왔다. 일련의 사태들을 지켜보고 있자니 구파일방이 썩을 대로 썩었다는 것이 실감났다. 어디서부터 이리된 것일까. 자신이 은거한 이후의 겁화 때문일까……? 아니면 이 이면에는 또 다른 이유가 숨겨져 있는 것일까…….

"총관의 뜻은 잘 아오. 하나, 우리에게도 양보할 수 없는 일이라오."

묵묵히 사태를 관망하던 지형사태가 한 발자국 앞으로 나섰다. 격앙된 표정의 태방 진인보다는 침착함을 가장한 탓에 무심한 표정이었지만 동공에는 초조함을 가득 담고 있었다.

"우선은 물러나 주십시오. 지형사태께서 말씀하시고자 하는 바를 제가 어찌 모르겠습니까."

태방 진인에게는 맞서는 태도를 보이던 교언명은 지형사태에게는 포권지례를 취해 보이며 예의 바르게 대했다. 교언명은 받은 만큼 돌려주는 성미인 모양이다.

─절기를 되찾으려 하시는 마음은 알고 있습니다. 저 역시 사적으로는 종남파의 일원이 아닙니까. 하오나 구파일방의 일석을 차지하는 문파들이 모조리 애송이 무사에게 매달리고 있다는 사실이 널리 퍼져서 좋을 일이 없습니다.

─그것을 모르는 바는 아니나… 이런 일은 총관의 말대로 맹주께 맡겨서 분쟁을 조정하기도 모양새가 좋지 않소. 자파의 명예가 걸린 일을 남의 손에 맡긴다는 게 말이 된다고 보시오?

지형사태와 교언명이 전음을 나누고 있던 사이 보다 못한 인은 청룡과 함께 군중들 사이를 비켜 지나가고 있었다.

"게 서라! 어딜 가는 게냐?!"

그것을 발견한 태방 진인이 소리를 질렀다. 그 소리와 동시에 무당의 제자들로 보이는 몇몇과 도복은 입고 있지 않았지만 검을 든 사내 몇이 일사분란하게 군중들 틈에서 빠져나와 인을 에워쌌다. 아마도 맹에 파견되어 있던 무당의 제자들과 속가제자들인 듯싶었다.

"태방 진인! 지금 뭐 하는 짓이오?!"

선황철검이 불같이 화를 냈다. 설마 하니 저런 방법까지 동원할 줄은 생각지 못했었다. 당황한 것은 지형사태와 교언명도 마찬가지였고 군중들은 앞으로 사태가 어떻게 돌아갈지 흥미진진해하는 자들과 무당파의 망가지는 모습(?)을 보고 통탄하는 자들로 나누어졌다. 조금 안목이 있거나 나이가 든 자들은 인이 구파일방의 절기를 알고 있다는 사실을 알았지만 아직 어린 애송이들은 그런 사실을 모른 채 그저 인이 어떤 잘못을 범했을 거라고만 여겼다.

"일이 계속 커지잖아. 이런데도 아무 생각 없이 여길 왔단 말야?! 난 귀찮은 건 딱 질색이란 말야.

청룡이 투덜댔다. 그 말에 인이 청룡을 노려보았다.

"어제 은평이 그 난리를 피고 거기다가 네놈이 나한테 누명을 뒤집어씌우는 통에 하도 정신이 오락가락해서 내가 어제 무슨 짓을 했는지도 여기 당도할 때까지 까먹고 있었다. 됐냐?!"

청룡은 점점 더 자욱해지는 사기에 몸을 움츠렸다. 기분이 급속도로 나빠지려 하고 있었다.

"핑계가 좋구만, 핑계가 좋아."

청룡이 뭐라 궁시렁거리거나 말거나 고개를 돌려 태방 진인 쪽을 흘겨보았다.

―이게 지금… 뭐 하는 짓이지?

자신의 귓가로 흘러 들어온 짤막한 전음에 태방 진인은 자신을 의심했다. 분명 자신을 노려보고 있는 인이 보낸 전음임은 확실하건만 말투는 하오체도 아닌 평대였다. 아니, 그것보다도 더욱 큰 놀라움에 태방 진인은 다시 한 번 눈을 깜빡거렸다. 보통의 전음이라면 전음을 보낼 때 입술을 달싹거리기 마련인데 인에게는 그런 것조차 없었다.

'소림의 혜광심어이거나 내공이 이 갑자를 넘어선다는 소리……?!'

"헌선이 알면 까무러칠 일이군. 무당파의 제자 중에 저런 자가 나오다니……."

헌선이라니? 설마 지금으로부터 이대 전의 장문인인 헌선 진인(獻禪眞人)을 말하는 것이란 말인가? 태방 진인이 인의 전음에 혼란스러워하고 있는 사이 인은 태방 진인이 놀라워하거나 말거나 몸을 움직이기 시작했다.

"비켜라."

"……."

인은 자신의 앞을 가로막은 자에게 비키라고 명령했지만 그자가 들을 리 만무했다. 인은 다시 한 번 말했다.

"비키라 했다."

인의 안광이 빛나고 인과 마주 서 있던 자는 몸을 부들부들 떨며 자신도 모르게 뒤로 몇 발자국 물러섰다.

"누, 누가 길을 터주라 했느냐?"

뒤에서 태방 진인이 소리치는 소리에 인을 가로막고 있던 자들이 화들짝 놀랐다. 하나, 인의 안광을 마주하기는 너무 무서웠다. 오금이 저리고 금방이라도 주저앉을 것만 같은 느낌이었으니.

'쯧쯧쯧, 살기도 제대로 접해보지 못한 놈들 같으니라고.'

반생(半生)을 살기와 함께 살아왔던 인이다. 그에게 살기는 너무도 친숙하되 떼어내고 싶은 일부분이기도 했다.

"계속 나를 막겠다면 나도 강경한 수단을 쓸 수밖에 없다. 물러나라."

인은 몸 안의 내공을 살며시 끌어올렸다. 그가 내공을 일으키는 것을 알아본 군중들도 있었고 그렇지 못한 자들도 있었다.

퍽—

뭔가 검은 그림자가 인의 앞을 스쳐 지나갔나 싶더니 경쾌한 타격음이 울리고 인의 앞에 서 있던 한 사내가 복부를 움켜쥐고 그 자리에 털썩 무릎 꿇듯이 주저앉는다.

"그러게 비키라 하지 않았느냐?"

'호, 저놈 제법 화도 내네.'

청룡은 재미있는 구경이 생겼다며 철딱서니없게도 좋아하고만 있었다.

"가, 감히 대무당파의 제자를……!!"

태방 진인은 끝까지 자존심만은 살아 있었다. 하나, 지형사태나 선황철검은 뭔가 사태가 심상찮게 돌아간다는 사실을 깨달았다. 의외로 저 애송이(?)의 실력은 대단했던 듯 채 눈에 보이지도 않을 정도의 빠르기로 몸을 움직여 무당파 제자의 혈을 짚고 복부를 가격했던 것이다. 무공이라고 부를 수조차 없는 간단한 움직임이지만 그런 빠르기는 어지간히 무공을 수행하지 않고서는 볼 수 없는 것이었다.

인의 몸이 자신을 에워싸고 있던 자들 사이에서 빠져나가 순식간에 태방 진인 앞에 다가섰다. 이형환위의 수법이었다. 태방 진인은 인의 눈을 마주 보는 순간 그의 기도에 눌려 자신도 모르게 뒤로 물러섰다.

"왜 그러시오? 할 이야기가 있다고 한 것은 그쪽이 아니오? 그 이야기 좀 들어보고자 이렇게 가까이 왔건만 어찌하여 물러서시는 것이오?"

인의 기도가 순식간에 주변으로 퍼져 나갔다. 주변에 서 있던 선황철검이나 지형사태마저도 몸을 움츠릴 정도인데 태방 진인은 오죽했겠는가. 하나, 아직 태방 진인의 운수(?)가 다하지 않았는지 한 가닥 구원의 음성이… 울려 퍼졌다.

"멈추시오!!"

*   *   *

새빨간 빛의 화복. 피처럼 붉고 탁한 색이라기보단 흡사 새빨갛게 빛나는 불꽃을 박아놓은 듯한 장포였다. 남성의 옷이었지만 여인의 몸에 걸쳐져 있음에도 전혀 위화감이 들지 않는 것은 걸치고 있는 여인의 분위기 때문일 것이다.

붉은 기운이 군데군데 섞인 흑발에 훤칠하고 큰 키, 당당하면서도 감히 범접치 못할 관록이 묻어나는 미녀였다. 남성용의 장포를 소화해 낼 만큼 남성미도 강했다. 특히 이마의 짙은 눈썹이 말이다.

"겨우 기회를 잡았어. 가까이 가려고 한다면 내 기운을 눈치 챌 테니."

아직 몸은 완전치 않았다. 그녀의 반신이 회복기에 들어가 있었기 때문이다. 하나의 육체에 두 개의 영혼을 담고 산다는 것은 다른 반신의 타격마저도 같이 감수해야 한다는 점 때문에 무척이나 피곤한 일이었음에도 그녀는 자신의 반신을 욕하지 않았다.

"봉… 혹시 깨어나서라도 날 원망하지 마."

그녀는 자신의 가슴께를 부여잡았다. 진작부터 결심은 섰던 일이지만 막상 실행에 옮기려니 긴장이 되었다.

한편 백호는 귀를 쫑긋거리며 몸을 일으켜 세웠다. 문밖에서 전해오는 기운은 분명 주작의 화기였다. 봉이 몸이 회복되어 돌아온 것일까라는 생각에 앉아 있던 은평의 무릎 위에서 폴짝 뛰어내렸다.

"…왜 그래……?"

백호가 앉아 있던 무릎에서 갑자기 뛰어내리자 앉아서 원탁에 얼굴을 처박고 있던 은평이 고개를 세웠다. 다 죽어가는 음성인 것은 아직도 머리가 울리고 골이 아프기 때문이었다. 속도 쓰렸고 말이다.

[주작님이 돌아오셨는가 봅니다.]

"…참새가?"

백호의 말에 자신도 모르게 기를 느끼려고 해보는 은평이었다. 그리고 놀랍게도 밖에는 화기가 느껴져 왔다.

'술을 먹은 뒤에 이상하게 이런 게 잘된단 말이지.'

술을 먹어서 잘되는 것인지 자신이 잘하게 된 것인지는 구분이 가지 않지만 만약 술을 먹어서 잘되는 거라면 근심이 아닐 수 없었다. 매일 이렇게 숙취에 시달리고 살라는 소리 같아서였다.

삐걱—

문이 열리고 맨 처음에 보인 것은 붉디붉은 화복 자락이었다. 장포 자락인지라 틀림없이 봉이라 여겼지만 뜻밖에도 들어온 것은 황이었다.

"…뭐야, 참새인 줄 알았더니."

봉이 아니라 황인 것을 확인한 은평은 다시 원탁 위에 머리를 처박았다.

[황님, 봉님은 아직 회복에서 깨어나지 않으신 겁니까?]

백호의 질문에 황은 대답하지 않았다. 그리고 은평에게로 다가가 은평의 맞은편 의자에 앉았다. 은평은 다시 고개를 쳐들고 황을 빤히 바라보았다.

"내 말 잘 들어. 계속 너에게 말을 해줄 기회를 노리고 있었어. 하지만 청룡과 현무가 붙어 있어서 그렇게 하지 못했지. 오늘에야 겨우 백호밖에 남지 않아서 이렇게 찾아왔어."

"하든지 말든지. 난 듣지 않을 테니까."

황에 대한 은평의 적의는 명백했다. 아직도 매서운 눈으로 황을 노려보고 있는 것을 보자면 말이다.

"좀 건드렸다고 해서 그렇게까지 화낼 건 없잖아. 그냥 양기가 너무 강해서 호기심이 생겼던 것뿐이니까."

황이 뭐라고 하든 은평은 시선을 옆으로 돌리고 고집스럽게 입을 다물었다.

"설마 하니 그 인간을 좋아하는 건가?"

"……!!"

황의 가벼운 도발성 발언에 은평이 고개를 황 쪽으로 돌렸다. 노려보는 시선은 여전했지만 조금 달라진 게 있다면 은평의 볼이 은은하게 붉어져 있다는 점이었다.

"뭐, 좋아하든 말든 나하고는 상관없지. 거두절미하고 본론만 말하겠어."

황의 얼굴에서 웃음기가 사라졌다. 이전에는 볼 수 없었던 진지한 기색이었다랄까.

"난 인계로 내려와서 초창기만 해도 내가 왜 너란 존재 때문에 인계로 내려와야 했던 건지 의문스러웠지. 더군다나 이 금릉에 말야."

금릉이 뭐였지라고 은평은 깊게 생각에 잠겼다. 어디선가 들어본 것 같기도 한데 기억이 나질 않았다. 그러다가 문득 생각난 것은 이곳의 옛 지명이라는 사실이었다.

"이곳이 왜?"

"금릉은 봉과 현무에게는 악몽이 서린 곳이니까. 인계에서의 임무를 하달받고 내려오게 되더라도 이곳만은 죽어도 오기 싫어했던 현무가 그것도 봉까지 꼬여서 온 이유가 말야."

황은 고소를 지었다. 그때 알아봤어야 하는 건데 바보 같은 자신은 한참이나 지나서야 그 이유와 이면에 숨겨진 것을 깨달을 수 있었다.

"나는 봉에게 인간체를 넘겨준 채 본체로 돌아가 있었어."

"…본체로 돌아가 있다니?"

설마 이런 세세한 부분까지 설명해야 하리라고 예상치 못했던 황은 난관에 부딪쳤다. 백호 녀석은 옆에 붙어서 뭘 했단 말인가. 이런 세세한 부분까지 설명을 하게 만들다니… 황의 그런 기색을 눈치 챘는지 백호가 옆에서 얼른 거들었다.

[보통 신수들이 인간체로 있을 때는 본체가 아니라 정신체로 변하는 겁니다. 본체는 수면 상태에 들도록 해놓고 정신만을 본체 밖으로 끄

집어내 인간체의 모습으로 있는 것이지요. 아직 저 같은 경우는 인간체로 변신할 수 없기 때문에 본체를 직접 축소시킨 것이지만… 주작님들의 경우는 한 분이 인간체로 계실 경우 다른 한 분은 본체로 잠시 돌아가 있는 것입니다. 물론 본체는 가사 상태이므로 활동을 할 수 있는 것은 아니고 인간체로 활동 중인 쪽과 교감을 나눌 수 있습니다.]

황에게 째림을 당하기 싫었던지 백호의 말 속도는 굉장히 빨랐다. 대략 설명을 들은 은평은 고개를 끄덕끄덕거렸다.

"그거야 그렇다 치고. 본체로 돌아가 있는 게 어쨌는데?"

"지금부터 잘 들어둬. 미래는 말야, 이미 결정되어 있는 것들이야. 물론 현재가 어떻게 변하느냐에 따라서 일종의 변수가 생기기도 하지. 미래를 결정지음에 있어서 최대의 변수는 역시 인간이었지만."

"잠깐! 잘 이해 못하겠어. 미래가 뭐가 어쨌다고? 인간이 생긴 게 뭐가 어떻다는 거야?"

"듣기만 해! 토 달지 마!!"

다급하고 초조한 기색이 된 황이 소리쳤다. 설명할 것이 태산 같은데 일일이 토를 달아서야 제대로 설명할 수가 없잖은가. 황은 은평의 기초 지식(?)이 전혀 무지한 상태임을 깨닫고 아예 기초부터 설명하기로 했다.

"이곳은 인계(人界)야. 어떤 존재든 살아갈 수 있는 유일무이한 계(界)지. 계는 인계가 있고 염계(閻界)가 있고 천계(天界)가 있고 선계(仙界)가 있고 마계(魔界)가 있어. 인계는 과거, 현재, 미래 이 세 가지의 시간으로 뭉쳐져서 인간을 비롯한 각종 존재들을 포용하고 있는 계야. 염계는 인계의 옆에 붙어 있는 가장 작은 계이자 인계의 영혼들을 끊임없이 윤회하게 만드는 목적을 띠고 생성된 곳이지. 유일하게 인계의 과거, 현재,

미래, 이 모두를 볼 수 있는 곳이야. 그렇기 때문에 천계나 마계나 선계에서도 인계의 과거, 현재, 미래를 보려면 염계와 연계를 해야 해. 천계는 영수나 신수들 혹은 천인이나 선인들이 존재하는 곳이고 인간이나 마귀들은 접근할 수 없는 금역의 공간이야. 선계는 천계 옆에 붙은 작은 계로 오직 선인들이나 영수들만이 접근할 수 있어. 선계에는 인계 이곳저곳에 연결되어 있는 통로가 존재하는데 가끔 인간들 중에 선경(仙境)을 보았다는 이야기가 떠도는 것은 우연히 그런 곳을 발견해 선계에 잠시 발을 들여놓았기 때문이지. 마계는 인계의 바로 아래 있는 계인데 타락한 인간들이 간혹 그곳에 가기도 해."

대충 계에 대한 설명을 마친 황은 숨을 골랐다. 어떻게든 빠른 시간 안에 은평을 납득시켜야만 했다.

"천계에서 인계를 다스리는 것은 몇몇의 신수와 천인들이야. 신수들도 격이 모두 다른데 사성좌를 수호하는 우리 사신수가 있는가 하면 인계를 다스릴 목적으로 탄생된 신수들도 있지. 천인들과 그 몇몇의 신수들은 계속해서 인계의 미래에 변수가 생기자 당황하기 시작했어. 현재는 예고된 방향에서 끊임없이 어긋나고 있었고 그에 맞춰서 미래 역시 변하고 있었거든. 그들은 그것을 바라지 않았어."

자신은 처음엔 어째서 현무가 금릉으로 내려 보내진 것을 순순히 받아들였는지 알 수 없었다. 하나, 현무가 그토록이나 끔찍해하던 금릉으로 봉까지 꾀어내서 간 이유가 뭐였는지 궁금해졌다. 그리고 수수께끼를 풀듯 하나하나 이야기를 짜 맞춰냈다.

"얼마간을 생각해 본 끝에 현무의 목적을 깨달을 수 있었어. 현무는 죽고 싶어해. 이곳 금릉에도 그럴 목적으로 내려온 걸 거야. 하지만 신수의 죽음은 그리 쉽게 이루어지지 않지. 아마 그들은 현무에게 영원한 안식을 조건으로 내걸고 명령을 내렸겠지."

"본론만 말해, 본론만."

구질구질한 이야기는 듣기 싫었던 관계로 은평이 투덜거렸다. 황은 눈을 부라리며 은평의 태도에 못마땅해했다. 누구는 본론만 말하기 싫어서 이러고 있는가 말이다.

"닥치고 듣기나 해. 조금 있으면 봉이 완전히 회복에서 깨어나. 그렇게 되면 너에게 진실을 말해 주지 못해."

"참새가 알아서는 안 되는 내용이야?"

"그 녀석이 알게 되면 필시 자신이 현무를 막겠다고 나설 테니까. 난 그걸 바라지 않아, 봉이 상처 입는 것 역시 바라지 않고."

틀림없이 그러고도 남을 녀석이라고 생각하며 황은 입술을 깨물었다. 미련한 자신의 반신은 만사를 제쳐 두고서라도 나설 것이 뻔했고 자신이 다치거나 말거나 현무를 막아서고 말 테니까.

하지만 황은 봉이 다치기를 원치 않았다. 그리고 은평으로 하여금 현무가 벌이는, 아니, 천계의 그들이 벌이는 일 자체를 막아내려 생각했다. 이를테면 은평을 이용한다는 점과 봉이 연루되는 것을 꺼린다는 점에 있어서는 현무와 자신은 하나도 다를 바가 없었다.

"이건 나와 봉을 위한 일이기도 하지만 널 위한 일이기도 해. 잘 들어둬. 천계의 그들에 대해서까지 언급하는 것은 천기누설이기도 하니까 그들이 역사의 완벽을 꿈꾸었다는 것밖에는 말하지 못하겠어. 넌 절대 인간들이 벌이는 일에 끼어들어서는 안 돼. 절대 관여하지 마. 끼어들어서는 안 돼. 죽은 듯이 살아가. 그러면 이.용.은 당할지언정 살아남을 수는 있을 테니까."

"역사의 완벽을 꿈꾸는 일이랑 나랑 무슨 상관이야?"

"그들은 역사의 완벽을 꿈꾸고 염계에 도움을 요청해 미래를 들여다보았어. 미래는 계속해서 틀어지고 있었지. 그리고……."

황은 갑자기 말을 멈추었다. 얼마간 잊혀져 있던 감각이… 즉, 봉과 연계가 되는 연결선이 되살아나고 있었던 것이다. 봉이 회복에서 깨어나려 하고 있는 모양이었다.

"…더 이상은 말해 줄 수 없어. 봉이 깨어나려고 하니까."

황은 자못 비장하기까지 한 표정이었음에도 은평의 얼굴에는 여전히 어리둥절함이 서려 있었다. 천계가 어쩌고 인계가 어쩌고라는 이야기를 들어도 가슴에 와 닿진 않는다. 그냥 그런가 보다 할 뿐. 하지만 황이 너무나 진지한 표정인지라 그저 고개를 끄덕였을 따름이다.

"시끄러워! 이제 막 회복된 주제에……!!"

황이 갑자기 자신의 몸을 내려다보며 중얼거렸다. 필시 봉에게 하는 소리리라.

"나오지 마! 한동안은 내가 있을 거니까."

헐렁한 장포 속에 파묻혀 있던 여성적인 몸매가 점점 남성적으로 변해갔다. 이목구비도 점점 남성화되어 가고 있었다. 둘이 인간체의 주도권을 놓고 싸움을 벌이는 것인지 주작의 몸은 봉도 황도 아닌 어정쩡한 상태였다.

"어느 쪽으로 변할 건지 얼른 결정해!! 보기 흉물스럽다구, 여자도 남자도 아닌 상태는!"

은평이 소름이 돋아난 팔을 긁어대며 외쳤다. 바닥에 있던 백호 역시 한마디한다.

[얼른 어느 쪽으로든 변해주세요. 인간의 인기척이 이곳과 가까워지고 있습니다.]

인간의 인기척이 가까워진다는 백호의 말에 은평이 고개를 갸웃거렸다. 혹 청룡이나 인이 돌아왔나 싶어서였다.

"청룡인가?"

[청룡님의 기운은 아닌데요.]

인기척은 분명 가까워진다. 은평은 자신도 모르게 인기척의 방향을 읽을 수 있었다. 인기척은 공중으로 뛰어오르더니 이내 위쪽으로 향했다. 그러더니 움직임을 딱 멈추었다. 천장 쪽에 몸을 은신시키려는 듯했다.

바로 옆에 있던 주작들의 주도권 싸움에서는 황이 승리한 듯 다시 요염한 미녀의 모습으로 되돌아와 있었다.

한편, 인기척의 주인은 바로 맹에서 슬그머니 빠져나온 막리가였다. 막리가는 혼자 있을 것이라 예상한 은평이 다른 누군가와 같이 있자 크게 동요했다. 게다가 일전에도 단 한 번 본 적이 있던 앙칼지면서도 요염했던 미녀… 주작이라고 불렸던가. 한동안 보이지 않았던 터라 있으리라고는 예상하지 못했으나 하필이면 이럴 때 은평의 옆에 붙어 있을 게 뭐란 말인가.

"막리가, 왜 거기 위에 올라가 있는 거예요?"

은평은 그 인기척이 막리가일 것이라고 생각했다. 어째서였는지는 본인도 알 수 없지만 막연하게 그 인기척이 막리가라고 여겨졌고 어디에 은신해 있는지도 자연스럽게 알아냈다. 마치 숨을 쉬듯이 자연스럽게. 그것을 보고 있던 황은 주먹을 꼭 쥐었다.

'능력이 급진전됐어… 현무의 덫이로군.'

힘을 갖게 될수록 욕망을 탐하기 쉬운 쪽으로 변해가는 것이 인간임을 황은 아주 잘 알고 있었다. 현무는 필시 그것을 노렸을 것이었다.

은평은 막리가가 은신해 있던 곳 바로 아래로 다가가 목을 쳐든 채 싱글거렸다. 황 역시 막리가의 기운을 알아차리고 있었고 어디에 은신해 있었는지 알고 있었다. 거기다가 은평과 분명 아는 사이임에도 불구하고 살금살금 숨어들어 왔지 않은가. 호의를 갖고 있으면서 살금살금 접근해 들어와 은신하고 숨어 있을 리는 없을 테니. 설사 해치지 않는다고 해도 무슨 꿍꿍이속이 있는 것임은 분명했다.

'어쩔까……'

막리가는 가슴이 콱 막히듯 답답한 심정이었다. 기껏 기회를 잡았다 싶었더니 저 미녀 때문에 놓치게 된 것이었다. 역시 다음 기회를 노려보는 수밖에 없는 것인가라는 생각이 머리를 스쳤다.

"도둑고양이처럼 있지 말고 얼른 내려와요. 꼴사납다고요."

'…도둑고양이?'

졸지에 도둑고양이 취급을 당한 막리가는 기가 막혔다. 저 애는 사람을 경계할 줄도 모르는 것인가. 살금살금 숨어들어 왔다면 뭔가 속셈이 있을 거라고 생각하는 게 당연한데 오히려 그런 걸 안 하니 기분이 찜찜했다.

'정말로 날 의심하지 않는 건가?'

막리가는 몸을 은신시키고 있던 서까래에서 지면으로 훌쩍 뛰어내렸다. 정말로 자신을 경계하지 않는 것인지 실험을 해보고 싶어졌다.

"이리 와요. 황이랑 인사해요."

막리가의 손을 잡고 자신에게 다가와서 소개를 시키려는 은평의 모습을 보고 혀를 찼다. 저 아이는 의심이란 걸 모르는 것일까, 아니면 단지 현실을 직시하고 싶지 않아서 회피하려는 것일까.

"네가 소개시켜 준 사람이랑 인사할 맘 없어."

은평에게 이끌려 막리가가 내민 손을 매몰차게 내쳐 버린 황은 그대로 몸을 돌렸다.

"내가 해줄 말은 끝났으니 난 가겠어. 멍청하게 앉아서 당하고 싶지 않으면 내 말 듣는 게 좋을 거야."

"어디 가는 거야?"

"알 거 없어."

문이 열리고 거기서 생긴 틈으로 황의 신형이 빠져나갔다. 그리고 문은 매정하게도 닫혀 버리고 문밖에서는 황의 발자국 소리라 짐작되는 뚜벅거림이 잠시 울려 퍼졌다가 이내 멀어져 갔다.

"상당히 앙칼진 소저시군요."

막리가가 어색한 웃음을 터뜨렸다. 사실 그는 뒤로 감춘 자신의 왼손을 쥐었다 폈다 하며 아픔을 참고 있는 중이었다. 황이 자신의 손을 쳐낸 순간, 서로 맞닿은 손바닥이 후끈후끈거리며 불에 데인 듯 쓰라려 왔었지만 내색하지 않고 참고 있었다. 황이 나간 뒤 살펴본 손바닥은 빨간색인 데다가 살짝 짓물려 있는 것이 아닌가.

'손을… 스친 것뿐인데……?'

놀라울 따름이었다. 무공을 쓰는 것 같지도 않았는데 말이다. 막리가는 황이 나가 버린 문밖을 멍하니 지켜보며 마음속 깊이 침음성을 흘렸다.

『5권으로 이어집니다』